THE ~~WRONG~~ *right* MAN

NEW YORK TIMES UND USA TODAY BESTSELLERAUTORIN
AURORA ROSE REYNOLDS

ROMANCE EDITION

The Wrong *right* Man

Aurora Rose Reynolds

8712 Niklasdorf, Austria

Aus dem Amerikanischen von Friederike Bruhn

1. Auflage

Covergestaltung: © Nadine Kapp
Titelabbildung: © PKpix / Kitsana1980/ Krasovski Dmitri
Korrektorat: Romance Edition

Printed in Germany

ISBN-Taschenbuch: 978-3-903278-33-2
ISBN-EPUB: 978-3-903278-34-9

www.romance-edition.com

1. Kapitel

Dakota

»Jamie, wenn du nicht in zehn Minuten hier bist, breche ich ohne dich auf!«, rufe ich den Flur hinunter in Richtung des Zimmers meines Bruders. Ich hasse es, warten zu müssen. Geduld ist nicht gerade eine meiner Stärken. Um neun Uhr muss ich auf der anderen Seite von Seattle im Vermietungsbüro sein, um die Schlüssel für meine neue Bleibe entgegenzunehmen. Der Verkehr ist um diese Uhrzeit ein Desaster, was mich unter Spannung setzt und immer nervöser werden lässt.

»Krieg dich ein, Dakota. Ich habe gesagt, dass ich gleich da bin, und habe das auch so gemeint!«, ruft Jamie zurück. Sein Ton verrät mir, dass er lächelt.

Kopfschüttelnd werfe ich seiner Zimmertür einen finsteren Blick zu. Nicht in meinen wildesten Träumen hätte ich gedacht, dass ich mit siebenundzwanzig mit meinem kleinen Bruder in seiner winzigen Einzimmerwohnung zusammenleben würde. Als ich jedoch herausfand, dass mich mein Verlobter Troy betrog, hatte ich keine andere Wahl, als meine Sachen zusammenzupacken und von Tacoma zu Jamie nach Seattle zu ziehen.

Ich habe Troy in meinem ersten Jahr an der *University of Puget Sound* getroffen, wo ich Rundfunkjournalismus studiert habe und er seinen Master in Politikwissenschaften machte, um im Anschluss für seinen Vater zu arbeiten, einen bekannten Politiker. Als ich ihm das erste Mal begegnete, war es sofort um mich geschehen. Er war gutaussehend, gebildet und kam aus einer Familie, die sich alle sehr nahestanden, was mir gefiel.

Als wir uns kennenlernten, galt meine oberste Priorität dem Abschluss meines Studiums, sodass wir es im ersten Jahr langsam angehen ließen. In unserem zweiten gemeinsamen Jahr wandelte sich unsere Beziehung zu etwas Ernstem und Dauerhaftem. Troy war für seinen Vater tätig, während ich meinen Abschluss machte und bei einem kleinen örtlichen Nachrichtensender anheuerte, wo ich bald im Begriff war, zu einer der Hauptsprecherinnen aufzusteigen.

»Sis, du wirst verdammt noch mal graue Haare bekommen, wenn du dich weiter so stresst«, reißt mich Jamie aus meinen Gedanken und schlendert, gefolgt von einer großen, verschlafen wirkenden Blondine, aus seinem Zimmer.

»Möglich«, erwidere ich und kaue auf meinem Daumennagel herum. Als er die Frau in gewohnter Manier mit einem Klaps auf den Po verabschiedet, verdrehe ich die Augen. Seit ich hier wohne, habe ich keine der unzähligen Bekanntschaften meines Bruders ein zweites Mal angetroffen.

»Was ist?«, fragt er und dreht sich zu mir um, nachdem er die Tür hinter ihr geschlossen hat.

»Ich verstehe nicht, warum sich diese Frauen auf dich einlassen, wenn klar ist, dass sie danach nie wieder etwas von dir hören werden.«

»Ich bin einfach charmant.«

»Du bist widerlich.«

»Welche Laus ist dir denn über die Leber gelaufen?«

»Wie ich dir gestern schon gesagt habe, muss ich um neun im Vermietungsbüro sein«, drängle ich.

»Und wie ich dir wiederum gesagt habe, werde ich dich dorthin bringen.« Er zerzaust meine Haare und ich schlage seine Hand weg, ehe ich versuche, ihm einen Tritt zu verpassen. Allerdings verfehle ich knapp sein Knie, da er in die Küche davonläuft und sich seine Jacke von einem der Stühle schnappt, die vor dem langen Tresen stehen, der den Essbereich vom Wohnzimmer trennt.

»Du weißt ganz genau, dass ich es schrecklich finde, zu spät zu kommen«, erkläre ich und streiche mir durch mein Haar, um die Strähnen zu glätten, die Jamie gerade durcheinandergebracht hat. Dann überprüfe ich, ob mein Pferdeschwanz noch richtig sitzt.

»Hast du Amanda gerade gesehen?«, will er wissen und ich

stöhne genervt auf, als ich das amüsierte Funkeln in seinem Blick bemerke. »Bei dieser Art von Perfektion darfst du dich nicht hetzen lassen, Sis. Das ist gegen das Gesetz oder so was.« Er bedenkt mich mit seinem schelmischen Grinsen – dem Grinsen, das Frauen in Scharen anzieht. Nun, dazu trägt auch die Tatsache bei, dass er einen Meter achtundachtzig groß ist, jeden Tag trainiert, dunkle Haare und noch dunklere Augen hat und darüber hinaus der Leadsänger in einer der bekanntesten Nachwuchsbands in Seattle ist.

»Können wir jetzt los?« Ich ignoriere seinen Kommentar und wedle mit der Hand Richtung Tür.

Kopfschüttelnd schlüpft er in seine schwarze Lederjacke und schiebt seinen Autoschlüssel in die vordere Tasche seiner Jeans. Dann hält er jedoch inne und mustert mich von oben bis unten. »Das willst du anziehen?«.

Ich sehe an mir hinab. »Was ist falsch an meiner Kleiderwahl?«

»Dieses Outfit ist einfach ...«, seine Nasenflügel weiten sich und er deutet mit dem Finger meinen Körper entlang, »es schreit einfach so verdammt nach Troy.«

Seine Worte lassen mich zusammenzucken, und mir wird klar, dass er recht hat. Troy wollte immer, dass ich mich keusch anziehe. Er wollte mich in zugeknöpften Oberteilen, langen Hosen und konservativen Pumps. Er wollte, dass ich das perfekte brave Mädchen abgebe. Als ich mit ihm zusammen war, wollte ich das auch für ihn sein.

»Zieh dich um«, knurrt Jamie, und ich hebe den Kopf.

»Was?« Unruhig werfe ich einen Blick auf die Uhr.

»Wechsle dein Outfit. Du musst dich nicht länger wie eine verfluchte Nonne kleiden, Dakota.«

»Ich darf nicht zu spät kommen, Jamie.« Ich stampfe mit dem Fuß auf, um zu verdeutlichen, wie knapp es bereits ist.

»Das wird nur geschehen, wenn du dir nicht etwas Sinnvolles anziehst.«

»Sei nicht albern. Was ich trage, ist absolut in Ordnung.«

»Ich war fünf Jahre lang Zeuge davon, wie du dich verändert

hast. Ich musste mitansehen, wie meine lebenslustige, starke Schwester von Tag zu Tag immer mehr verschwunden ist. Und ich habe es satt. Ich will meine Schwester zurück«, sagt er verärgert und traurig zugleich.

Schuldgefühle und die Enttäuschung darüber, dass ich mich derart von einem Mann habe beeinflussen lassen, machen mir das Atmen schwer. »Es tut mir leid.«

»Entschuldige dich nicht, tu mir einfach den Gefallen und sei wieder du selbst. Zieh dich um.«

»Jamie«, stöhne ich, als er sich auf einen der Barstühle niederlässt und in Warteposition begibt.

»Na los, beeile dich. Denk daran, du willst nicht zu spät kommen.« Lächelnd zieht er sein Handy hervor.

»Ich hasse dich«, murmle ich und stapfe zu meinem Koffer, der hinter der Couch verborgen ist. Ich klappe ihn auf und krame darin herum, auf der Suche nach etwas, das mein Ich in der Zeit vor Troy ausgewählt hätte.

Schließlich entscheide ich mich für meine dunkle Jeans, ein weißes Tanktop, das ich normalerweise zum Schlafen trage, und meine schwarzen Ankle Boots mit dem süßen Absatz. Ich nehme alles mit ins Badezimmer, wo ich mich meiner schwarzen Bluse, meines cremefarbenen Gürtels, meiner schwarzen Hose und der schwarzen Ballerinas entledige. Nur die Perlenkette behalte ich noch um, ehe ich in mein neues Outfit schlüpfe. Dann kehre ich zurück ins Wohnzimmer, werfe meine Klamotten auf die Couch und gehe zur Wohnungstür.

»Fühlst du dich jetzt nicht viel mehr wie dein altes Selbst?«, erkundigt sich Jamie und zieht an meinem Pferdeschwanz, bis sich meine Strähnen um mein Gesicht ergießen. Ich blitze ihn aufgebracht an. »Sieh mich nicht so an. Und hier, du kannst diese Jacke tragen.« Er hält mir einen stylischen Ledermantel entgegen.

»Ich nehme meine eigene Jacke«, grummle ich, weil ich mir sicher bin, dass der Mantel einem seiner vielen One-Night-Stands gehört.

»Das schöne Stück ist für dich.« Jamie umfasst meine Schulter und sieht mich an. »Ich habe es dir als Abschiedsgeschenk gekauft.«

»Als Abschiedsgeschenk?« Ein Lächeln zuckt um meine Mundwinkel.

»Jap, bald habe ich meine Wohnung wieder für mich, und du kannst dich endgültig von Troy verabschieden.«

Ich spüre Tränen in mir aufsteigen und schlucke heftig gegen die aufwühlenden Empfindungen an.

»Ich vermisse meine Schwester – die, die jeden Tag eine Lederjacke getragen hat, mit zu Konzerten gekommen ist und Bier getrunken hat, während sie jeden Song mitsang.« Er lächelt mich liebevoll an und hält mir die Jacke hin.

Ich nehme den Mantel von ihm entgegen, streife ihn über und merke tatsächlich einen Anflug eines altbekannten Gefühls. Allerdings habe ich seit meinem Einzug bei Jamie bereits Stück für Stück zu mir selbst zurückgefunden.

»Du bist echt der Wahnsinn«, murmle ich und schlinge meine Arme um seine Mitte.

»Was soll ich sagen? Ich bin einfach ein Unikat.« Er grinst und drückt mich an sich, was mir ein Lächeln entlockt.

Ich lege den Kopf in den Nacken und sehe ihm in die Augen. »Danke, dass du für mich da bist. Nicht nur jetzt, sondern immer«, flüstere ich, was dazu führt, dass er mich noch fester an sich drückt.

»Ich werde dir immer den Rücken stärken.« Jamie lässt mich los und zieht die Wohnungstür auf. »Und jetzt lass uns gehen ... bevor du doch noch zu spät kommst.«

»Ja.« Seufzend, aber mit einem kleinen Funken Aufregung im Bauch, trete ich aus dem Apartment. Mit dem heutigen Tag werde ich ein Stück meines eigenständigen Lebens wiedererlangen.

Auf dem Weg zu Jamies *Escalade* höre ich mein Handy in meiner Handtasche piepen. Nachdem ich es gefunden habe, öffne ich meine Nachrichten, in der Erwartung, Neuigkeiten von Kathy zu lesen. Der Frau, die mich vor zwei Wochen als Sendungsmoderatorin bei IMG, einer der größten Home-

Shopping-Firmen in den USA, eingestellt hat. Stattdessen finde ich eine Nachricht von Troy vor, in der er mich bittet, ihn anzurufen.

»Wer hat dir geschrieben?«

Betreten sehe ich zu Jamie hinüber, dessen Blick auf mein Handy geheftet ist. »Troy. Er will, dass ich ihn anrufe«, erkläre ich, während sich das Handy in meiner Hand plötzlich wie ein Stein anfühlt.

»Vergiss ihn. Du musst endlich deine Nummer ändern.«

»Ich werde meine Nummer nicht ändern«, erwidere ich mit einem Seufzen, hoffend, dass er das Thema damit gut sein lässt. Ich möchte mit Troy nicht reden. Nachdem ich allerdings vier Jahre meines Lebens mit ihm verbracht habe, habe ich nun irgendwie das Gefühl, ihm etwas schuldig zu sein. Wie unglaublich dämlich, wenn man bedenkt, was er getan hat.

Wenn mir früher jemand prophezeit hätte, dass Troy mich betrügen würde, hätte ich gelacht und denjenigen für verrückt erklärt. Ich lebte in der Überzeugung, er würde mich lieben und wäre der Mann, mit dem ich den Rest meines Lebens verbringen würde. Doch er war auf der Suche nach etwas anderem.

»Muss ich dir die Bilder ein weiteres Mal zeigen?«, reißt mich Jamie aus meinen Gedanken, während die Stadt auf unserer Fahrt an uns vorüberzieht.

»Nein.« Ich muss sie nicht noch einmal sehen; der Anblick hat sich nachdrücklich in mein Gehirn gebrannt. Ich weiß noch immer nicht, wer mir die Fotos von Troy und seiner Kollegin geschickt hat, aber ich bin demjenigen dankbar, weil ich auf diese Weise herausgefunden habe, wer Troy wirklich ist.

Als ich an einem Tag vor rund vier Monaten nach Hause kam und wie immer die Post durchsah, steckte zwischen meinen Brautmagazinen ein schlichter Umschlag, auf dem mit schwarzem Stift mein Name geschrieben stand. Keine Adresse oder irgendeine andere Information, sondern einfach nur mein Name. Ich ließ den Umschlag einige Stunden auf der Anrichte liegen, ehe ich ihn öffnete. Ich hatte keine Ahnung, dass sein Inhalt mein Leben verändern würde.

Jemand hatte mehrere Fotos von Troy und einer Arbeitskollegin an verschiedenen Orten geschossen. Auf manchen waren sie in der Öffentlichkeit zu sehen, aber die meisten Bilder waren unscharf, so als wären sie nachts gemacht worden, und zeigten die beiden in leidenschaftlicher Ekstase ineinander verschlungen.

Nachdem ich die Fotos gesehen hatte, rief ich Jamie an und erklärte ihm, was mir jemand zugespielt hatte. Auch wenn er mein *kleiner* Bruder ist, hat er sich nie so verhalten. Er tauchte eine Stunde später mit einem Stapel voller Umzugskartons und seinen Bandmitgliedern im Schlepptau auf. Sie packten alles ein, was mir gehörte, brachten meine beiden Koffer zu Jamies Wohnung und verstauten meine übrigen Sachen in einem ihrer Lagerräume. Als Troy am nächsten Tag nach Hause kam, war ich bereits weg; allerdings hatte ich die Fotos zusammen mit meinem Verlobungsring für ihn auf der Anrichte zurückgelassen.

»Wir sind da«, sagt Jamie und tätschelt mein Knie, woraufhin ich mich zum Fenster drehe und meinen Blick nach oben wandern lasse ... und immer weiter nach oben. Das riesige Gebäude mit den glänzenden schwarzen Fenstern wirkt vor dem Hintergrund der dunklen, wolkenverhangenen Stadt von Seattle fast bedrohlich. Ich öffne die Beifahrertür und trete ins Freie, wohlwissend, dass ich mir diese Wohnung dort drinnen nicht leisten könnte, wenn sie nicht Teil meines Jobpakets wäre.

»Hier wirst du also leben?«, fragt Jamie, als uns der Portier die Tür zu dem Gebäude aufhält.

»Ja, verrückt, oder?« Ich sehe mich um. Die Lobby ist mit ihren glatten, eleganten Linien und den modernen Möbeln wunderschön. Sie wirkt wie ein Teil eines Filmsets. »Dem CEO von IMG gehört diese Immobilie, wo die meisten seiner Angestellten untergebracht sind. Er besitzt auch noch ein weiteres Gebäude den Block runter, in dem sich die Büros und die Filmsets befinden.«

»Ich bin stolz auf dich. Du hast dich jahrelang abgerackert, um das hier zu erreichen.« Er umfasst meinen Oberarm, um mich beiseitezuziehen, als jemand an uns vorbeiläuft.

»Danke«, erwidere ich leise und sehe mich noch einmal ein wenig überwältigt in der Lobby um.

»Krieg nicht diesen Gesichtsausdruck. Das hier ist weder der Ort noch die Zeit, um in Tränen auszubrechen«, warnt er und ich versuche, mir ein Lächeln zu verbeißen. Jamie kann überhaupt nicht damit umgehen, wenn ich weine. Was ich zugegebenermaßen schon das ein oder andere Mal für mich genutzt habe, um ihn dazu zu bringen, sich meiner Meinung anzuschließen.

»Ich werde nicht flennen.« Als ich das Schild des Vermietungsbüros entdecke, packe ich seinen Arm und ziehe ihn zu mir. Die automatischen Türen öffnen sich und wir bleiben vor einem Empfangstresen stehen, hinter dem eine ältere Frau sitzt, die gerade telefoniert. Lächelnd hebt sie einen Finger, um mir zu signalisieren, dass sie gleich für uns Zeit hat. Ich erwidere ihre freundliche Geste.

»Wie kann ich Ihnen beiden helfen?«, erkundigt sie sich und blickt zwischen uns hin und her, nachdem sie den Hörer aufgelegt hat.

»Hi, mein Name ist Dakota Newton. Ich bin hier, um die Schlüssel für meine Wohnung in Empfang zu nehmen.«

»Dakota, ich habe Ihren Umschlag hinten im Büro. Geben Sie mir einen Moment, ich bin gleich zurück.« Sie steht auf und verlässt den Raum durch eine Tür. Als sie eine Minute später zurückkommt, hält sie eine Mappe und ein großes gelbes Kuvert in der Hand, die sie beide vor mir auf den Tresen legt. Sie zieht ein paar Papiere hervor und prüft sie eingehend. »Okay, wie es aussieht, wurden die Formulare bereits online ausgefüllt, also müssen Sie nur noch ihren Mietvertrag unterzeichnen. Dann kann ich Sie zu ihrer Wohnung begleiten.« Sie schiebt mir das Dokument herüber.

Ich nehme den Stift, den sie mir hinhält, und unterschreibe am Ende des letzten Blattes.

Die Dame schüttelt den Inhalt des Umschlags auf den Empfangstresen. »Das hier«, erklärt sie und reicht mir eine Broschüre, »beinhaltet sämtliche Informationen, die Sie bezüglich des Gebäudes brauchen. Es gibt eine App, die Sie downloaden können und die Ihnen den Zugang zu ihrem Appartement ermöglicht, ohne dass Sie Ihre Schlüsselkarte benutzen müssen. Zudem finden Sie hier Infos darüber, wann der Müll abgeholt wird, zu welchen Zeiten der Wäscheservice offen hat, ebenso zum Fitnessstudio, zum Pool sowie zum Lastenaufzug, den Sie benötigen werden, wenn Sie einziehen. Wenn Sie bereit sind, zeige ich Ihnen jetzt Ihre neue Wohnung.«

»Wenn Sie es sind, bin ich das auch«, antworte ich, innerlich überaus gespannt, und sie lächelt.

Eine Stunde später steige ich mit einem Lächeln im Gesicht in Jamies Wagen. Das möblierte Studioappartement, das man mir zugewiesen hat, ist mehr als umwerfend und hübscher als jede Wohnung, in der ich bisher gelebt habe. Sogar schöner als das Appartement, das ich mir mit Troy geteilt habe.

Als Melissa, die Dame aus dem Vermietungsbüro, die Tür öffnete, dachte ich, dass es sich um eine Art Glücksfall handeln muss. Die Ausstattung ist hochwertig, dabei hatte ich gar nicht erwartet, dass die Wohnung bereits möbliert sein würde. Ich bin unglaublich froh darüber, mir nichts weiter als neue Bettwäsche und Bettlaken kaufen zu müssen. Melissa sagte, dass man die Möbel einpacken und für mich aus der Wohnung schaffen würde, falls ich sie durch eigene Möbelstücke ersetzen wollte. Aber das ist nicht nötig. Das meiste Zeug, das ich eingelagert habe, besteht aus irgendwelchen Küchenutensilien und Kleidung, die ich wahrscheinlich niemals wieder tragen werde.

»Also, kommst du heute Abend zu meinem Auftritt?«, reißt Jamie mich plötzlich aus meinen Gedanken, und ich drehe mich zu ihm um.

»Wenn du versprichst, die Jungs zu überreden, mir am Sonntag zu helfen, meinen Kram aus dem Lagerraum in meine neue Wohnung zu bringen. Egal, wie viel sie am Samstagabend trinken.«

»Du weißt, dass sie alles für dich tun würden.«

Das trifft tatsächlich zu. Jamies Freunde sind mittlerweile

auch zu meinen geworden. Um ehrlich zu sein, sind sie so was wie ehrenamtliche Brüder für mich, die mir gar keine andere Wahl gelassen haben, als sie anzunehmen. »Dann komme ich zu deinem Auftritt.« Aus dem Augenwinkel sehe ich, dass er mich angrinst. »Was ist?«

»Nichts.«

»Irgendwas ist definitiv«, stelle ich fest und mustere ihn prüfend.

»Du hast recht. Ich habe dich einfach lange Zeit nicht mehr so entspannt und fröhlich erlebt.«

Ich stoße den Atem aus. »Stimmt, das war ich auch schon lange nicht mehr. »Es fühlt sich einfach nur so an, als würde ich endlich mein Leben zurückbekommen. Ich habe einen Job und eine Wohnung und die Dinge gehen endlich wieder voran. Eine Weile habe ich wirklich befürchtet, ich würde bis ans Ende meiner Tage bei dir wohnen.«

»Magst du es nicht, mit mir zusammenzuleben?«

»Doch, das schon. Ich bin nur nicht sicher, was ich davon halten soll, jeden Morgen auf dem Weg ins Badezimmer in deine One-Night-Stands hineinzulaufen.«

»So schlimm bin ich gar nicht.«

»Du bist noch viel schlimmer, Jamie.« Ich verdrehe die Augen. »Ganz ehrlich, ich kann es kaum erwarten, dass du eine Frau triffst, mit der du ernst machst.«

»Ich bin fünfundzwanzig. Das kann ich auch noch tun, wenn ich dreißig bin«, erwidert er und zieht eine Braue nach oben. »Okay, vielleicht eher, wenn ich vierzig bin.«

Ich schüttle den Kopf. »Ich sage ja nur, dass du niemals die Eine finden wirst, wenn du immer nur auf den nächsten One-Night-Stand abzielst.«

»Ich bin nicht auf der Suche nach einer Ehefrau, Dakota.« Sein Ton wird weicher, als er fortfährt. »Mir ist bewusst, dass du dir dieses ganze Paket wünschst. Eine Familie, eine Hochzeit und Kinder, aber ich möchte das nicht.«

»Niemals?« Mein Herz blutet bei dem Gedanken, dass er sich nie der Gelegenheit gegenüber öffnen könnte, sein Leben mit jemandem zu teilen.

»Ich sage nicht, dass ich diese Möglichkeit komplett ablehne; nur, dass ich das zum jetzigen Zeitpunkt nicht will. Ich bin glücklich damit, wie die Dinge aktuell laufen, und möchte mich einfach auf meine Karriere konzentrieren.« Er sieht zu mir rüber, mit einem Ausdruck in den Augen, den ich nicht deuten kann. »Ich bin überrascht, dass du noch immer an diesen ganzen Kram glaubst, nach dem, was sich Troy geleistet hat.«

»Er hat mir wehgetan, aber nicht meinen Traum zerstört.« Ich beginne, auf einem Fingernagel herumzukauen, doch Jamie umschließt mein Handgelenk, um mich davon abzuhalten.

»Du warst seit jeher eine Träumerin.«

»Hast du wirklich gedacht, dass die Enttäuschung, die ich erlebt habe, etwas an meiner Sicht der Dinge ändern würde?«, frage ich, auch wenn ich tief in meinem Inneren weiß, dass ich mittlerweile Zweifel in Bezug auf Männer und Beziehungen habe. Zweifel, die ich früher nicht kannte.

»Für eine Weile schon, aber ich sollte vermutlich nicht überrascht sein, dass dem nicht so ist. Verdammt, ich erinnere mich noch an all die Geschichten, die du dir zusammenfantasiert hast, als wir klein waren.«

Seine Worte entlocken mir ein Schmunzeln. »Zum Beispiel, als ich vorgab, ich könnte hellsehen, und anderen Kindern ihre Zukunft vorausgesagt habe?«

»Ja, oder als du stundenlang von dem Mann erzählt hast, den du heiraten würdest, der zehn Kinder mit dir adoptieren würde und mit dem du in einem riesigen Haus leben würdest.«

»Das wünsche ich mir noch immer.« Schmunzelnd schaue ich aus dem Wagenfenster. »Selbst wenn ich niemals den richtigen Mann finde, sehe ich Adoption immer noch als Möglichkeit. Ich möchte einem Kind oder auch mehreren Kindern ein Zuhause geben, wo sie sich sicher und geliebt fühlen«, füge ich leise hinzu.

»Das weiß ich.« Er legt mir seine Hand an meine Wange, an die Stelle, wo mein Grübchen ist, was dafür sorgt, dass mein Herz einen Hüpfer macht.

»Heilige Scheiße, Mädchen. Sieh dich an!«, ruft Maggie, die Besitzerin des *View* – eines der bekanntesten Clubs in Seattle –, sobald sie mich auf der Kante der Bühne sitzen sieht, auf der Jamie und seine Band alles für ihren Auftritt vorbereiten.

Als ich Maggie kennenlernte, wusste ich nicht so recht, was ich von ihr halten sollte. Auf den ersten Blick wirkte sie fast aggressiv, mit ihrer lauten Persönlichkeit und ihrem extrovertierten Auftreten. Ihr weißes, beinahe silberfarbenes Haar ist an den Seiten kurz rasiert und oben länger und mutet fast wie ein Irokesenschnitt an. Maggie greift immer zu extremem Make-up und auffälligen Outfits, die perfekt zum Set eines Heavy-Metal-Videos der 90er passen würden, was ihr das Aussehen einer waschechten Rockerbraut verleiht.

»Es sind nur Jeans.« Ich springe von der Bühne, um sie zu umarmen.

Als sie mich wieder freigibt, packt sie mich am Oberarm und mustert mich eingehender. »Von wegen einfach nur Jeans. Du siehst heiß aus. Mir gefällt dieser ganze Vibe, den du ausstrahlst, echt verdammt gut.«

»Danke.« Ich kann ein Lächeln nicht unterdrücken, denn sie ist nicht die Erste, die mir in den letzten Tagen Komplimente gemacht hat. Dabei habe ich mein Aussehen nicht wesentlich verändert, sondern nur meinen Bekleidungsstil. Auf der anderen Seite liegt es vielleicht gar nicht an den Klamotten. Seit mir Jamie die Jacke geschenkt hat, die ich auch heute trage, habe ich das Gefühl, einen Teil meines Selbstbewusstseins zurückerlangt zu haben.

»Wie dem auch sei, ich wollte Jamie nach deiner Nummer fragen, aber da du jetzt hier bist, reden wir einfach von Angesicht zu Angesicht«, sagt sie mit einem Ausdruck in den Augen, der mich wachsam werden lässt. »Aber bitte dreh nicht gleich durch.« Sie umfasst mein Handgelenk und zieht mich über die leere Tanzfläche zur Bar hinüber. Am Tresen angekommen, schnappt sie sich eine Flasche Tequila vom obersten Regal und im Anschluss noch einen Salzstreuer und ein paar Zitronenscheiben.

»Willst du mich abfüllen?«, frage ich ungläubig, als sie ein Shotglas vor mich hinstellt und Tequila eingießt.

»Nicht abfüllen, aber beeinflussbar machen.« Sie grinst.

»Das sollte klappen«, murmle ich, nehme das Getränk, kippe es in einem Zug runter und schüttle den Kopf, als sie mir den Salzstreuer hinhält. Eine Zitronenscheibe nehme ich jedoch und beiße hinein.

»Nun.« Maggie füllt mein Glas erneut, und ich ziehe eine Braue in die Höhe, weil ich wissen möchte, was zur Hölle sie mir erzählen will. Ich bete darum, dass es nichts mit Jamie zu tun hat. Sie bedeutet mir auch den zweiten Shot zu trinken, und ich folge ihrer Aufforderung. »Ich möchte, dass du einen Freund von mir kennenlernst.«

»Nein.« Ich huste und gebe ihr zu verstehen, dass sie mir eine weitere Zitronenscheibe reichen soll.

»Hör mich doch erst mal an.«

»Maggie«, seufze ich und lege meinen Kopf auf meine auf dem Tresen ruhenden Hände.

»Er ist ein guter Typ.«

»Das sind sie alle, bis sie es plötzlich nicht mehr sind.«

»Da hast du möglicherweise recht«, stimmt sie mir zu, und ich richte mich wieder auf. »Ich sage ja nicht, dass du ihn daten musst, aber ich möchte, dass du ihn kennenlernst. Bitte.« Sie faltet die Hände, als würde sie beten.

Wieder seufze ich. »Okay.«

»Okay?«

»Ja, okay.«

Sie reibt ihre Handflächen aneinander und wirkt dabei viel zu selbstzufrieden. »Das wird toll werden. Er ist nett und absolut perfekt für dich, versprochen.«

»Ich werde mich mit ihm auf einen Kaffee treffen.«

»Ein Abendessen.«

»Einen Kaffee.« Ich bleibe standhaft. Unter keinen Umständen möchte ich mich auf ein stundenlanges Abendessen mit einem Fremden einlassen, den ich vielleicht nicht sympathisch finde.

»Also gut, einen Kaffee.« Sie lenkt sichtbar widerwillig ein. »Aber falls du ihn heiraten solltest, erwarte ich, deine Trauzeugin zu werden.«

Ich schnaube, weil ich ziemlich sicher weiß, dass das nicht passieren wird. »Gut.«

»Ich sage dir schon jetzt, dass du mir danken wirst. Ihr zwei seid wie füreinander geschaffen.«

Das kann ich mir nur schwer vorstellen. »Erzähl mir von ihm«, ermuntere ich sie dennoch.

In den folgenden neunzig Minuten höre ich Maggie zu, während sie ununterbrochen von Adam spricht. Wenn ich ehrlich bin, erinnere ich mich dank der weiteren Tequilashots, mit denen sie mich in dieser Zeit versorgt, nicht mal mehr an die Hälfte von dem, was sie mir erzählt.

2. Kapitel

Dakota

Ich wippe mit dem Fuß hin und her, während sich der Fahrer des Taxis, das mich zu meinem Blinddate bringen soll, durch den Verkehr kämpft. Nach meiner ersten Arbeitswoche ist Ausgehen nicht gerade das, wonach mir der Sinn steht. Maggie hat mich jedoch heute Morgen angerufen, um sicherzugehen, dass ich mein Date noch immer am Plan habe, und ich konnte es ihr nicht abschlagen.

»Es ist ja nur auf einen Kaffee.«

»Was?«, fragt der Fahrer, und ich schüttle den Kopf.

»Entschuldigen Sie, ich habe nur mit mir selbst gesprochen.« Ich sehe auf mein Handy. Zu spät zu kommen und zugleich auch noch hungrig und erschöpft zu sein, sorgt dafür, dass ich mich viel angespannter fühle, als es normalerweise der Fall wäre. Meine erste Woche bei IMG war toll, aber ich hatte unendlich viel zu lernen, und das hat mir mitunter den Schlaf geraubt.

Darüber hinaus muss ich mich daran gewöhnen, wieder allein zu leben. Ich liebe es, mein eigenes Zuhause und ein eigenes Bett zu haben, aber ich vermisse es, mich am Ende des Tages mit jemandem austauschen zu können.

»Verdammt.« Der Fahrer tritt so heftig auf die Bremse, dass ich nach vorn rutsche und mich mit der Hand an der Zwischenscheibe abstützen muss, um mir nicht den Kopf anzuschlagen. Ich lehne mich wieder auf der Rückbank zurück und erkenne durch die Windschutzscheibe, dass vor uns zwei Autos zusammengestoßen sind und beide Fahrspuren blockieren. Der Fahrer rollt das Fenster auf seiner Seite hinunter, streckt den Kopf nach draußen und wedelt aufgebracht mit der Hand. »Ihr Idioten, macht gefälligst die Straße frei.«

»Fick dich. Fahr doch drum rum!«, brüllt ein massiger Typ, der aussieht, als würde er kleine Kinder zum Frühstück verspeisen, und macht eine rüde Geste in Richtung des Taxifahrers.

»Ich kann nicht drum rumfahren. Niemand kann das!«, schnauzt mein Fahrer, was den großen Kerl noch wütender macht. Eine Ader an seiner Stirn beginnt, deutlich sichtbar zu pochen, als er auf das Taxi zumarschiert.

»Ich werde den Rest des Weges einfach zu Fuß zurücklegen«, stoße ich hervor, was meinen Fahrer dazu veranlasst, sich zu mir umzudrehen. Ich werfe einen Blick auf das Taxameter und reiche ihm einen Zwanziger.

»Sie sind noch immer vier Blocks von ihrem Ziel entfernt.«

»Es macht mir nichts aus, zu gehen.« Ich lächle ihn an, steige aus dem Taxi und husche auf den Bürgersteig. In meiner GPS-App gebe ich die Adresse des Coffeeshops ein und stöhne innerlich, als ich sehe, dass es nahezu fünfzehn Minuten Fußweg bis dorthin sind. Was nur halb so schlimm wäre, würde ich keine High Heels tragen.

Da ich keine andere Wahl habe, hänge ich mir meine Handtasche über die Schulter und eile los. Das ist jedenfalls eine gute Möglichkeit, meiner täglich angestrebten Schrittmenge näherzukommen. Außerdem werde ich mir so definitiv das Recht erarbeiten, mir im Anschluss an das Date die *Double Chocolate Brownie Eiscreme* zu genehmigen, die ich vor ein paar Tagen gekauft habe.

Fünfzehn Minuten später erreiche ich die Kreuzung vor dem Coffeeshop und warte wie alle anderen an der Ampel auf das Grünzeichen.

Und dann entdecke ich ihn. Mein Herz beginnt, aufgeregt zu pochen, meine Kehle wird eng und mein Puls beschleunigt sich, während ich die beeindruckende männliche Gestalt auf der anderen Straßenseite betrachte. Ich denke nicht, dass ich jemals einen attraktiveren Mann gesehen habe.

Er hat breite Schultern, die in einem feinen Jackett stecken, und schmale Hüften. Seine Beine sind lang und kräftige Muskeln zeichnen sich unter einer zum Jackett passenden dunkelgrauen Anzugshose ab. Sein dunkelblaues Hemd steht am Kragen offen und legt seinen sehnigen Hals frei. Er fährt sich mit den Fingern durch das Haar, schaut auf die Uhr und presst angespannt die Zähne aufeinander. Ich frage mich, ob er sauer ist, weil ich zu spät bin.

Jemand stößt von hinten gegen mich und reißt mich aus meiner Starre. Ich versuche, mich zusammenzunehmen, und überquere im Pulk der anderen Passanten die Straße. Als sich die Menschentraube um mich herum aufzulösen beginnt, bleibt der mintgrüne Blick des Mannes an mir hängen. Ich bemerke ein Funkeln darin, das mir eine wohlige Gänsehaut über den ganzen Körper jagt. Während er mir in die Augen sieht, zwinge ich mich zu einem nervösen Lächeln und spüre, wie mir die Hitze den Hals hinaufklettert. Dann verfängt sich plötzlich mein Absatz in einer Furche des Gehwegs und ich stolpere vorwärts. Auf wundersame Weise schafft er es, rechtzeitig einen Schritt nach vorn zu machen und meinen Sturz aufzuhalten, indem er meine Hüften umschließt.

»Adam«, hauche ich und stütze mich mit den Händen leicht an seiner Brust ab. Sein Blick wandert von meinen Lippen hinauf zu meinen Augen. »Ich bin Dakota.« Rasch löse ich meine Hände von seiner harten Brust und trete einen Schritt zurück, was einen verstimmten Ausdruck über sein attraktives Gesicht huschen lässt. »Es tut mir leid, dass ich mich verspätet habe. Der Verkehr war ziemlich verrückt, und dann gab es noch einen Unfall. Ehe sich mein Taxifahrer in einen Streit verwickelt hat, bin ich das letzte Stück zu Fuß gelaufen«, sprudelt es aus mir heraus, während ich auf seine Reaktion warte. Als diese ausbleibt, macht sich Unsicherheit in mir breit.

Oh Gott, was ist, wenn es sich bei diesem Mann gar nicht um mein Date handelt? Nervös geworden lege ich den Kopf schief, wobei mir mein Haar über die Schulter fällt. »Bitte sag mir, dass du Adam und nicht irgendein zufällig getroffener Typ bist, den ich auf der Straße belästige.«

Er mustert mich weiter unverhohlen, ehe sich seine Mundwinkel zu einem leichten Lächeln verziehen. »Ich bin Adam.«

Erleichterung erfüllt mich und die Anspannung in meinem Körper lässt nach. »Gott sei Dank.« Ich lächle ihn an, was ihm ein Grinsen entlockt. Heiliger, dieser Mann ist gefährlich. »Mag hat sich geweigert, mir ein Foto von dir zu zeigen. Sie hat mir nur gesagt, dass du hier warten, einen Anzug anhaben und eine Uhr tragen würdest.«

»Das sind nicht sonderlich viele Informationen.« Der missmutige Unterton in seiner Stimme überrascht mich.

»Du kennst Maggie. Sie ist ...« Ich presse die Lippen aufeinander und zucke entschuldigend mit den Schultern. »Sie ist eben Maggie.«

»Ja«, stimmt er zu, und ich wundere mich, warum mich Maggie nicht vor seiner intensiven Ausstrahlung gewarnt hat.

»Also gut.« Ich atme hörbar aus und betrachte ihn noch einmal, ehe ich zum Coffeeshop hinübersehe. Er wiederum erstarrt plötzlich, als er einen Blick über meinen Kopf hinweg wirft. »Ähm ... Ich weiß, ich habe gesagt, das hier wäre nur ein Treffen auf einen Kaffee, aber ich bin am Verhungern. Würde es dir etwas ausmachen, mit mir zum Pizzarestaurant unten an der Straße zu gehen?«

»Ich habe eine bessere Idee.« Ich stutze, als er seine Finger meinen Unterarm entlangwandern lässt, um meine Hand zu umfassen. »Ich kenne ein tolles italienisches Restaurant, das nicht allzu weit von hier entfernt ist.«

»Oh.« Ich sehe auf unsere miteinander verbundenen Hände und spüre, wie meine Handfläche zu kribbeln beginnt.

»Wir nehmen mein Auto.« Er drückt liebevoll meine Finger, was meinen Puls für einen Schlag aussetzen lässt.

»Okay.« Ich lasse mich von ihm den Bürgersteig entlangführen und stolpere beinah ein zweites Mal, als die Lichter eines *Benz* aufleuchten. Und zwar nicht irgendeines *Benz*, sondern die eines dieser SUVs, die mehr kosten, als ich innerhalb der nächsten zwei Jahre verdienen werde.

Adam bleibt an der Beifahrerseite stehen, öffnet mir die Wagentür und wirft sie hinter mir ins Schloss, nachdem ich auf dem Beifahrersitz Platz genommen habe. Dann geht er um die

Motorhaube herum und setzt sich hinters Steuer.

Herrgott im Himmel, ein Mann sollte nicht dermaßen gut im Profil aussehen dürfen.

»Bereit?« Er dreht sich mir zu, während er den Motor startet.

»Klar.« Ich atme einmal tief durch und zwinge mich dazu, mich zu beruhigen.

»Also, erzähl mir ein bisschen von dir«, verlangt er, als er sich in den Verkehr einfädelt.

»Nun, Maggie hat bestimmt schon erwähnt, dass ich erst vor ein paar Monaten nach Seattle gezogen bin.« Ich rutsche ein wenig unruhig auf meinem Sitz hin und her und bemerke, wie er kurz meine Beine betrachtet. Sofort fühlen sie sich unter seinem Blick warm an.

»Von woher?«

»Tacoma.« Ganz automatisch beginne ich, im gleichen Rhythmus seiner auf dem Lenkrad trommelnden Finger mit den Beinen zu wippen.

»Warum Seattle?«

»Mein Bruder lebt schon seit Ewigkeiten hier und hat mich überzeugt, bei ihm zu bleiben, als ...« Abrupt halte ich inne. »Nun, ich brauchte eine Veränderung.«

»Du und dein Bruder, ihr steht euch also nah.«

Obwohl dieser Satz keine Frage war, antworte ich dennoch mit einem *Ja* und umklammere die Handtasche in meinem Schoß ein wenig fester. »Maggie sagte, du seist hier aufgewachsen.«

»Genau.« Seine Finger schließen sich fester um das Lenkrad, als er den Wagen beschleunigt, um auf den Highway zu fahren. »Wie hast du Maggie kennengelernt?«

»Über meinen Bruder.« Ich streiche an dem Riemen meiner Handtasche entlang, als er die nächste Ausfahrt nimmt. »Seine Band spielt jeden Freitag und Samstag in ihrem Club.« Er biegt in eine versteckte Einfahrt und reiht sich in die Schlange des Parkservices vor einem Restaurant mit dem Namen *Altura* ein.

»Sind sie gut?«

»Wie bitte?«

»Die Band deines Bruders, ist sie gut?«

»Sie ist die beste Band überhaupt.« Das ist keine Lüge. Die Band zählt zu den bekanntesten in Seattle. Wenn alles nach Plan läuft, werden sie schon bald von einem Plattenlabel unter Vertrag genommen werden und auf Tour gehen.

»Dann würde ich sie gern einmal spielen hören.« Er bedenkt mich mit einem Lächeln, ehe er die Autotür öffnet. Den Motor lässt er laufen und umrundet die Motorhaube. Ich sehe, wie er in Richtung des Parkdieners den Kopf schüttelt, der an die Beifahrerseite herangetreten ist, um mir beim Aussteigen behilflich zu sein. Mein Magen macht einen Satz, als er mir stattdessen selbst die Tür aufhält und mir seine Hand reicht.

Ich nehme sie und lasse mir von ihm aus dem Wagen helfen, ehe wir Seite an Seite das Restaurant betreten. »Es ist schön hier.« Ich lasse die dunkle Innenausstattung auf mich wirken, die in warmen Braun- und Goldtönen gehalten ist. Die Tische, die alle viel Privatsphäre und Raum für vertraute Gespräche zu bieten scheinen, werden jeweils nur von Kerzenlicht erhellt. »Sehr schön.« Ich lege den Kopf in den Nacken, um zu meiner Begleitung aufzusehen. Verlangen funkelt in seinen Augen.

»Guten Abend, haben Sie eine Reservierung?«, fragt der Oberkellner, als wir das Empfangspodest erreichen.

»Wir haben keine Reservierung«, flüstere ich.

Adam schmunzelt, ehe er sich zu dem älteren Herrn mit Glatze umwendet, der einen Anzug und eine rote Fliege trägt. Dieser erkennt ihn offenkundig und räuspert sich verlegen. »Entschuldigen Sie, Mr Adams, natürlich.« Er neigt respektvoll den Kopf in Adams Richtung – *oder ist Adam sein Nachname?* Dann sieht er mich freundlich an. »Wenn Sie mir beide bitte folgen würden.«

»Du hast für heute Abend eine Reservierung gemacht?«, frage ich, während Adam meine Hand nimmt und mit mir durch den großen Raum zu einer Treppe geht, die vermutlich ins obere Stockwerk führt.

»Ich habe hier eine Dauerreservierung.« Er hebt meine Finger an seinen Mund und küsst jeden einzelnen, was mich für einen Moment aus der Fassung bringt. Sein Gesichtsausdruck lässt mich schließen, dass er das nicht beabsichtigt hat.

»Du hast hier eine Dauerreservierung?« Ich bin ernsthaft überrascht. Wer verfügt bitte sehr über eine Dauerreservierung in einem Restaurant wie diesem?

»Ich mag das Essen hier.« Er schüttelt den Kopf in Richtung des Oberkellners, als dieser meinen Stuhl für mich hervorziehen möchte, und übernimmt es stattdessen selbst.

Als er mir mit einem Nicken bedeutet, Platz zu nehmen, folge ich seiner Aufforderung und lasse mir eine Speisekarte reichen. Ich halte sie vor mein Gesicht und knabbere an meiner Unterlippe herum, mich fragend, wer dieser Mann genau ist. Mir ist bewusst, dass ich etwas betrunken war, als Maggie mir von ihm erzählt hat. Dennoch bin ich mir ziemlich sicher, dass ich mich daran erinnern würde, hätte sie erwähnt, dass er reich ist. Okay, ich weiß nicht wirklich, ob das zutrifft, aber seinem Auto und dem Preis einer Vorspeise in diesem Restaurant nach zu urteilen, ist das anzunehmen.

Dazu kommt noch der Umstand, dass ihn der Oberkellner als Mr Adams angesprochen hat, was darauf schließen lässt, dass es sich bei Adam um seinen Nach- und nicht seinen Vornamen handelt. Warum sollte mir Maggie dann sagen, sein Name sei Adam?

»Ist Adam dein Nachname?«, platze ich mit der Frage heraus und sehe ihn über den Rand der Speisekarte hinweg an.

»Ja«, bestätigt er, und ich studiere ihn eingehend, während er seine Serviette auf seinem Schoß ausbreitet.

»Wie lautet dann dein Vorname?«

»Braxton.« Dieser Name passt definitiv besser zu ihm, dennoch ergibt das alles keinen Sinn. »Viele Leute nennen mich aber Adam, Maggie ist eine von ihnen.«

Okay, vermutlich ist das eine plausible Erklärung. »Und du bist im Bankgeschäft tätig?« Ich bin mir ziemlich sicher, dass Maggie etwas in dieser Richtung erwähnt hat.

Braxton lehnt sich vor und stützt sich mit den Ellenbogen auf dem Tisch ab, ohne meine Frage zu beantworten. »Ist alles in Ordnung?«

»Ja.« Mit der Zunge befeuchte ich meine Lippen, mich etwas bange umsehend. Ich habe das Gefühl, dass es eine Nummer zu groß für mich ist, mich in seiner Gegenwart in diesem gehobenen Restaurant zu befinden.

»Was ist los?«

Ich konzentriere mich wieder auf ihn, und ehe ich es verhindern kann, sprudelt die Wahrheit aus mir heraus. »Maggie hat angekündigt, du würdest gut aussehen, aber auf das volle Ausmaß hat sie mich nicht vorbereitet. Und dann dein Auto und dieses Restaurant hier ...« Ich wedle mit der Hand durch den Raum. »Ich denke, sie hätte mich vorwarnen sollen.«

»Du magst mein Auto nicht?« Er lehnt sich sichtlich amüsiert zurück und zieht eine Braue nach oben.

»Das habe ich nicht gesagt.« Ich schüttle den Kopf. »Es ist nur offensichtlich, dass es teuer ist, und die Gerichte auf der Speisekarte kosten mehr, als ich in einer Woche für Lebensmittel ausgebe.« Erneut lasse ich meinen Blick durch den leeren Raum schweifen und frage mich, ob Braxton bei jedem seiner Besuche an diesem Tisch sitzt, fern von allen anderen Gästen. Das hier wirkt wie ein Ambiente, wo sich ein CEO mit potenziellen Kunden treffen würde. Es ist kein Platz, den ein Mann aufsucht, wenn er einfach eine warme Mahlzeit genießen möchte.

Meine Begleitung zieht meine Aufmerksamkeit wieder auf sich, indem er meine Hand ergreift. Seine Miene ist weich geworden. »Was hältst du von günstigem chinesischem Essen?«

»Würdest du schlecht von mir denken, wenn ich dir sagen würde, dass ich es liebe?«

»Nein.«

»Ich liebe es.« Seufzend lege ich meine Speisekarte auf den Tisch.

»Lass uns gehen.« Er steht auf und wirft seine Serviette auf den Tisch, was dafür sorgt, dass ich die Brauen zusammenziehe.

»Wohin gehen wir?«, frage ich und schließe meine Finger um seine, bevor er mich in die Höhe zieht.

»Chinesisch essen.«

Ich blinzle ihn ungläubig an, aber er ignoriert meine Reaktion und führt mich einfach wieder die Treppe runter, durch das Restaurant und dann ins Freie. Sein Auto wartet noch immer darauf, von einem Parkdiener auf einem Parkplatz abgestellt zu werden. Braxton öffnet mir die Beifahrertür und einen Augenblick später sitzt er wieder hinter dem Steuer.

»Ich meinte damit nicht, dass wir das Restaurant verlassen müssen«, erkläre ich und wende mich ihm in meinem Sitz zu.

»Das weiß ich.« Er startet den Motor und tippt etwas auf seinem Handy.

Einige Sekunden später erfüllt das Läuten eines Telefons die Stille im Wagen. »Was möchtest du essen?«

»Ist das dein Ernst?«

»Immer.«

Daran habe ich keinen Zweifel. Absolut und definitiv.

»Möchtest du mich weiter anstarren oder mir mitteilen, was du essen möchtest?«, fragt er, als sich eine Stimme mit asiatischem Akzent über die Lautsprecher des Wagens meldet.

»*Chicken Lo Mein*«, antworte ich leise. Ich höre Braxton dabei zu, wie er seine und meine Bestellung aufgibt, ehe er den Anruf beendet. »Werden die Mitarbeiter des Restaurants wütend darüber sein, dass wir einfach ohne ein Wort gegangen sind?«, frage ich, als er losfährt und den Parkbereich des Restaurants verlässt.

»Darüber mache ich mir keine Gedanken.« Er hält an einer roten Ampel. Ich spüre seinen Blick auf mir ruhen, während ich auf meiner Unterlippe herumkaue und versuche, das eben Geschehene zu verarbeiten. »Worüber denkst du nach?«

»Maggie hat nicht erwähnt, wie einschüchternd du sein kannst.«

»Ich schüchtere dich ein?«

Ich will laut loslachen. Wahrscheinlich schüchtert er jeden Menschen ein, der ihm über den Weg läuft. »Du bist ein wenig überwältigend.«

»Überwältigend?«, wiederholt er und klingt dabei, als würde

er mich nicht ganz verstehen.

Ich versuche es erneut. »Du wirkst, als hättest du eine sehr einnehmende Persönlichkeit.«

»Wie kommst du darauf?«

»Hm.« Ich lecke mir über die Lippen. »Das versuche ich noch herauszufinden.«

»Sag mir Bescheid, wenn du es herausgefunden hast.« Er zwinkert mir zu und ein Flattern breitet sich in meinem Magen aus.

Den Rest der Fahrt zum chinesischen Restaurant verbringen wir schweigend. Als wir dort ankommen, parkt Braxton in zweiter Reihe. »Ich bin gleich zurück«, informiert er mich und steigt aus.

»Ich warte hier«, versichere ich ihm, bevor er die Autotür schließt. Als er das Lokal betritt, erkenne ich die lange Schlange am Eingangsbereich. Ich krame gerade nach meinem Handy, als plötzlich rotblaue Lichter hinter dem Wagen aufblitzen. »Verdammt«, entfährt es mir, nachdem ich einen Blick in den Rückspiegel geworfen habe. Rasch schnalle ich mich ab und stürze förmlich über die Mittelkonsole. Gerade als ich mich hinter dem Steuer positioniert habe, klopft jemand gegen die Fahrerscheibe. Es dauert einen Moment, bis ich den Knopf gefunden habe, der das Fenster hinunterfährt.

Ein Polizeibeamter beugt sich kopfschüttelnd zu mir runter. »Ma'am, Sie können hier nicht parken.«

»Ich stehe nur eine Minute hier. Mein ... ähm ... Freund holt nur rasch unser Essen ab.« Ich werfe einen schnellen Blick in den Innenraum des Restaurants und erkenne Braxton daran, dass er alle anderen Menschen um einen Kopf überragt. Er wartet noch immer in der Schlange.

»Tut mir leid, Sie müssen den Wagen woanders parken.«

»Aber ...«

»Fahren Sie ihn weg oder ich werde Ihnen einen Strafzettel ausstellen.«

»Okay«, gebe ich nach, und er nickt einmal, ehe er zu seinem Fahrzeug zurückkehrt und einsteigt.

Mein Herz beginnt, wie wild zu hämmern, als mir nach einigen Momenten klar wird, dass er darauf wartet, dass ich Braxtons Wagen wegbewege. Da ich keine andere Wahl habe, schiebe ich den Sitz nach vorn, sodass ich Gaspedal und Bremse erreichen kann, und starte den Motor. Mit angehaltenem Atem betätige ich den Blinker und fädle mich in den Verkehr ein. Am nächsten Stoppzeichen biege ich rechts ab und fluche, da die nächste Straße gesperrt ist.

Erst nach einem erheblichen Umweg kann ich mich wieder in Richtung Restaurant einordnen. Wie eine alte Oma biege ich schließlich in die Straße ein, wo mein Ziel liegt, um ein paar Momente später das leuchtend gelbe Vordach von *Number 1 Chinese*, aber auch den noch immer am Straßenrand parkenden Polizeiwagen zu erblicken. Braxton hat inzwischen die Restauranttheke erreicht, was mich veranlasst, wieder an der gleichen Stelle zu halten. Gerade als ich dabei bin, zurück auf den Beifahrersitz zu klettern, lässt der Polizist sein rotblaues Signallicht aufleuchten, um mir zu signalisieren, dass ich besser weiterfahre.

Verdammt.

Ich stoße ein paar wenig damenhafte Flüche aus und drehe eine weitere Runde um den Block, wohlwissend, dass Braxton denken wird, ich hätte sein Auto entwendet. Ich habe keine Möglichkeit, ihn zu informieren, dass ich ihm nur einen Gefallen tue. Als ich erneut im Schneckentempo die Straße entlangrolle, in der das Restaurant liegt, sehe ich Braxton an der Kante des Bürgersteigs stehen. In der einen Hand hat er eine Tüte voll chinesischem Essen, in der anderen sein Handy, das er angestrengt fixiert. Auf mein Hupen hin hebt er den Kopf, bevor ich die Scheibe auf der Beifahrerseite herunterlasse. »Ein Cop hat mich angewiesen, das Auto wegzufahren. Er hat damit gedroht, einen Strafzettel auszustellen.«

»Ich habe angenommen, du hättest meinen Wagen gestohlen«, sagt er halb ernst, halb amüsiert. Er tritt auf die Straße, öffnet die Beifahrertür und macht es sich neben mir bequem.

Meine Augen weiten sich. »Möchtest du nicht wieder übernehmen?«

»Wir müssen in etwa zwei Minuten wieder in zweiter Reihe halten. Es ist also besser, wenn du einfach dort sitzenbleibst«, erklärt er, als wäre das selbstredend, und schnallt sich an.

»Ich bezweifle, dass das klug ist. Ich hatte eben beinah einen Herzinfarkt, als ich zweimal um den Block fahren musste«, gestehe ich ehrlich.

Braxton sieht mich an. »Ich vertraue dir.«

»Du vertraust mir, hast aber eben gedacht, ich hätte dein Auto entwendet?« Ich schüttle den Kopf. »Das ergibt nicht wirklich Sinn.«

»Du hast es ja nicht gestohlen, sondern bist aus einem triftigen Grund weggefahren.«

»Ich fange an, zu glauben, dass du ein wenig irre bist.« Ich halte zwei meiner Finger ein Stückchen auseinander, um das Ausmaß zu verdeutlichen.

Sein dunkler Blick heftet sich auf meine Hand. »Kann sein, aber ist das nicht jeder von uns?«

»Vielleicht«, stimme ich zu. »Wohin soll ich uns fahren?«

»Zum Kiosk am Ende des nächsten Blocks.«

Okay. Ich fahre uns zu erwähntem Laden. Braxton steigt aus, nur um eine Minute später mit einer braunen Papiertüte zurückzukommen. Er öffnet die Fahrertür und löst meinen Anschnallgurt. »Ich übernehme ab hier wieder.«

Gott sei Dank, denke ich, auch wenn ich die Worte nicht ausspreche. Er muss die Erleichterung an meinem Gesichtsausdruck ablesen, denn er schmunzelt, als er mich um den Wagen zur Beifahrerseite bringt.

»Wohin fahren wir?«, frage ich, als er aufs Gaspedal tritt.

»Zum Freeway Park. Der ist nicht weit von hier entfernt.«

»Nun, das schreit geradezu nach Horrorfilm«, murmle ich kaum hörbar und lächle beim Klang seines vollen Lachens in mich hinein.

Als wir den Park erreichen, hält Braxton am Straßenrand. Er holt die Sachen von der Rückbank, die er besorgt hat. Die Tüte mit dem Essen in der einen Hand, nimmt er mit der anderen meine Hand. Ich bin erstaunt, wie wohl ich mich dabei fühle.

»Warst du hier schon mal?«, will er wissen.

»Nein, aber es ist hinreißend.« Ehrfürchtig nehme ich die Schönheit um uns herum in mich auf. Mit der Sonne, die langsam untergeht und die Gebäude um den Park herum anstrahlt, sieht es aus wie ein Postkartenmotiv.

»Warte nur, bis ich dir das Labyrinth gezeigt habe.« Er führt mich einen von Bäumen gesäumten Weg entlang zu einem von runden Bänken umgebenen großen Brunnen und bedeutet mir, mich auf eine davon zu setzen.

Ich folge seiner Aufforderung und er packt das mitgebrachte Essen aus. Ich tausche meine Gabel gegen ein Paar Stäbchen ein und öffne meinen Essensbehälter. Da ich kurz vor dem Verhungern bin, schaufle ich mir genüsslich meine Nudeln in den Mund. »Danke für das hier«, flüstere ich, als er neben mir Platz nimmt und seine Box aufklappt.

»Wofür?«, möchte er wissen, während ich an meinen Stäbchen herumspiele.

»Es war eine lange Woche.« Ich atme durch. »Ich habe das gebraucht, ein einfaches Essen an einem ruhigen Ort.«

»Was ist diese Woche passiert?«, erkundigt er interessiert, ehe er einen Happen seiner Nudeln nimmt.

»Ich habe eine neue Stelle angetreten.« Ich drehe mich ihm zu. »Bevor ich hierhergezogen bin, habe ich bei einem kleinen Nachrichtensender gearbeitet. Diese Tage habe ich bei IMG angefangen und fühle mich ein wenig, als wäre das Ganze eine Nummer zu groß für mich.« Ich bemerke ein leichtes Aufblitzen in seinen Augen, frage jedoch nicht nach, was es damit auf sich hat. »Die letzte Woche hat einfach viele Veränderungen für mich gebracht. Vermutlich benötige ich einfach noch etwas Zeit, um mich in alles hineinzufinden.«

»Magst du deinen neuen Job?«

»Ja, er ist viel intensiver, als ich es gewohnt bin, aber ich mag meine Chefin und das Team, in dem ich arbeite. Alle scheinen sehr nett zu sein. Es ist einfach nur anders.«

»Manchmal ist anders gut«, sagt er sanft. »Mit der Zeit wirst du dich eingewöhnen. Sie hätten dich nicht eingestellt, wenn sie nicht davon überzeugt wären, dass du die nötigen Fähigkeiten mitbringst.«

»Du hast recht«, stimme ich zu. Katy, meine Chefin, hat mir etwas Ähnliches gesagt, nachdem ich das erste Mal auf Sendung war.

»Ich habe immer recht.« Braxton zwinkert mir zu, und ich kann nicht anders, als zu lachen. Er betrachtet mich für einen Moment, schüttelt dann aber den Kopf und stellt sein Essen beiseite, um sich die Papiertüte zu schnappen, mit der er aus dem Laden gekommen ist. Daraus zieht er einen Pappkarton und zwei rote Plastikbecher hervor. »Um beim Thema zu bleiben.« Er reicht mir einen der Becher. »Wein im Getränkekarton.«

Schmunzelnd halte ich ihm den Becher hin, damit er mir einschenken kann. »Du kennst den Weg zu meinem Herzen.«

»Ich bin nicht traurig darüber, dass du so einfach zufriedenzustellen bist«, erwidert er amüsiert.

»Ich mag billiges Essen und günstigen Wein, aber freu dich nicht zu früh, ich bin definitiv nicht einfach.«

»Ist notiert.« Er hebt den Becher, und ich tue es ihm gleich. »Auf positive Veränderungen und eine erfolgreiche Eingewöhnung.«

»Cheers.« Ich stoße mit meinem Becher gegen seinen, trinke einen Schluck und versuche, mir nicht anmerken zu lassen, wie eklig der Wein ist.

»Wow, das schmeckt wirklich so, als hätte ich ihn für vier Dollar am Kiosk gekauft«, sagt er und wischt sich mit dem Handrücken über den Mund, was mir ein Lachen entlockt.

Gott, wie lange ist es her, dass ich mit einem Mann, der nicht Jamie war, so viel Spaß hatte?

»So schlecht ist er nicht.« Ich probiere einen weiteren Schluck, muss jedoch würgen, als mir der Geruch des Weins in die Nase steigt.

»Oder sogar noch schlimmer?« Braxton steht auf und nimmt mir den Becher aus der Hand. »Ich besorge dir ein Glas echten

Wein, wenn wir uns wieder auf den Weg machen«, verspricht er und wirft die beiden Trinkgefäße und den Rest des Kartons in den Müll. Als er zurückkommt, stupst er mich mit seinem Knie an. »Iss auf, damit ich dir das Labyrinth zeigen und dir einen richtigen Traubensaft organisieren kann.«

»Besteht zufälligerweise die Chance, dass du dich, wenn du davon redest, mir das Labyrinth zu zeigen, auf den Film mit David Bowie beziehst? Nimmst du mich mit, um mir Jareth und Hoggle vorzustellen?«

Anerkennung blitzt in seiner Miene auf. »Ich möchte deine Träume ungern zerstören, aber leider werden David und die grummelige Puppe nicht da sein.«

»Verdammt. Und ich hatte schon den Eindruck, es könnte ein erinnerungswürdiger Abend werden.«

»Der Abend ist noch jung«, erwidert er leise, und ich presse meine Oberschenkel zusammen, als ich das Versprechen in seinem Blick sehe.

Gott, ich stecke in ziemlich großen Schwierigkeiten.

3. Kapitel

Dakota

Nachdem mich Braxton durch das Labyrinth geführt hat, einen architektonisch interessanten Bereich im Park mit Treppen, die in alle möglichen Richtungen gehen, sind wir wieder in seinen Benz gestiegen. Wir haben uns zu einer kleinen Bar in der Nähe meines Appartementgebäudes begeben, wo wir uns in einer Fensternische niedergelassen haben, abgeschieden von den anderen Besuchern.

»Dein Lieblingsessen?«, fragt er und beugt sich näher zu mir. Meine Knie sind zwischen seinen kräftigen Oberschenkeln gefangen, während er mich mit seinem Körper von den anderen Gästen abschirmt, sodass ich alles andere um uns herum gar nicht mehr wahrnehme.

Seit vierzig Minuten spielen wir dieses Spiel. Auch wenn die Fragen total harmlos sind, scheinen sie die unterschwellige sexuelle Spannung, die sich von Minute zu Minute mehr aufbaut, nur noch zu erhöhen.

»Tacos«, antworte ich und nippe an meinem Wein.

»Steak.«

»Rotes Fleisch – nicht überraschend.« Ich schmunzle, und seine Mundwinkel wandern nach oben.

»Lieblingssong?«, fährt er fort.

»*Hello* von Adele. Und deiner?«

»*Runaway Train*.«

»Wirklich?« Ich sehe ihn zweifelnd an, was ihm ein Grinsen entlockt.

»Wirklich. So, jetzt deine Lieblingsfarbe.«

»Lila.«

»Nicht Pink?«

»Nein.« Ich verziehe das Gesicht.

Er lacht, und ich fixiere seinen Mund, als er sagt: »Meine ist Schwarz.«

»Wieder nicht überraschend.«

»Nicht?« Braxton hebt sein Glas mit der bernsteinfarbenen Flüssigkeit darin an den Mund.

»Nein, überhaupt nicht. Schwarz ist eine dominante Farbe, und das scheint dein Ding zu sein.«

Er zieht eine Braue nach oben. »Dominanz ist mein Ding?«

»Ist dem nicht so?«

»Keine Ahnung. Ich habe mir noch nie zuvor ein Label auferlegt und es hat auch noch niemand versucht, mich so genau zu analysieren.« Er lehnt sich zurück und mustert mein beinah leeres Glas. »Möchtest du noch Wein?«

»Ja, bitte.« Ich lächle, und er schiebt gekonnt meine Beine beiseite, um aufzustehen.

Ich halte den Atem an, als er sich ein wenig vorbeugt und mit der Nase meine Wange streift, ehe ich meine Lider schließe. »Bin gleich zurück«, flüstert er an meinem Ohr

»Ich warte hier«, sage ich atemlos und bemerke das winzige Schmunzeln, das seine Lippen umspielt, als er sich wieder aufrichtet. Mein Blick folgt ihm durch die Bar und ich verzeichne, dass ich nicht die einzige Frau bin, die ihn bewundernd anstarrt. Ich nehme mein Glas und wende mich zum Fenster, das auf die Straße hinausgeht. Lächelnd betrachte ich ein vorbeigehendes Paar, das zwischen sich einen kleinen Jungen an der Hand hält, der versucht, einen Backflip zu machen.

»Ist dieser Platz schon besetzt?« Ich sehe über meine Schulter und finde mich einem Mann gegenüber, der viel zu nah an mich herangetreten ist.

»Ähm.« Bevor ich etwas einwenden kann, zieht er Braxtons Stuhl zu sich heran, nimmt darauf Platz und stellt sein Bier auf den Tisch. »Entschuldigung«, sage ich und versuche, möglichst ruhig zu sprechen. »Ich bin mit jemandem hier.«

»Wirklich?« Er schaut sich suchend um. »Wo ist er denn?«

»An der Bar«, antworte ich, woraufhin er zum Tresen sieht. Ich folge seinem Blick, kann Braxton aber nirgends entdecken.

»Ich bin mir sicher, dass es deinen Freund nicht stören wird, wenn ich dir Gesellschaft leiste.« Ich spüre, wie sich Anspannung in meinem Nacken und meinen Schultern ausbreitet. »Also, was macht ein hübsches Mädchen wie du hier an einem Freitag?«

Hübsches Mädchen? Ernsthaft? Ich kämpfe gegen den Drang an, mit den Augen zu rollen. »Wie ich bereits sagte: ich bin mit jemandem hier. Er sollte jeden Moment wieder zurücksein.«

»Na klar.« Er grinst, als würde er meinen Worten keinen Glauben schenken, und greift nach seinem Bier. »Lebst du hier in der Gegend?«

»Warum möchtest du das wissen?«, frage ich und rücke von ihm weg, als er versucht, mich wie vorhin Braxton mit seinem Körper einzuschließen.

»Ich betreibe nur ein bisschen Smalltalk. Ich wohne in dem Gebäude auf der anderen Straßenseite.« Verdammt, bedeutet das, dass er im selben Gebäude lebt wie ich? »Und was läuft bei dir so?«

»Ich bin neu hier«, erwidere ich vage, während er an dem Etikett seines Biers zupft, das sich allmählich von der Flasche löst.

»Ich würde mich freuen, dir irgendwann mal die Gegend zu zeigen.«

Gott, steh mir bei. »Ich ...«

»Sorry, dass ich so lang gebraucht habe, Baby.« Braxton erscheint aus dem Nichts und unterbricht meinen Satz. Er stellt ein volles Weinglas neben mein leeres und umfasst meinen Nacken, ehe er sich dem Mann auf seinem Stuhl zuwendet. »Danke, dass du meinem Mädchen Gesellschaft geleistet hast.«

Die Augen von Mr Wie-auch-immer-er-heißt weiten sich, als hätte er soeben einen Geist gesehen. Er fällt beinahe vom Stuhl, so rasch erhebt er sich. »Scheiße, tut mir leid, wirklich«, stammelt er eilig und stolpert vom Tisch weg. Ich sehe ihm nach, als er wie ein Irrer durch den Raum hetzt. Dabei frage ich mich, warum er sich verhält, als wäre eben ein Todesurteil über ihn verhängt worden.

»Ist alles in Ordnung?«, vergewissert sich Braxton und zieht meine Aufmerksamkeit wieder auf sich, als er meine Wange umfasst. Unsere Blicke verschränken sich miteinander.

»Ja.«

Er mustert mich einen langen Moment prüfend, ehe er wieder seinen Platz einnimmt und mich wie zuvor mit seinem Körper einkesselt – und sogleich wird das Kribbeln, das in seiner Gegenwart über meine Haut läuft, wieder stärker. Ich nehme mein neues Weinglas und trinke einen kräftigen Schluck. Dabei frage ich mich, ob ich tun soll, worauf ich gerade sehr Lust hätte.

»Worüber denkst du nach?«

Dich zu fragen, ob du mit zu mir nach Hause kommst.

Bevor ich etwas äußern kann, wird es laut und mehrere Leute beginnen miteinander zu toben. An der Bar bricht gerade ein heftiger Streit los.

»Verdammt, lass uns von hier verschwinden«, meint Braxton, als ein Barhocker durch den Raum segelt. Ohne auf meine Reaktion zu achten, erhebt er sich und zieht mich mit sich fort.

Ehe ich mich versehe, befinden wir uns auch schon im Freien. Braxton legt sein Jackett ab und hilft mir hineinzuschlüpfen. Ohne meine Hand loszulassen, folgt er mir auf den Gehweg.

Und dann, wie es typisch für Seattle ist, öffnet plötzlich der Himmel seine Schleusen und es beginnt zu regnen. Nicht ein bisschen, sondern in Strömen. In diesem Moment werfe ich alle Bedenken über Bord und ziehe Braxton zu mir unter ein Vordach. »Ich wohne hier die Straße runter«, rufe ich über den prasselnden Regen hinweg und nicke in Richtung des Gebäudes, das alle anderen in der Straße überragt. »Wir könnten in mein Appartement gehen, um wieder trocken zu werden.«

Den Ausdruck, der daraufhin in seine Augen tritt, kann ich nicht deuten, aber ich stoße erleichtert den angehaltenen Atem aus, als er meine Finger drückt. »Zeig mir, wo es langgeht.«

Das werde ich wohl nicht tun, zumindest nicht im übertragenen Sinne. Ich bezweifle, dass diesem Mann schon jemals jemand gezeigt hat, wo es langgeht. Er geleitet mich über die Straße, als gerade kein Auto kommt. Bis wir am Eingang meines Appartementgebäudes ankommen, sind wir völlig durchnässt. Ich grüße den Portier mit einem kleinen Lächeln, und wir eilen auf die Fahrstühle zu.

Beim Anblick meiner triefendnassen Gestalt im Spiegel an der Wand muss ich lachen. Als Braxton miteinstimmt, sehe ich zu ihm hoch. Ich drücke den Knopf für den Fahrstuhl, und als sich dessen Türen öffnen, fallen wir, noch immer prustend, förmlich hinein. Nachdem ich meine Etage ausgewählt habe, setzt sich der Aufzug in Bewegung und ich beginne, in der kühlen Luft der Klimaanlage zu zittern.

»Komm her.« Er zieht mich an seine Brust und ich sauge die Wärme und den Geruch, die von ihm ausgehen, in mich auf, bis sich die Türen wieder öffnen. Hand in Hand verlassen wir den Fahrstuhl und gehen den Korridor hinunter. Bei meiner Wohnungstür angekommen, hole ich mein Handy aus meiner Handtasche und halte es gegen das Keypad an der Tür. Nachdem ich sie geöffnet habe, schalte ich das Licht ein und ziehe Braxtons Jackett aus, um es an die Garderobe zu hängen.

»Möchtest du Tee oder etwas anderes?«, frage ich, unterwegs in die Küche, was ihn seine Aufmerksamkeit auf mich richten lässt. »Vielleicht habe ich noch etwas *Jack Daniels* von dem Tag, an dem mir Jamie und seine Bandkollegen beim Umzug geholfen haben.«

»Wasser reicht mir.« Er folgt mir, und ich befülle einen Teekessel mit Wasser und stelle ihn auf die Herdplatte. Dann reiche ich ihm ein Glas Leitungswasser, ehe ich mich auf die Suche nach Handtüchern begebe. »Deine Wohnung ist wirklich schön.«

»Danke.« Ich sehe mich um. Ich habe ein paar lilafarbene Kissen gekauft, um der schwarzen Couch einen Farbtupfer zu verleihen, und einen silber-weiß gemusterten Überwurf, der zu meiner Bettwäsche passt. Das war im Wesentlichen schon mein Beitrag. »Sie war bereits möbliert, als ich eingezogen bin, also kann ich die Möbel nicht als meinen Verdienst ausgeben.«

»Hm.« Braxton tritt an die Fensterfront heran und lässt seinen Blick über die Stadt schweifen, während ich mich auf den Weg ins Badezimmer mache. Dort entledige ich mich meines Kleids und meiner Unterwäsche und ziehe eine Leggings sowie ein Tanktop an. Ich kehre mit zwei Handtüchern zurück und reiche Braxton eins davon. Das andere benutze ich, um meine Haare trocken zu rubbeln. »Ich habe keine Kleidung in deiner Größe, aber ich könnte dein Hemd in den Trockner werfen.«

»Das wäre gut.« Er löst seine Manschettenknöpfe und zieht sein Hemd aus dem Bund seiner Hose, ehe er sich an dessen Knöpfen zu schaffen macht. Ich möchte in nicht anstarren, verfolge jedoch wie gebannt, wie er mit seinen Fingern die Knopfreihe entlangwandert. Einen Moment später steht er mir mit entblößtem Oberkörper gegenüber. Mit zitternden Händen nehme ich sein Hemd entgegen. Ich sehe ihn nicht an, als ich den Raum durchquere, um es in den Trockner zu werfen. Als ich auf Start drücke, pfeift der Teekessel. Ich begebe mich in die Küche, hänge einen Pfefferminz-Teebeutel in die Tasse, fülle sie mit kochend heißem Wasser und nehme sie mit zur Couch. Sobald ich mich darauf niedergelassen habe, gesellt sich Braxton zu mir und ich reiche ihm den Überwurf.

»Denkst du, mir sei kalt, oder willst du, dass ich mich bedecke?«

»Beides«, gestehe ich, woraufhin er die Decke über seinen Schoß ausbreitet, was jedoch nichts daran ändert, dass ich freie Aussicht auf seine nackte Brust habe. Kopfschüttelnd werfe ich einen Blick über die Couch zu den Fenstern. »Es schüttet immer noch.«

»Ich schätze, dass es die gesamte Nacht regnen wird.« Er streichelt über meine Wange. Als ich mich zu ihm drehe, wickelt er sich gerade eine meiner Haarsträhnen um seine Finger. »Das ist eins der Dinge, die ich an der Stadt liebe.«

»Die meisten Leute hassen die Tatsache, dass es hier die ganze Zeit regnet.«

»Wie du schon bemerkt hast, bin ich nicht wie die meisten

Leute.« Er streicht mit seinem Finger an der Außenseite meiner Ohrmuschel entlang. Dann gleitet seine Hand in mein Haar, sodass er meinen Hinterkopf umfassen und mich näher zu sich heranziehen kann. Nur das Geräusch seiner Atmung durchbricht die Stille im Raum. Ich schließe die Augen, als er seine Lippen auf meine presst. Sein Daumen an meinem Kinn ist eine stumme Aufforderung, meinen Mund für ihn zu öffnen. Ich gehorche und stöhne, als sich unsere Zungen berühren. Als er sich wieder zurückzieht, ist mir fast danach, ihn zu fragen, warum er aufgehört hat. Doch ich halte die Luft an, da er die Decke zur Seite wirft und mich rittlings auf seinen Schoss zieht. »So ist es besser.«

Er lächelt, ehe er meinen Mund erneut erobert. Ich muss ihm zustimmen; diese Position ist geradezu ideal. Ich lasse meine Hände zu seinen Schultern wandern, während seine über meine Oberschenkel streichen, mein Becken umschließen und mich noch enger an ihn pressen.

Ich verliere mich komplett in diesem Moment, seiner Berührung, seinem Kuss, seinem Geschmack, und es wäre mir gleichgültig, würde man mich nie mehr wiederfinden. Sein Mund zieht eine Spur von Küssen von meinem Hals hinunter zu meinen Brüsten.

»Heb deine Arme hoch.«

Ich zögere nicht, und er streift mir das Tanktop ab und wirft es auf den Boden. Meine Nippel werden unter seinem Blick steif und ich halte den Atem an, während er mich betrachtet.

»Perfekt. Absolut perfekt.« Er umfasst beide Brüste und senkt den Kopf, um an einer der harten Knospen zu saugen. Wimmernd fahre ich mit den Händen durch sein Haar, um frustriert aufzustöhnen, als er meine Handgelenke hinter meinen Rücken zieht. Nun bin ich ihm komplett ausgeliefert, während er verheerende Dinge mit seinem Mund anstellt.

Keuchend rufe ich seinen Namen, und er hält inne, um mich anzusehen. Seine Augen sind dunkel vor Verlangen, was mir offenbart, dass er sich genauso verzweifelt fühlt wie ich. Ich versuche, meine Hände aus seinem Griff zu befreien, aber er umfasst sie nur noch fester.

»Dakota ...«

»Braxton.« Mein Oberkörper hebt und senkt sich in raschen Zügen, während er aufsteht und mich durch den Raum trägt.

Sobald mein Rücken die Matratze berührt, stützt sich Braxton über mir ab und küsst mich tief und innig. Dann zieht er sich ein Stückchen zurück, um wieder meinen Blick zu suchen. »Behalt deine Hände über deinem Kopf.«

Meine inneren Muskeln ziehen sich bei seinem Befehl zusammen und ich bringe die Arme in die geforderte Position. Er erhebt sich, kickt sich die Schuhe von den Füßen und entledigt sich seines Gürtels und seiner Hose. Dann beugt er sich über mich und küsst meinen Bauch. Er umfasst meine Leggings auf Höhe meiner Taille und zieht sie von meinem Körper.

Im nächsten Moment überrascht er mich, indem er meine Beine spreizt und sein Gesicht dazwischen vergräbt. Es bringt mich fast um den Verstand, meine Hände dort zu lassen, wo sie sind, aber ich halte mich an seine Anordnung. Er belohnt mich für meine süßen Qualen, indem er zwei Finger in mich hineinschiebt und damit meinen G-Punkt stimuliert. Meine Oberschenkel zittern, als er an meiner Klit saugt, dann wird jeglicher Gedanke aus meinem Kopf gefegt, als ich über den Abgrund in blendend weißes Licht stürze, das jeden Zentimeter meiner Haut in Flammen setzt. Langsam finde ich wieder in meinen Körper zurück, während Braxton Küsse auf der Innenseite meines Oberschenkels, auf meinem Bauch und meiner Brust verteilt.

Als er meinen Mund erreicht, sehe ich, dass er lächelt. »Du hast auf mich gehört.«

»Das stimmt.« Ich schlinge meine Beine um seine Mitte und wandere mit meinen Händen hinauf zu seinem Bizeps, während er meine Seiten entlangstreicht und meine Haut zum Prickeln bringt. »Ich bin ein wirklich, wirklich gutes Mädchen.«

»Ich finde, ich sollte das überprüfen.« Er küsst mich, ehe er uns herumrollt, sodass ich rittlings auf ihm sitze und seine beeindruckende Erektion zwischen meinen Beinen spüre. Ich schlucke heftig. »Sag mir, dass du das hier willst, Dakota.«

Ich sehe ihm in die Augen und weiß ohne jeden Zweifel, dass ich das hier will. »Ich will dich.«

In dem Moment, als diese drei Worte meinen Mund verlassen, richtet er sich ein Stückchen auf, um mich erneut zu küssen. Anschließend verlieren wir uns den Rest der Nacht ineinander.

Der Geruch von Kaffee sickert in mein Unterbewusstsein und weckt mich. Langsam öffne ich meine Lider, um zu erkennen, dass das Bett neben mir leer ist. Zaghaft drehe ich mich auf die Seite und verbeiße mir ein Wimmern. Ich fühle mich von innen heraus gebrandmarkt und spüre jeden Muskel in meinem Körper.

Braxton.

Ich hebe den Kopf ein wenig an und scanne den offenen Raum meines Studioappartements, auf der Suche nach dem Mann, der für meinen aktuellen Zustand verantwortlich ist. Als ich ihn in meiner Küche entdecke, halte ich den Atem an. Ich möchte diesen Anblick noch etwas genießen, bevor er bemerkt, dass ich wach bin.

Lässig mit dem Rücken an der Theke lehnend, eine seiner Hände in die Seite gestemmt, die andere mit seinem Handy am Ohr, wirkt er, als gehöre ihm meine Wohnung. Ich kann seine Worte nicht hören, aber seine Lippen bewegen sich schnell. Seinem Gesichtsausdruck nach zu urteilen, dürfte es sich um eine ernste Angelegenheit handeln. Er mag eine beeindruckende Erscheinung abgeben, doch Maggie hatte recht; er ist perfekt – und vielleicht sogar perfekt für mich.

Ich kann mich nicht an eine Zeit erinnern, in der ich mich in Gegenwart eines Mannes so wohlgefühlt habe. Selbst als Troy und ich uns kennenlernten, war ich ständig nervös und hatte Angst, etwas Falsches zu tun oder ihn mit einer Aussage zu verstimmen. Es bestand immer eine stillschweigende Erwartung an mich, wegen seines Jobs und der Position seines Vaters ein bestimmtes Benehmen an den Tag zu legen.

Letzte Nacht mit Braxton hatte ich das Gefühl, ich selbst sein zu können. Es war erfrischend und befreiend, und er hat mir das Gefühl gegeben, etwas Besonderes zu sein.

»Schönheit, wirst du mich weiterhin nur anstarren oder zu mir kommen, mir einen Kuss geben und dir eine Tasse Kaffee holen?«

Ich blinzle, woraufhin sich seine Mundwinkel zu einem schelmischen Grinsen verziehen. »Ähm ...« Ich beiße mir auf die Unterlippe. »Ein bisschen Kaffee könnte ich wohl gebrauchen.«

»Worauf wartest du dann noch?« Er lockt mich mit seinem Finger zu sich. Diese Geste von ihm lässt meinen Körper sofort reagieren.

Ich werfe die Decke zurück und kühle Luft trifft auf jeden Zentimeter meiner Haut. Sofort erstarre ich. Schnell ziehe ich mir die Decke wieder bis zum Hals hoch, dabei könnte ich schwören, dass ich ihn lachen höre. Ohne ihn eines Blickes zu würdigen, sehe ich mich im Bett und auf dem Boden nach etwas um, mit dem ich meine Blöße bedecken kann. Da ich nicht fündig werde, beschließe ich, dass das Betttuch ausreichen muss. Mit einem Ächzen löse ich es von den Ecken der Matratze und wickle es mir um den Körper, bevor ich erneut die Decke zurückschlage.

Als ich aufgestanden bin, puste ich mir eine Haarsträhne aus dem Gesicht und schaue zu ihm. Er lächelt mich an. »Ich bin gleich zurück.«

»Ich warte hier auf dich.« Zwinkernd prostet er mir mit seiner Tasse zu.

Ich bedenke ihn mit einem nervösen Lächeln und sehe dann auf mein Handy, als das Display aufgrund einer eingegangenen Nachricht aufleuchtet. Ich nehme es mit mir ins Badezimmer, wo ich rasch einen Bademantel anziehe und mir die Zähne putze. Dann widme ich mich wieder meinem Handy, um zu bemerken, dass ich ein paar Nachrichten und verpasste Anrufe habe – eine Tatsache, die nicht gerade üblich ist.

Die erste Nachricht stammt von Maggie. Sie fragt, warum ich Adam versetzt hätte. Die nächste ist von Jamie, der wissen möchte, ob es mir gut geht. Irritiert schüttle ich den Kopf und schreibe beiden zurück. Maggie lasse ich wissen, dass das nicht zutrifft, und Jamie versichere ich, dass ich zu Hause und wohlauf bin. Bevor ich auch nur die Chance habe, mein Handy beiseitezulegen, schickt mir Maggie eine Nachricht zurück, die nur in Großbuchstaben verfasst ist.

Mags: ER SASS DIE GANZE NACHT ÜBER AUF EINEM STUHL AN MEINER BAR. DU HAST DICH DEFINITIV NICHT MIT IHM GETROFFEN.

Ein schweres Gewicht breitet sich in meinem Magen aus. Wenn Adam die ganze Nacht im *View* war, wer zur Hölle ist dann der Kerl, der sich gerade in meiner Küche aufhält?

Mit zitternden Händen schreibe ich ihr, so schnell ich kann, zurück.

Ich: Bist du sicher?

Mags: OB ICH SICHER BIN? JA, DAS BIN ICH. ER HAT AUF DICH GEWARTET UND DU BIST NICHT AUFGETAUCHT, ALSO IST ER IN DEN CLUB GEKOMMEN.

»Oh mein Gott«, flüstere ich, während mir übel wird.

Ich kann mich in dem Mann, dem ich mich letzte Nacht völlig hingegeben habe, nicht derart geirrt haben, oder? Was zum Teufel habe ich mir bloß dabei gedacht? Ich habe ihm kaum Fragen gestellt. Ich habe ihm die Führung überlassen, fasziniert von seinem guten Aussehen und seiner Dominanz. Mir schnürt sich die Kehle zu und in mir breitet sich Wut von meinen Zehenspitzen bis zu meinen Haarwurzeln aus.

Ohne nachzudenken, stürme ich aus dem Bad in Richtung Küche und zwinge meine Beine dazu, nicht unter mir nachzugeben, als ich auf den Mann in meiner Küche zusteuere.

»Da bist du ja wieder, meine Schöne.«

Meine Kehle wird noch ein wenig enger, als ich daran denke, wie es mich gestern Nacht angemacht hat, dass er mich so genannt hat.

»Wer bist du?«, frage ich und stoße ihm mit genug Kraft gegen die Schulter, dass das Getränk in seiner Hand überschwappt, über seine Hand läuft und auf den Fußboden tropft.

»Was?« Sein verwirrter Gesichtsausdruck stachelt meinen Zorn nur noch mehr an.

»Wer bist du? Ich weiß, dass du nicht der Mann bist, mit dem ich mich treffen sollte!«, rufe ich, um ihn erneut zu bemerken – den Ausdruck, den ich gestern schon nicht deuten konnte. Ein banger Gesichtsausdruck, vielleicht sogar die Angst, erwischt zu werden. Gott, wie dumm bin ich eigentlich?

»Dakota ...« Er macht einen Schritt auf mich zu, doch ich strecke abwehrend die Hand aus. Ich kann mir nicht vertrauen, wenn es um die Anziehungskraft geht, die von ihm ausgeht.

»Sag mir einfach die Wahrheit.« Ich balle die Hände zu Fäusten.

Er stellt seinen Kaffee ab, ehe er sich gegen die Anrichte lehnt, als mache er sich keinerlei Gedanken. »In dem Moment, als ich dich gesehen habe, wollte ich dich.«

Ich verenge die Augen. »In dem Moment, als du mich gesehen hast, wolltest du mich. Also hast du so getan, als wärst du jemand, der du nicht bist?«

»Ja.«

Ja? Einfach nur ein Ja?

»Ich kann das nicht glauben.« Ich reibe mir über mein Gesicht und kann nicht fassen, in welcher Situation ich mich befinde.

»Baby.«

»Nenn mich nicht so«, fauche ich und lasse die Hände sinken, um ihn aufgebracht anzufunkeln. »Ich kenne dich ja nicht einmal.«

»Doch, du kennst mich«, widerspricht er und wirft einen raschen Blick zum Bett hinüber, ehe er mich wieder ansieht. »Wir kennen einander.«

»Ich dachte, ich würde dich kennen.« Ich schüttle den Kopf, in dem Versuch, meine Enttäuschung nicht zu offenbaren. »Alles, was ich jetzt weiß, ist, dass du ein Lügner bist. Und ich bin eine Idiotin.«

»Du bist keine Idiotin.«

»Oh doch, das bin ich. Ich hätte ...« Ich mache eine wegwerfende Handbewegung und unterbreche mich, bevor mir herausrutscht, dass ich hätte wissen müssen, dass er zu gut war, um wahr zu sein. »Du musst gehen.«

»Wir sollten reden.« Er macht einen weiteren Schritt auf mich zu, und ich weiche zurück, ehe er mich berühren kann. Schmerz blitzt in seinen Augen auf. Vielleicht habe ich mir das auch nur eingebildet. »Dakota ...«

»Bitte.« Ich schließe die Lider. »Geh einfach.« Mir ist bewusst, dass ich verzweifelt klinge, aber ich will unbedingt, dass das hier ein Ende hat. Er muss verschwinden, damit ich die letzte Nacht vergessen kann. Das, was ich zu fühlen gemeint habe, und das, was wir vermeintlich miteinander geteilt haben.

»Ich werde jetzt gehen, aber ich will, dass du verstehst, dass das hier noch nicht vorbei ist.« Die Drohung, die in dieser Aussage mitschwingt, ist nicht zu überhören. Nach außen hin gibt er sich souverän, aber all seine Muskeln sind angespannt, so als würde er nur auf den richtigen Moment warten, um sich auf seine Beute zu stürzen. »Das mit uns hat eben erst begonnen.«

»Es gibt kein Uns. Ich weiß wie gesagt nicht einmal, wer du bist.«

»Das wirst du erfahren.«

Ich schlucke und trete noch einen Schritt zurück, als er an mir vorbei zu dem erhöhten Bereich geht, wo mein Bett steht.

Er schnappt sich seine Hose und schlüpft hinein, ehe er sich sein Hemd überstreift. Ich schlinge meine Arme um meinen

Körper, während er sich hinsetzt, um seine Schuhe anzuziehen, und halte den Atem an, als er sich wieder erhebt. Während er auf mich zukommt, frage ich mich, ob ich einen Fehler mache, aber dann rufe ich mir in Erinnerung, dass er mich angelogen hat. Mehr als nur ein einziges Mal. Er hätte mir gestern Abend zu jedem Zeitpunkt die Wahrheit sagen können, doch das hat er nicht getan.

»Ich muss morgen für ein paar Tage verreisen«, sagt er, und mein Magen zieht sich bei dieser Neuigkeit zusammen. »Aber wenn ich zurück bin, werden wir reden.«

»Nein, das werden wir nicht.« Ich hasse es, dass meine Stimme so sehr zittert.

Braxton überbrückt die Distanz zwischen uns und streckt seinen Arm aus, um mich zu berühren. Ich drehe den Kopf zur Seite, ehe er meine Wange erreichen kann. Ein Muskel an seinem Kiefer beginnt zu zucken und er ballt die Hand zur Faust, als er sie wieder sinken lässt. »Wir sehen uns bald.«

Ich bleibe stumm, bringe kein Wort heraus. Er starrt mich für eine gefühlte Ewigkeit an, ehe er sich zum Gehen wendet. Erst als die Tür hinter ihm zufällt, kann ich wieder richtig atmen.

Ich stütze meine Ellenbogen auf der Küchenanrichte ab und vergrabe das Gesicht in meinen Händen. Am liebsten würde ich weinen, nicht nur, weil ich traurig bin, sondern auch weil ich so sauer auf mich bin. Ich hätte ... Keine Ahnung, was ich hätte tun sollen, aber ich hätte wissen müssen, dass Braxton nicht derjenige ist, als der er sich ausgegeben hat. Ich hätte zwischen den Zeilen lesen und meinem Bauchgefühl vertrauen sollen.

In dem Moment, als ich dich gesehen habe, wollte ich dich.

Wer sagt so etwas? Was für ein Mann denkt überhaupt so, geschweige denn handelt danach? Wahrscheinlich dieselbe Art von Mann, die Anzüge wie eine zweite Haut trägt, einen *Mercedes-Benz* G-Klasse fährt und eine Dauerreservierung im *Altura* hat.

Das Klingeln meines Handys, das noch immer im Badezimmer liegt, reißt mich aus meinen Gedanken. Ich hole tief Luft, ehe ich mich von der Anrichte abstoße. Als ich es erreiche, klingelt es nicht länger, aber auf dem Display wird ein verpasster Anruf von Jamie angezeigt. Ich will ihn nicht zurückrufen. Bestimmt hat er inzwischen mit Maggie geredet und fragt sich, was zur Hölle mit mir los ist. Da mir bewusst ist, dass er sich Sorgen macht, wähle ich dennoch seine Nummer.

»Dakota, was zum Teufel?«, sind seine Begrüßungsworte, und ich kneife die Augen zu.

»Zum Teufel, was ist?«, frage ich und versuche, mein Gefühlschaos aus meiner Stimme fernzuhalten.

»Maggie hat erwähnt, dass du dein Date versetzt hättest, und ich konnte dich nicht erreichen. Ich war kurz davor, die Polizei einzuschalten, da mich die verfluchten Leute aus deinem Appartementgebäude nicht nach oben in deine Wohnung gelassen haben.«

Du lieber Himmel. Ich bin froh, dass ich ihm keinen Schlüssel gegeben habe. »Es gibt keinen Grund, nach mir zu sehen, mir geht es gut. Ich konnte nur ...« Gott, ich hasse es, ihn anzulügen. »Ich konnte mich einfach nicht dazu aufraffen, bei dieser Kuppelei mitzuspielen. Also habe ich den Typen versetzt und ...«

»Das musst du mir nicht erklären. Ich habe mir einfach nur Sorgen um dich gemacht«, gibt er sanft zurück. »Bist du zu Hause?«

»Ja.« Ich sehe mich in meinem Badezimmer um und bemerke meine auf dem Boden liegende Betttuch. Ich hebe sie auf und nehme sie mit zu meinem Nachtlager, wo ich das Spannbettlaken von der Matratze reiße. Dann trage ich sämtliche Teile zur Waschmaschine in den Bereich hinter der Küche.

»Möchtest du heute vor meinem Auftritt mit mir gemeinsam zu Abend essen? Ich könnte etwas vom Chinesen mitbringen.«

Seine Frage sorgt dafür, dass sich mir der Magen umdreht, während ich die Bettwäsche in die Waschmaschine stopfe. »Ich muss vor dem Wochenbeginn noch etwas Arbeit erledigen.« Das entspricht der Wahrheit.

Der Verkauf eines der Produkte, die wir am Montag auf Sendung anbieten werden, macht mich nervös. Es handelt sich um einen Artikel, der noch nicht lang auf dem Markt ist. Die Menge, die ich davon an den Mann bringen werde, könnte entscheidend dafür sein, ob ich bekanntere Marken zugeteilt bekomme. »Wie wäre es morgen mit Frühstück?«

»Mit Frühstück?«, fragt er, als habe er dieses Wort noch nie gehört, während ich Waschmittel in die Maschine gebe.

»Okay, dann eben mit einem Brunch – einem späten Brunch.«

»Also gut«, gibt er nach, und ich höre, wie er die Luft geräuschvoll ausstößt. »Bist du sicher, dass alles in Ordnung ist?«

Ich schließe den Deckel der Waschmaschine und starte das Gerät. »Ja, das bin ich. Ruf mich morgen an, sobald du wach bist, und gib mir Bescheid, wo du mich treffen möchtest.«

»Alles klar, ich hab dich lieb.«

Seine Worte zaubern mir auf dem Weg in die Küche ein Lächeln ins Gesicht. Das jedoch erlischt, als ich die Tasse mit dem Kaffee entdecke. »Hab dich auch lieb.« Ich beende den Anruf und kippe das restliche Getränk in die Spüle, ehe ich mir einen Löffel aus der Schublade und meine Eiscreme aus der Tiefkühltruhe hole. Beides nehme ich mit zur Couch. Gedankenverloren blicke ich über die Lehne hinweg nach draußen über die Dächer der Stadt. Während ich einen Löffel nach dem anderen verschlinge und das Eis auf meiner Zunge schmelzen lasse, komme ich zum Schluss, dass es wohl an der Zeit ist, meine Vorstellungen von einem idyllischen Familienleben mit Mr Right aufzugeben.

4. Kapitel

Dakota

Ein nervtötendes Klingeln weckt mich und ich taste nach meinem Handy auf dem Nachtschrank. Mit Mühe öffne ich ein Auge und versuche, herauszufinden, wie ich den Lärm beenden kann. Das Display ist schwarz und mein Mobiltelefon somit nicht die Ursache für diese Ruhestörung. Stöhnend rolle ich mich aus dem Bett.

Ich stolpere in die Küche und drücke auf das grüne Licht, das den Bildschirm neben der Tür aktiviert. »Hallo?«, sage ich mit rauer Stimme.

»Miss Newton, können Sie eine Lieferung empfangen?«, meldet sich ein Mann. Ich runzle die Stirn und sehe auf die Uhr. Eine Lieferung um zehn Minuten vor acht an einem Sonntag?

»Darf ich fragen, worum es sich dabei handelt?«

»Blumen.« Er hält kurz inne, um zu ergänzen: »Sehr viele Blumen.«

Braxton. Ich schließe für einen kurzen Moment die Lider und seufze. »Ja, okay.«

»Wir sind gleich bei Ihnen.« Damit ist das Gespräch beendet.

In der Annahme, dass ich noch ein paar Minuten habe, gehe ich zu meinem Kleiderschrank. Ich ziehe Leggins mit hohem Taillenbund sowie einen Sport-BH an, ehe ich mir einen Hoodie schnappe und ihn mir überstreife. Gerade als ich meine Laufschuhe fertig geschnürt habe, klopft es an der Tür. Kaum, dass ich sie aufgemacht habe, bietet sich mir ein schockierender Anblick.

Mich erwartet nicht nur eine Person mit einem einzelnen Strauß Rosen, sondern sechs Frauen und Männer mit jeweils zwei riesigen Vasen voll Rosen in den Händen. »Wo dürfen wir sie hinstellen?«, fragt der ganz vorn stehende ältere Herr.

»Überall dort, wo sie einen freien Platz finden.« Ich lasse sie eintreten und mache eine ausholende Geste in den Raum hinein.

»Jemand muss Sie sehr mögen.« Eine der Frauen lächelt mich an, während sie an mir vorbei ins Wohnzimmer geht, weil sämtliche freien Flächen in der Küche bereits von Blumen besetzt sind. Ich möchte klarstellen, dass sie falschliegt, murmle jedoch nur ein leises *Danke*, als sie Anstalten machen, meine Wohnung wieder zu verlassen.

Sobald die Lieferanten weg sind, schließe ich die Tür, lehne mich dagegen und betrachte die unglaubliche Menge an verschiedenfarbigen Rosen, die nahezu jede freie Oberfläche in meiner Wohnung einnehmen. Ein Kärtchen, das an einer der Vasen auf der Küchenanrichte befestigt ist, zieht meine Aufmerksamkeit auf sich. Ich löse es langsam von dem Band, das es an Ort und Stelle hält.

Die kleine, weiße Karte passt in meine Handfläche und ist so leicht wie eine Feder. Dennoch fühlt sie sich an, als würde sie Hunderte von Kilos wiegen, als ich die ruppige Schrift darauf lese.

Du warst mein.
Und du wirst wieder mein sein. BA

Ich beiße mir auf die Lippen und sehe mich im Raum um, unsicher, was ich davon halten soll. Ein Teil von mir ist beschwingt darüber, dass er mich nicht sofort wieder vergessen hat, nachdem er gegangen war; ein anderer Teil hält an der Enttäuschung über sein Täuschungsmanöver fest. Da ich den Kopf freibekommen muss und ein Bedürfnis nach ein wenig frischer Luft verspüre, nehme ich meinen Schlüsselpass und verlasse mein Appartement. Ich gehe zum Fahrstuhl und fahre hinunter ins Erdgeschoss. In der Lobby angekommen, winke ich dem Portier zu, der mir die Tür aufhält, und trete ins Freie. Ich sehe nach links und rechts und jogge los.

Als es zu regnen anfängt, ziehe ich mir die Kapuze meines

Hoodies über den Kopf. Ich renne den Block hinunter zum Park, wobei ich die kühle Brise und sogar den Sprühregen genieße, der meine Haut benetzt. Nach einigen Minuten bemerke ich, dass mir ein schwarzes Auto mit dunkel getönten Scheiben auf der Straße zu folgen scheint. Auf der Suche nach meinem Handy schiebe ich die Hände in die Taschen meines Hoodies. Ich verbeiße mir einen Fluch, als mir bewusst wird, dass ich es neben meinem Bett liegen gelassen habe. Es ist nicht viel los auf den Bürgersteigen; nur ein paar Leute sind bei diesem Wetter draußen. Meinem Bauchgefühl folgend, biege ich nach links ab, als ich das Ende des Blocks erreiche. Der Fahrer des Autos tut es mir gleich.

Beim Anblick einer Drogerie steigere ich mein Tempo und flüchte mich hinein. Neben dem Eingang warte ich darauf, dass das Auto vorbeifährt, doch das passiert nicht. Der Fahrer hält direkt vor dem Geschäft. Mit wild klopfendem Herzen überlege ich, wie viel Zeit es meinen Verfolger kosten wird, umzudrehen, wenn ich zurück zu meinem Appartementgebäude laufe. Beim Betreten der nächsten Person verlasse ich die Drogerie und hetze den Block hinunter und um die Ecke. Ich vergewissere mich nicht, ob mir der Wagen folgt, so sehr bin ich damit beschäftigt, meine Atmung zu kontrollieren und nicht hinzufallen. Es gelingt mir nicht mehr, zu stoppen, als sich mir jemand in den Weg stellt. Mit voller Geschwindigkeit pralle ich in den Mann hinein und höre ihn ächzen. Gleichzeitig spüre ich, wie er seine Arme um mich legt, um zu verhindern, dass wir beide zu Boden gehen.

»Es tut mir so, so leid.« Ich presse eine Hand gegen die harte Brust und versuche, mich davon zu lösen.

»Dakota.«

Nein, das kann nicht sein.

Ich hebe den Kopf und finde mich Braxton von Angesicht zu Angesicht gegenüber.

»Geht es dir gut?«

»W...Was ma...machst du hier?«, keuche ich und versuche, wieder zu Atem zu kommen.

»Warum siehst du aus, als hättest du einen Geist gesehen?« Statt einer Antwort stellt er eine Gegenfrage.

Ich werfe einen zaghaften Blick die Straße entlang, um zu sehen, ob das Auto noch immer da ist, kann es aber nirgends entdecken. »Ich ...« Ich befeuchte meine Lippen und schüttle den Kopf, mir eingestehend, dass ich mich gerade grundlos wahnsinnig gemacht habe. »Ich war eine Weile nicht mehr laufen«, lüge ich. Die Luft um uns herum scheint sich elektrisch aufzuladen, als sein Blick meinen auffängt. »Warum bist du hier? Ich dachte, du würdest verreisen?«

»Das mache ich auch.« Er nickt zur Straße hinüber. Ein silberner SUV parkt am Bordstein, neben der Fahrertür steht ein großer Mann und fixiert Braxton erwartungsvoll. »Hast du die Blumen bekommen?«, erkundigt er sich und berührt meine Wange. Ich sehe von ihm zu dem an seiner Seite abgestellten Koffer und zähle eins und eins zusammen.

»Wohnst du hier?«, frage ich und weiche einen Schritt vor ihm zurück.

Ein Muskel an seinem Kiefer beginnt zu zucken. »Ja.«

Ich nicke, schlinge meine Arme um meinen Körper und frage mich, warum er mir verschwiegen hat, dass er im gleichen Gebäude lebt wie ich. Oh ja, richtig, er ist ein riesengroßer Lügner. »Ich wünsche dir eine angenehme Reise.« Ich mache auf dem Absatz kehrt, um in einer Mischung aus Wut und Enttäuschung wegzulaufen.

»Dakota.« Er umfasst meinen Oberarm und hindert mich so am Gehen. Ich sehe ihn über meine Schulter hinweg an. »Wir werden reden.« Er streicht mit dem Finger über meine Wange. Ich sauge das Gefühl seiner Berührung in mich auf, ehe ich mich dazu zwinge, seinen Griff abzuschütteln.

Eilig betrete ich das Gebäude und spüre dabei die ganze Zeit die Hitze seines Blicks in meinem Rücken, während ich die Lobby in Richtung Aufzug durchquere, ohne mich noch einmal umzusehen. Als sich die Türen des Fahrstuhls öffnen, trete ich ein, lehne mich mit dem Rücken gegen die Wand und warte darauf, dass sie sich schließen.

Gerade als sie zugehen, werden sie gewaltsam wieder aufgeschoben und Braxton steht schwer atmend vor mir. Mit weit aufgerissenen Augen starre ich ihn an, unsicher, was ich tun oder sagen soll. Als er einen Schritt auf mich zutritt, stockt mir der Atem. Ehe ich mich versehe, presst er seinen Körper gegen meinen und erobert meinen Mund mit seinem. Ohne nachzudenken, gleite ich mit meinen Fingern in sein Haar. Er stöhnt auf. Ich wimmere in seinen Mund, als er mich hochhebt und gegen die Wand des Fahrstuhls drückt.

Obwohl mein Verstand schreit, ich solle ihn von mir schubsen, ziehe ich ihn näher zu mir. Seine Zunge spielt mit meiner und seine Hände an meinem Hintern drängen mich, ihm noch mehr zu geben. Sein Geruch und seine Berührungen berauschen mich, während ein Verlangen zwischen uns brennt, das wie ein Lauffeuer außer Kontrolle gerät. Als ich kurz davor bin, ihn anzuflehen, mit mir zu schlafen, löst er abrupt seinen Mund von meinem und stellt mich vorsichtig auf die Füße. Jetzt aus einem gänzlich anderen Grund keuchend, öffne ich die Augen.

»Ich wünschte, ich müsste nicht gehen.« Er umfasst mein Gesicht mit seinen Händen, und widersprüchliche Gefühle toben in meiner Brust, als er mich mit einem zärtlichen Ausdruck ansieht.

»Das ...« Ich senke den Blick, konzentriere mich stattdessen auf sein Kinn, und lege meine Hand auf seine Brust. »Das hätte nicht passieren sollen.«

»Es wird unausweichlich wieder und wieder zwischen uns passieren, Dakota.«

Hat er recht? Wahrscheinlich. Er scheint mein Kryptonit zu sein. »Du bist ein Lügner.«

»Ich hatte einen Grund, zu lügen.« Er fährt mit seinem Daumen über meine Wange.

»Das sagtest du bereits. Allerdings verstehe ich nicht, warum du mir verschwiegen hast, dass du im selben Gebäude lebst wie ich.«

»Dieser Teil ist ein wenig komplizierter.« Was zur Hölle soll das jetzt bitte bedeuten? »Wenn ich wieder da bin, erkläre ich dir alles.«

»Klar«, stimme ich zu, in der Hoffnung, dass er mich gehen lässt und ich mir in Erinnerung rufen kann, warum ich wütend auf ihn bin.

Er lächelt auf mich herunter, als wüsste er genau, was ich gerade denke. »Ich weiß, wo du wohnst und wo du arbeitest, Dakota.«

»Warum klingt das wie eine Drohung, Braxton?«

Flüchtig streicht er mit seinen Lippen über meine. »Weil es eine ist.« Er tritt zurück und seine Wärme verschwindet mit ihm. Genauso schnell, wie er aufgetaucht ist, ist er wieder weg.

Die Fahrstuhltüren schließen sich und lassen mich allein zurück. Als der Aufzug ein Geräusch von sich gibt, drücke ich schnell den Knopf für meine Etage und lehne mich rücklings gegen die Wand, ehe ich meine Finger an meine noch immer prickelnden Lippen hebe. Ich bin unschlüssig, was ich fühlen soll, weiß aber, dass Braxton recht hatte. Wenn wir uns sehen, wird das, was eben passiert ist, unausweichlich wieder passieren, und ein Teil von mir möchte genau das.

Himmel, ich bin so was von verloren.

Ich sehe auf meinem Handy nach der Uhrzeit und spüre Ungeduld in mir wachsen, als ich feststelle, dass Jamie bereits fünfzehn Minuten zu spät ist. Ich werfe einen Blick in den Diner und überlege, hineinzugehen, um uns einen Tisch zu sichern. Stattdessen fahre ich jedoch erschrocken zusammen und kreische auf, als jemand seine Arme von hinten um mich schlingt und mich hochhebt.

»Ich bin es nur.« Lachend lässt mich Jamie wieder runter.

Ich drehe mich schwungvoll zu ihm um und boxe ihm spielerisch gegen den Arm. »Du hast mich erschreckt.«

»Das habe ich wegen deines Schreis schon vermutet.« Schmunzelnd legt er seinen Arm um meine Schulter und öffnet mit seiner freien Hand die Tür zum Diner. »Bereit für unser gemeinsames Essen?«

»Ich war bereits vor fünfzehn Minuten bereit.« Ich funkle ihn an.

»Sorry, ich hatte Gesellschaft, die nicht verschwinden wollte.«

Ich ziehe die Nase kraus. »Gott sei Dank bin ich aus der Sache mit deiner ...«, ich mache Gänsefüßchen in der Luft, »Gesellschaft raus.«

»Ach, komm schon, gib es zu. Du vermisst mich«, sagt er, als wir einander gegenüber in einer freien Sitzecke Platz nehmen.

»Dich? Ja. Deine Gesellschaft? Eigentlich nicht.«

Er grinst, doch dann wird seine Miene ernst. »Lebst du dich gut ein?«

Ich stoße einen langen Seufzer aus. »Ich brauche Zeit, um mich daran zu gewöhnen, allein zu wohnen«, gestehe ich und wickle mein Besteck aus der Serviette. »Aber bisher mag ich meine Wohnung und meinen Job.«

»Gut.« Ein erleichterter Ausdruck tritt in sein Gesicht und ich realisiere, dass er sich um mich Sorgen gemacht hat. »Hast du dich bei der Arbeit schon mit irgendjemandem angefreundet?«

»Noch nicht, aber ich bin ja erst eine Woche dort. Ich versuche immer noch herauszufinden, wo ich reinpasse.«

»Das wirst du, gib dem Ganzen einfach etwas Zeit«, sagt er, ehe wir uns beide der Kellnerin zuwenden, die mit einer Kanne Kaffee neben unserem Tisch auftaucht. Sobald sie unsere Becher gefüllt hat, geben wir unsere Bestellung auf. Es ist nicht unser erster Besuch in dem Lokal und wir bestellen immer das Gleiche.

Als die Bedienung davongeht, rühre ich Zucker und Milch in meinen Kaffee. »Wie war euer Auftritt gestern?«

»Gut. Wirklich gut. Dan ist im Anschluss aufgetaucht, um mit uns unseren Vertrag durchzugehen und sicherzustellen, dass wir in ein paar Wochen auf Tour gehen.«

»Bist du dafür bereit?« Ich weiß, dass es seit Kindheitstagen sein Traum war, irgendwann auf Tour zu gehen. Von etwas zu träumen und es in der Realität zu erleben, ist jedoch nicht dasselbe.

»So bereit, wie ich nur sein kann. Dan warnt uns immer wieder, dass das ein großer Schritt sei und wir auf einige Umstellungen vorbereitet sein müssen.«

»Ich bin etwas besorgt«, gebe ich ehrlich zu. »Ich wünschte, ich könnte dich begleiten.«

»Vielleicht kannst du rüberfliegen, wenn wir in Nashville sind. Dort werden wir eine Woche verbringen, nachdem der erste Song unseres neuen Albums veröffentlicht wurde.«

»Das fände ich toll. Ich wollte schon immer mal nach Nashville. Wenn du mir die Daten nennst, versuche ich euch für ein Wochenende zu besuchen.«

»Ich lasse dir von Dan eine E-Mail mit unserem Tourplan schicken.«

»Oh, also Dan wird mir eine Nachricht senden? Wie snobistisch von dir. Soll ich mir die Nummer von eurer persönlichen Assistentin geben lassen, damit ich ihr schreiben kann, wenn ich mit dir reden möchte?«, sage ich mit einem Lächeln.

»Klugscheißerin.« Er grinst und ich ebenso, doch dann verflüchtigt sich seine fröhliche Miene. »Also, möchtest du mir erzählen, was Freitag vorgefallen ist?«

Ich ersticke beinah an meinem Kaffee. Keine Ahnung, wie ich darauf kam, Jamie würde mich von Haken lassen, ohne dass ich ihm Näheres berichte. »Nein, nicht wirklich.«

Er verengt die Augen und ich rutsche unruhig auf meinem Platz hin und her. »Rede.«

»Worüber?«

»Dakota, ich kann in dir wie in einem Buch lesen, das war schon immer so. Also spuck es aus. Was ist passiert, von dem du nicht möchtest, dass ich davon erfahre?«

»Nichts ist passiert.« Ich hebe meinen Daumen an die Lippen, um daran zu knabbern, doch Jamie stupst ihn über den Tisch hinweg beiseite.

»Was ist aus dem Anzugträger geworden, mit dem Maggie dich verkuppeln wollte?«

»Ich habe mich nicht mit ihm getroffen.«

»Das ist mir bekannt. Aber ich kenne dich so gut, dass ich weiß, dass du niemanden einfach versetzen würdest. Irgendetwas muss vorgefallen sein, das dich von dem Date abgehalten hat.«

»Also gut«, seufze ich. »Ich wollte mich mit ihm treffen, aber ich war spät dran. Dann gab es da noch diesen Unfall und das Taxi, in dem ich saß, konnte nicht weiterfahren. Das habe ich als eine Art Zeichen interpretiert, dass ich nicht hingehen sollte.«

»Du lügst«, sagt er und erstickt meine geplante Erwiderung mit einer wegwerfenden Bewegung im Keim. »Ich bin nicht böse, weil du den Typen versetzt hast. Ich habe ihn kennengelernt und er hat mich an Troy erinnert«, fügt er leise hinzu.

»Wirklich?« Ich verziehe das Gesicht bei der Vorstellung, dass noch mehr Menschen von Troys Sorte in der Welt herumlaufen.

»Ja«, antwortet Jamie, um stirnrunzelnd über meine Schulter hinweg zu blicken.

Als ich mich umdrehe, sehe ich einen Typen, der allein an einem Tisch sitzt und Zeitung liest. »Kennst du ihn?«, frage ich, mich wieder zu Jamie umdrehend.

Er konzentriert sich wieder auf mich und schüttelt den Kopf. »Nein, aber er starrt immer wieder zu mir rüber, so als würde er mich kennen.«

»Vielleicht ist dem ja so. Schließlich bist du berühmt.« Ich zwinkere ihm zu und er lacht.

In diesem Moment taucht die Kellnerin mit unseren Speisen auf. Wir genießen das Essen und unterhalten uns dabei. Als wir fertig sind, bezahlt Jamie die Rechnung und wir verlassen den Diner.

»Hast du immer noch viel Arbeit zu erledigen?«, fragt er, als wir kurz auf dem Bürgersteig Halt machen.

»Ich muss heute Abend noch ein paar Dinge abschließen, werde dafür aber nicht allzu lang brauchen.«

»Lass uns danach ins Kino gehen. Die Komödie mit dem Mädchen, die du sehen wolltest, ist schon draußen.«

»Da kommen ja einige Filme infrage.« Lachend hake ich mich bei ihm ein. »Kino klingt jedenfalls gut, und du kannst mir Popcorn und M&Ms kaufen.«

»Ich habe dir gerade dein Frühstück finanziert.« Mein Bruder sieht auf mich hinab, während wir den Block hinunter zu seinem am Straßenrand geparkten SUV spazieren.

»Ich weiß, aber zu einem Kinoabend gehört natürlich ein Snack.«

»Also gut.« Mit einem Druck auf seinen Autoschüssel entriegelt er den Wagen und hält mir die Beifahrertür auf. Sobald ich drinnen bin, setzt er sich hinter das Lenkrad und startet den Motor. Als sich mein Handy mit einer neuen Nachricht bemerkbar macht, hole ich es aus meiner Tasche – und runzle die Stirn, da Braxtons Name auf dem Display erscheint.

»Ist das Troy?«, fragt Jamie.

»Nein, meine Chefin«, lüge ich, tippe auf das Display und öffne die Kino-App. Dabei wundere ich mich, wann Braxton Gelegenheit hatte, seine Nummer in mein Handy einzuspeichern.

»Deine Chefin schreibt dir an einem Sonntag?«

»Ja, sie stellt nur sicher, dass ich auf die Sendung am Montag vorbereitet bin.«

»Ich könnte niemals in dieser verdammten Geschäftswelt tätig sein.«

»Warum? Weil man da nicht jeden Tag ausschlafen und abends die Sau rauslassen kann?«

»Das trifft es so ziemlich.« Ich höre das Lächeln in seiner Stimme, als ich unsere Kinokarten für die Vorstellung kaufe, die in dreißig Minuten läuft. »Also, hast du in letzter Zeit mit Troy gesprochen?«

Ich schiebe mein Handy wieder in meine Tasche zurück, auch wenn ich Braxtons Nachricht am liebsten sofort lesen würde. »Er hat mir unter der Woche eine Nachricht geschickt. Er wird in ein paar Wochen in Seattle sein und will sich mit mir treffen.«

»Du wirst auf seinen Wunsch eingehen, richtig?« Er klingt

wenig begeistert.

»Ich würde das gern vermeiden, aber er sagte, in seinem Schrank wäre noch eine Schachtel, die ich bei meinem Umzug zurückgelassen hätte. Darin sind Fotos von dir, Mom und mir, die ich gern zurückhätte.«

»Sag ihm, dass er sie dir verflucht nochmal zuschicken soll.«

»Das würde ich ja, aber ich befürchte, er könnte sie einfach in den Müll werfen«, sage ich leise. Ich habe keinerlei Zweifel daran, dass Troy das machen würde, einfach nur aus Rache.

»Ich hole sie für dich.«

»Jamie«, seufze ich. »Ich werde mich irgendwo mit ihm treffen. Ich werde mit ihm nicht zu Abend essen oder auf ein Date gehen. Du solltest mir schon ein bisschen vertrauen.«

»Mir ist bewusst, dass du nicht mit ihm zusammen sein willst. Wir wissen aber beide, wie überzeugend er sein kann. Er wird alle Hebel in Bewegung setzen, um dich allein zu sehen. Und er wird versuchen, dich davon zu überzeugen, dass er mittlerweile ein anderer Mensch ist und du ihn zurücknehmen sollst.«

Ich würde Jamie gern versichern, dass er unrecht hat, aber seit ich Troy verlassen und ausgezogen bin, hat er tatsächlich immer wieder Gründe für ein Treffen gefunden. Bisher war ich in der Lage, diese abzuschmettern, aber dieses Mal kann ich nicht einfach eine E-Mail senden oder ihn über einen Anruf abwimmeln. »Also gut, ich werde versuchen, ihn dazu zu bringen, mir die Box zu schicken«, gebe ich nach, wissend, dass ich gezwungen sein werde, mich mit Troy zu treffen, wenn er sagt, dass das keine Option ist. Ich hege keinerlei Verlangen, ihn zu sehen, möchte aber unbedingt meine Fotos zurück. Ich besitze nicht viele Bilder aus Jamies und meiner Kindheit. Diese Schachtel enthält Fotos aus den besseren Zeiten unseres Lebens, sowie ein paar wenige Bilder von meinen Eltern.

»Versprich mir einfach, mir Bescheid zu geben, falls du dich mit ihm triffst. So kann ich dich begleiten.« Gott, mein Bruder kennt mich wirklich verdammt gut.

»Versprochen«, sage ich, als er auf den Parkplatz des Kinos einbiegt. Im Gebäude werden unsere online gekauften Tickets gescannt, dann gehen wir zum Imbissstand. Nachdem wir unsere Snacks gekauft haben, bleibe ich stehen, um extra Butter auf meinem Popcorn zu verteilen. Plötzlich verspüre ich ein Prickeln am Hals. Ich sehe mich um und glaube den Mann wiederzuerkennen, der uns im Diner beobachtet hat, bevor er auf der Herrentoilette verschwindet.

»Bereit?«, fragt Jamie, ein Getränk und mehrere Süßigkeiten in den Händen haltend.

»Ja.« Ich schüttle das beklemmende Gefühl ab, das von mir Besitz ergriffen hat, und betrete mit Jamie den Kinosaal, um unsere Plätze einzunehmen. Mit dem Start des Films verabschieden sich das ganze Drama und alle Sorgen aus meinen Gedanken. Wie immer, wenn ich mit meinem Bruder zusammen bin, genieße ich es, mit ihm Zeit zu verbringen und gemeinsam zu lachen.

5. Kapitel

Dakota

»Bitte halten Sie für mich den Fahrstuhl auf«, rufe ich, während ich den Aktenwagen noch etwas schneller vor mir herschiebe. Als eines der Räder besonders abscheulich und laut quietscht, erröte ich beschämt. Die Leute bleiben bereits stehen und sehen sich nach mir um, während ich durch die Lobby auf die sich schließenden silberfarbenen Türen zueile. Ehe sich die Türen schließen, schiebt jemand seinen Arm gerade noch dazwischen. Mir sticht die schicke Uhr am Handgelenk ins Auge, als sich die Fahrstuhltüren wieder öffnen. Erleichtert seufze ich auf und schiebe den Wagen in die Kabine, ehe ich mein Handy hervorhole und die E-Mail von Kathy öffne, in der steht, in welche Etage ich muss.

»Welche Etage?«, fragt eine raue Stimme. Eine Stimme, die dafür sorgt, dass sich die feinen Härchen in meinem Nacken auf eine Weise aufrichten, die zugleich unangenehm und angenehm ist, während mich ein bekannter, dunkler Duft umhüllt.

Ich löse den Blick von meinem Telefon und mein Puls beschleunigt sich, als ich die imposante Gestalt neben mir erkenne. Selbst in meinen Zehn-Zentimeter-Absätzen überragt er mich. Sein navyblauer Anzug bringt seine mintgrünen Augen perfekt zur Geltung. Die schwarze Krawatte um seinen Nacken verströmt eine Aura von Macht. Befangen trete ich von einem Bein auf das andere, bevor ich seinen Blick suche. Ein bekannter Ausdruck aus Verlangen und noch etwas, das ich nicht richtig deuten kann, liegt darin.

»Welche Etage?«, wiederholt er, und ein Muskel an seinem markanten Kiefer beginnt zu zucken.

»Die siebenundvierzigste, bitte«, antworte ich fast flüsternd, so als hätte ich Angst, er könnte jeden Moment über mich herfallen. Und das kommt nicht von ungefähr. Ich erinnere mich noch *sehr* gut an das letzte Mal, als wir zusammen in einem Aufzug waren.

Nickend drückt er den entsprechenden Knopf und zieht sein Handgelenk über das Display. Kurz blitzt die Nummer sechzig auf, ehe sie wieder verschwindet. Ich sehe mich zu der Frage veranlasst, ob das eine Etage in diesem Gebäude ist, denn die Zahlen auf dem Fahrstuhlpanel gehen nur bis fünfzig.

Braxton verschränkt die Arme vor der Brust und ich studiere eingehend sein kurzes dunkles, beinah schwarzes Haar und seine gebräunte Haut. Irgendwie sieht er heute noch besser aus als bei unserem letzten Treffen, was unmöglich sein sollte. Und eigentlich dürfte er gar nicht hier sein. Hier in diesem Gebäude.

»Dakota, es ist unhöflich, andere Leute anzustarren«, sagt er gefährlich leise und atmet tief durch die Nase ein. Seine Hände ballen sich zu Fäusten und er beißt die Zähne fest aufeinander, als würde auch er diese Spannung zwischen uns spüren.

»Was machst du in diesem Gebäude, Braxton?« Ich schätze, ich kenne die Antwort bereits. Die Wut, die mit jeder Nachricht, die er mir während seiner Abwesenheit gesendet hat, immer mehr verraucht ist, meldet sich mit voller Wucht zurück.

»Ich denke, das kannst du dir ausmalen.«

»Das kann ich.« Ich atme scharf aus. »Warum?« Die Frage ist kaum zu hören. Ich verstehe es nicht. Ich verstehe partout nicht, warum mir Braxton nicht ein einziges Mal die Wahrheit gesagt hat, seit wir uns kennen.

»Es ist kompliziert«, entgegnet er fast schon entschuldigend und betrachtet mich von Kopf bis Fuß. Mit diesem Blick erweckt er jede Zelle in meinem Körper zum Leben, ehe er sich den Fahrstuhltüren zuwendet, als sich diese öffnen und mehrere Menschen zusteigen. Als ich erneut spüre, wie mich Braxton mustert, umschließe ich den Griff des Wagens noch fester, drehe mich jedoch nicht mehr zu ihm um. In der nächsten Etage verlassen uns die Leute wieder, sodass wir erneut allein sind.

»Du hast auf keine meiner Nachrichten reagiert.«

Stimmt, das habe ich nicht. Ich war in Versuchung, es zu tun, habe es aber gelassen. Jetzt bin ich froh, standhaft geblieben zu sein. Die eine Nachricht von heute Morgen, in der er mir mitgeteilt hat, dass er gerade in Seattle gelandet sei, war besonders schwierig zu ignorieren.

»Wir werden heute Abend reden. Ich werde dir alles erklären.«

»Das werden wir nicht. Du musst mir nichts erklären«, erwidere ich, als der Fahrstuhl hält.

Ich steige aus, obwohl es nicht die Etage ist, in der sich mein Ziel befindet, und dränge mich mit zitternden Beinen durch die vor dem Fahrstuhl wartende Menge. Sobald sich die Türen geschlossen haben, drücke ich den Liftknopf und warte auf den nächsten Fahrstuhl, unablässig hoffend, dass ich meinen Job nicht kündigen muss.

Endlich in der siebenundvierzigsten Etage angelangt, mache ich mich auf den Weg zum Konferenzraum, dessen Tür bereits offen steht.

»Gut, dass du hier bist.« Kathy seufzt theatralisch und hilft mir, den Aktenwagen in eine Ecke des Raumes zu bugsieren. Gleich zu Beginn meiner Anstellung ist mir aufgefallen, dass sie dazu neigt, schnell dramatisch zu werden. »Mr Adams sollte eigentlich vor nächster Woche nicht zurück sein, aber er ist heute Morgen in Seattle gelandet und möchte, dass wir das Meeting bezüglich des neuen Merchandise jetzt abhalten«, sagt sie, nimmt einen Stapel Papiere und drückt ihn mir in die Hand. Mich wundert, dass sie nicht merkt, dass ich bei diesen Worten förmlich einen Herzinfarkt erleide.

Es gibt zweifellos auch andere Männer mit dem Nachnamen Adams. Dennoch erschiene es mir als ein zu großer Zufall, wenn der CEO und Braxton, die beide heute Morgen in Seattle gelandet sind, nicht ein und dieselbe Person wären. Kathy beugt sich vor und schließt den Wagen mit einem Schlüssel auf, der an einem Band hängt, das sie am Handgelenk trägt. Sie zieht ein Dutzend oder mehr kleine Boxen daraus hervor, die in einer großen Plastiktüte stecken. »Jeder Platz bekommt eine Broschüre und eine Schachtel, außer der dort drüben.« Sie nickt in Richtung des Kopfendes des Tisches, wo eine ungeöffnete Wasserflasche steht.

»Verstanden.« Ich nehme ihr die Schachteln ab und stelle sie auf den Tisch.

»Danke, dass du mir dabei hilfst. Ich bin in zehn Minuten wieder zurück. Ich brauche einen Kaffee. Kommst du hier klar, bis ich wieder da bin?«

»Natürlich, geh nur.« Ich scheuche sie mit einer Handbewegung nach draußen, weil ich ohnehin einen Moment für mich allein brauche, um mit der Situation klarzukommen. Ich beginne mit der stupiden Verteilung der Broschüren und Boxen und gehe dabei im Kopf alle möglichen Szenarien durch. Die meisten von ihnen enden damit, dass ich meinen Job kündige und wieder bei Jamie einziehe. Das ist nicht mein Wunschszenario, doch die Situation erscheint aussichtslos.

Als jemand die Tür aufstößt, hebe ich nicht einmal den Kopf, da ich annehme, dass Kathy wieder zurück ist.

»Freut mich, dass du hierhergefunden hast, nachdem du erst auf der falschen Etage ausgestiegen bist.« Als ich Braxtons Stimme vernehme, zucke ich zusammen und schließe für einen Moment die Augen. Dann drehe ich mich langsam zu ihm um und finde ihn am Kopfende des Tisches sitzend vor, wo er gerade den Deckel der dort bereitgestellten Wasserflasche abschraubt.

»Nun, ich nehme an, das ist der Moment, in dem du mir mitteilen wirst, dass das hier dein Unternehmen ist?«, frage ich geradeheraus, während mein Magen Achterbahn fährt und meine Hände zu zittern beginnen.

»Ich habe bereits öfter erwähnt, dass es kompliziert ist, Dakota«, sagt er wieder mit diesem Ausdruck wie vorhin im Fahrstuhl.

»Ein einziges Mal, dass du nicht gelogen hast«, gebe ich zurück. Am liebsten würde ich ihm die Schachtel in meiner Hand an den Kopf werfen, so groß ist meine Enttäuschung.

»Ich habe dich nicht angelogen«, erwidert er und lehnt sich

im Stuhl zurück.

»Nein, du hast mir nur die Wahrheit verschwiegen, bis du keine andere Möglichkeit mehr hattest, als mir reinen Wein einzuschenken.«

»Braxton!«, ruft Kathy und unterbricht damit unser Gespräch. Lächelnd kommt sie mit einem Becher Kaffee in der Hand in den Raum.

»Kathy.« Er steht auf und begrüßt sie mit einem Küsschen auf die Wange.

»Wie war deine Reise? Haben du und Hanna die Zeit genießen können?«, fragt sie, woraufhin sich seine Haltung einen winzigen Hauch verändert.

»Es war rein geschäftlich, Kathy«, sagt er ruhig, aber bestimmt.

»Ich mag eine Frau reiferen Alters sein, aber ich erinnere mich noch daran, wie es ist, jung zu sein und ...«

»Kathy«, unterbricht er sie, und die Warnung in seinem Ton ist unüberhörbar. Mir wird plötzlich klar, was sie da gerade angedeutet hat, und der Knoten in meinem Magen wandert in meine Brust und schnürt mir die Luft ab. Heiliger, er ist nicht nur ein Lügner, sondern auch ein Betrüger. Warum habe ich nur so ein beschissenes Glück, wenn es um Männer geht?

»Okay, okay.« Sie winkt ab. »Hattest du schon die Gelegenheit, dich Dakota vorzustellen?«

Braxton dreht sich zu mir um, und in seinem Blick liegt ein Ausdruck, der mir nur allzu vertraut ist. Im Stillen bete ich darum, er möge nicht preisgeben, dass wir uns bereits kennen.

»Schön, Sie kennenzulernen, Dakota.« Er tritt auf mich zu, und ich wappne mich innerlich, als er mir seine Hand entgegenstreckt.

»Das Vergnügen ist ganz meinerseits, Mr Adams.« Ich lege meine Hand in seine und hasse das Kribbeln, das dabei meinen Arm hinaufschießt und sich scheinbar direkt in meiner Blutbahn ausbreitet. Gleich versuche ich, mich ihm wieder zu entziehen, doch sein Griff ist fest. Er schenkt mir ein umwerfendes Lächeln, das seine perfekten, weißen Zähne zeigt und ein einzelnes Grübchen in seiner rechten Wange zum Vorschein bringt, das mir bis jetzt noch nie aufgefallen ist. Als er meine Hand endlich wieder freigibt und sich zurück an seinen Platz am Kopfende des Tischs begibt, stoße ich erleichtert den angehaltenen Atem aus.

Ich widme mich wieder meinem ursprünglichen Auftrag und ignoriere die Hitze, die ich aus seiner Richtung zu mir rüberschwappen spüre, und seine leise Unterhaltung mit Kathy. Nachdem ich fertig bin, gehe ich auf die Tür zu, froh, den Raum endlich verlassen zu können.

»Kommen Sie und nehmen Sie Platz, Dakota«, sagt Braxton, als ich gerade den Türknauf berühre.

Ich lasse die Schultern sinken und blicke zu Kathy, die den Kopf schüttelt. »Dakota ist bei diesem Meeting nicht eingeplant. Sie war mir nur bei den Vorbereitungen behilflich.«

»Setzen Sie sich«, wiederholt er, mich beständig anstarrend. In seinem Ton schwingt eine unausgesprochene Warnung an Kathy mit, seinen Wunsch nicht noch einmal anzufechten. Im Wissen, dass ich diesen Job brauche und weder Kathy noch mich in eine unangenehme Situation bringen möchte, kehre ich zum Tisch zurück, wo Braxton gerade den Stuhl neben sich hervorzieht.

Ich setze mich neben ihn und überkreuze die Beine, unsicher, was ich jetzt machen soll. Kathy – die bisher wirkte, als würde sie mich mögen – schaut mich an, als würde sie mir am liebsten den Kopf abreißen. »Kathy, kannst du bitte nach draußen gehen und sicherstellen, dass alle auf das Meeting vorbereitet sind?«

»Natürlich, Braxton«, murmelt sie, während sie sich erhebt. Sie wirft mir einen seltsamen Blick zu, bevor sie den Raum verlässt und die Tür hinter sich schließt.

»Ich brauche diesen Job«, fauche ich, als Braxton sich mir zuwendet. »Zwar habe ich keine Ahnung, was hier gerade passiert ist, aber ich mag Kathy und ich arbeite gern hier.«

Er lehnt sich vor, meine Aussage ignorierend, und nimmt die vor mir auf dem Tisch stehende Schachtel. Nachdem er sie aufgeklappt hat, entnimmt er ihr eine Uhr, die seiner eigenen stark ähnelt, und öffnet ihr Armband. »Wo ist dein Handy?«

»Warum?«

»Ich möchte es mir ansehen.« Er streckt mir die Hand entgegen und ich reiche ihm, ohne nachzudenken, mein Handy. Er hält es gegen die Uhr und sieht mich wieder an. »Gib mir deine Hand.«

»Warum?«, wiederhole ich und verschränke die Arme vor meiner Brust. Etwas, das ich nicht entziffern kann, blitzt in seinen Augen auf. Etwas, das mir einerseits Angst macht, andererseits aber auch dafür sorgt, dass Schmetterlinge in meinem Bauch zu tanzen beginnen. Ohne meine Frage zu beantworten, zieht er meine Arme auseinander und umschließt mit festem Griff mein Handgelenk. Nicht so fest, dass es wehtun würde, doch es reicht aus, um mir klarzumachen, dass ein Befreiungsversuch sinnlos wäre.

Mit raschen Bewegungen legt er mir die Uhr an und hält sein Handgelenk gegen meins, woraufhin auf den Displays beider Uhren der gleiche seltsame Code aufblitzt.

»Was ist das?«, will ich vorsichtig wissen und betrachte das Gerät, das sich eng um mein Handgelenk schmiegt.

»Es ist eine Uhr, die mit deinem Handy verbunden ist. Ein exklusives IMG-Gerät, das alle unsere Produkte miteinander vernetzt.«

»Ich will es nicht«, erkläre ich und entreiße Braxton meinen Arm. Ich mache mich daran, das Armband der Uhr zu lösen, erstarre jedoch, als er meine Hand packt.

»Du wirst es nicht abnehmen«, befiehlt er.

Alle meine Muskeln spannen sich an, während ich ihm in die Augen sehe. »Du machst mir Angst.« Seine fordernde Miene löst in mir ein Gefühl der Beklemmung aus, und ich spüre, wie sich meine Atmung beschleunigt.

»Warum?« Er zieht die Brauen zusammen, so als könnte er meine Reaktion nicht nachvollziehen. Alles in mir drängt darauf, aufzustehen und die Flucht zu ergreifen. Ich weiß nicht, wie ich ihm verständlich machen könnte, dass er mich mit seiner vereinnahmenden Art förmlich erdrückt.

»Du tust es einfach.« Ich lasse meine Hand in meinen Schoß fallen, die Uhr noch immer an ihrer angestammten Stelle.

»Ich würde dir niemals wehtun«, murmelt er und ein sanfter Ausdruck tritt in seine Augen. Es wirkt, als wolle er noch mehr sagen, doch dann wird die Tür geöffnet und mehrere Leute betreten den Raum. Sie schauen neugierig zwischen uns hin und her, während sie ihre Plätze am Tisch einnehmen.

Ich ziehe den Ärmel meiner Seidenbluse über die Uhr und fange Kathys Blick auf, als auch sie sich setzt. Unbehagen breitet sich in mir aus, als ich das darin liegende Misstrauen erkenne, aber ich lächle nur und stelle mich ahnungslos.

»Muss ich während des Meetings hierbleiben?«, wende ich mich leise an sie, um zugleich zu spüren, wie Braxton unter dem Tisch meinen Oberschenkel umfasst. Als sie den Kopf schüttelt, springe ich auf und verlasse ohne einen Blick zurück den Raum. Ich nehme den Fahrstuhl nach unten in den vierten Stock. Sobald ich meinen Schreibtisch erreiche, berühre ich mit den Fingern das Display der Uhr, auf der eine digitale Zeitanzeige erscheint. Ich drücke die Knöpfe an der Seite, woraufhin die Anzeige zu einem digitalen Kalender wechselt. Als ich einen weiteren Knopf betätige, sehe ich meinen E-Mail-Account des Büros. Über ein weiteres Drücken erscheinen meine Textnachrichten.

Ich lasse meine Hand sinken und beschließe, mich wieder meiner Arbeit zu widmen. Ich versuche, mir die Informationen für das neue Produkt von IMG einzuprägen, das morgen auf Sendung beworben werden soll. Ein Gerät, das die Erledigung diverser alltäglichen Handlungen auf direktem Wege ermöglicht – von Terminvereinbarungen über Bestellungen von Tickets, Einkäufen oder Essen bis hin zur Steuerung der Sicherheitsmaßnahmen in den eigenen vier Wänden. All die Dinge, die viele Menschen heutzutage mit unterschiedlichen Apps und Geräten steuern, aber dieses Produkt soll eine Reihe anderer Anschaffungen ersetzen.

IMG ist nicht das erste Unternehmen, das so ein Home Portal auf den Markt gebracht hat. Eine Besonderheit ist die Kompatibilität des Geräts mit allen anderen IMG-Produkten. Ich nehme an, dass die Uhr an meinem Handgelenk ebenfalls in Kürze der Liste dieser Produkte hinzugefügt wird.

Ich hoffe, dass die Kernargumente für den Kauf, die ich mir zurechtlege, nicht nur jüngere Kunden ansprechen, sondern auch ältere Menschen. Das Gerät ist sehr einfach einzurichten und zu benutzen. Als das Telefon auf meinem Schreibtisch klingelt, hebe ich den Hörer ab und halte ihn an mein Ohr. »Dakota Newton.«

»Dakota, kannst du bitte in mein Büro kommen und mir auf dem Weg dorthin einen Kaffee mitbringen?«, fragt Kathy, und sofort werde ich von Sorgen erfüllt.

»Natürlich, ich bin gleich da«, erwidere ich und versuche, fröhlich zu klingen, auch wenn ich kurz davor bin, in Ohnmacht zu fallen. Ich lege einen Zwischenstopp in der Küche ein, um am Kaffeevollautomaten eine Portion in einen Becher laufen zu lassen, den ich zu Kathys Büro am anderen Ende des Ganges mitnehme. Ich klopfe an ihre Tür und trete ein, nachdem sie *Herein* gerufen hat. »Was kann ich für dich tun?«, frage ich, als sie nichts sagt, während ich den Kaffee auf ihrem Schreibtisch abstelle.

Sie lehnt sich in ihrem Stuhl zurück und verschränkt die Finger über dem Bauch.

»Ich bin neugierig wegen einer Sache.«

Oh Gott, was kommt jetzt?

»Neugierig?«, wiederhole ich.

»Kanntest du Braxton bereits, bevor ich euch einander vorgestellt habe?«

»Ihn kennen?« Ich schüttle den Kopf. »Nein, ich kannte ihn vorher nicht.« Unruhig trete ich auf der Stelle und widerstehe dem Drang, die Hände zu wringen. »Also, ich meine, ich bin ihm heute Morgen im Fahrstuhl begegnet, aber wir haben uns nicht richtig unterhalten.« Ich hoffe, dass diese Halblüge meine Nervosität und das vorhin Geschehene ausreichend erklärt.

»Er hat mit mir darüber gesprochen, deinen Arbeitsplatz

nach oben zu verlegen, damit du direkt mit Chris Stines, dem Leiter der Marketingabteilung von IMG, zusammenarbeiten kannst.«

Mir rutscht der Magen in die Kniekehlen. »Wie bitte? Ich verfüge über keine Marketingkenntnisse«, spreche ich aus, was auch Kathy mehr als klar sein muss.

»Das habe ich ihm erklärt, aber Braxton ist der Ansicht, dass du besser zu diesem Team passen würdest.«

»Teil ihm bitte mit, dass ich mich mit der Verantwortung unwohl fühle, die eine Stelle in dieser Abteilung mit sich bringt«, flehe ich, und das erste Mal seit der Situation im Konferenzraum wird ihr Gesichtsausdruck wieder weicher. Ich habe keine Ahnung, was Braxtons Beweggründe dafür sind, mich in eine andere Abteilung zu versetzen, aber ich bezweifle, dass mich dieser Wechsel glücklich machen könnte. Da ich mein Leben bisher halbwegs gut gemeistert habe, indem ich meinen Instinkten vertraut habe, möchte ich auch diesmal nicht gegen diese handeln.

»Ich werde sehen, was ich tun kann«, murmelt Kathy und nimmt einen Schluck von ihrem Kaffee. »Warum holst du nicht Mittagessen, während ich ein paar Anrufe tätige? Wenn du wieder da bist, schaue ich mir an, was du für die morgige Sendung vorbereitet hast.«

Meine Muskeln entspannen sich spürbar. »Klar, möchtest du auch etwas vom Deli?«

»Du hast bestimmt schon bemerkt, dass mir Kaffee an den meisten Tagen ausreicht, um zu überleben.«

»In diesem Fall werde ich dir ein Sandwich mitbringen«, sage ich und entlocke ihr damit ein Lächeln, ehe ich ihr Büro verlasse.

Ich gehe zu meinem Schreibtisch, schnappe mir meine Handtasche, schlüpfe aus meinen hohen Schuhen und ziehe meine Ballerinas an. Dann fahre ich mit dem Aufzug nach unten, durchquere die Lobby und trete ins Freie. Unbewusst sehe ich auf die Uhr an meinem Handgelenk. Das rote Licht, das in einer Ecke des Displays langsam vor sich hin blinkt, lässt mich irritiert die Stirn runzeln. Rasch eile ich in den nächsten Deli, wo ich auf direktem Weg zur Kundentoilette marschiere, die Uhr abnehme und sie in den Mülleimer neben dem Waschbecken werfe. Dann wasche ich mir die Hände und fühle mich erleichtert.

Ich gehe zwei Blocks weiter zu einem anderen Deli und bestelle an der Theke ein Truthahn-Käse-Sandwich mit Roggenbrot, ehe ich im hinteren Bereich des kleinen Restaurants Platz nehme. Ich ziehe mein Handy hervor und checke meine Textnachrichten. Die von Braxton ignoriere ich und antworte stattdessen auf die von Jamie bezüglich unseres Abendessens.

»Vermisst du etwas?«, fragt plötzlich eine mir nur allzu bekannte tiefe Stimme. Der Stuhl mir gegenüber schabt über den Boden, und einen Moment später lässt Braxton seinen großen, kräftigen Körper auf das kleine Möbelstück sinken. Dann legt er die Uhr, derer ich mich gerade erst entledigt hatte, zwischen uns auf den Tisch.

»Nein«, murmle ich und sehe wieder auf mein Handy, als es vibriert. Jamie informiert mich, dass er gegen achtzehn Uhr samt Essen bei mir eintreffen wird.

Ich beginne damit, eine Antwort zu tippen, aber Braxton umfasst sanft mein Kinn und hebt es an, bis ich ihn ansehe. »Ich möchte, dass du die Uhr wieder anlegst.«

»Ich will dein Tracking-Gerät nicht tragen«, informiere ich ihn mit einem Schulterzucken, auch wenn sich mein Herzschlag gleichzeitig beschleunigt. »Das ist das Ding doch, oder?« Gut, ich bin mir nicht absolut sicher, aber das ist mein Eindruck.

»Ich muss dich nicht tracken, Dakota. Du lebst in meinem Gebäude.« Er lehnt sich über den Tisch näher zu mir, und mein Puls rast nur noch schneller. »Du arbeitest für mein Unternehmen. Du kannst mir nicht aus dem Weg gehen.«

»Was willst du von mir?«

»Eine Chance«, sagt er leise, während er zärtlich mit dem Daumen über meine Unterlippe streicht.

Meine Lider beginnen zu flattern, und ich neige mich automatisch seiner Berührung entgegen.

»Du kannst nicht leugnen, dass zwischen uns eine besondere Verbindung besteht«, sagt er und sieht mir in die Augen.

Ich schlucke und lehne mich auf meinem Stuhl zurück. Woher hat er nur die Macht, mich mit einer einfachen Berührung alles vergessen zu lassen? Seinem Blick ausweichend, schlinge ich die Arme um meine Mitte. Braxton hat recht; ich kann diese Verbindung zwischen uns nicht leugnen. Wie sehr ich sie auch abzuschütteln versuche, ich bin gegen diese Anziehung machtlos. »Eine Chance wofür? Mich noch mehr zu belügen?« Ich schüttle den Kopf. »Nein, das will ich nicht.«

»Ich wollte dir die Wahrheit sagen.«

»Es wäre besser gewesen, damit sofort herauszurücken. Du hattest ausreichend Gelegenheit, mir reinen Wein einzuschenken.« Ich löse die Verschränkung meiner Arme und deute mit dem Finger auf ihn. »Dir erschien es jedoch passender, mich anzulügen.«

»Du hast recht.« Er lehnt sich zurück und fährt sich mit der Hand durch sein Haar. »Ich hätte dir die Wahrheit sagen sollen, aber ich habe es nicht getan, weil mir sofort klar war, was ich wollte. Ich wollte sicherstellen, dass mir nichts und niemand in die Quere kommt. Und das schloss auch dich ein.«

Schon wieder. Ernsthaft? »Du bist echt unglaublich.«

»Sag mir eines.« Er stützt die Ellenbogen auf dem Tisch ab. »Wenn ich dir gestanden hätte, dass ich nicht Adam bin, als du mich auf der Straße angesprochen hast – hättest du dich dann von mir zum Essen einladen lassen?«

Natürlich nicht.

Vielleicht.

Verdammt, ich weiß es wirklich nicht. Doch statt zu antworten, stelle ich eine Gegenfrage. »Wer ist Hanna?«

»Niemand.«

Ich ziehe eine Braue in die Höhe. »Kathys Worte ließen darauf schließen, dass ihr durchaus eine Bedeutung zukäme.«

»Sie ist Kathys Nichte. Wir sind ein paarmal zusammen ausgegangen. Das war jedoch nichts Ernstes.«

»Und du arbeitest mit ihr zusammen?«, frage ich, da Kathy

erwähnt hat, dass sie gemeinsam verreist sind. Ich mustere Braxton eingehend, um herauszufinden, ob er lügt. Nicht dass ich meinem Urteil noch trauen würde.

»Ja, wir arbeiten zusammen, sie ist meine Assistentin.« Er blickt auf mein Sandwich und schiebt es mir hin. »Iss.«

Ich kräusle die Nase, nicht, weil ich auf mein Mittagessen keine Lust hätte, sondern wegen seiner unglaublichen Aussage. »Du kannst mir nicht vorschreiben, was ich tun soll.«

Ich sehe etwas in seinen Augen aufblitzen. »Wenn ich mich recht erinnere, magst du es, wenn ich dir sage, was du tun sollst«, entgegnet er und ein sehnsüchtiges Prickeln jagt über meine Haut, das mir durch und durch geht.

Innerlich durchatmend nehme ich mein Sandwich und beiße hinein, was ihn zum Schmunzeln bringt. Nachdem ich gekaut und den Bissen runtergeschluckt habe, wische ich mir mit der Serviette über den Mund und komme wieder auf das Thema Hanna zurück, das in meinem Magen Eifersucht aufflammen lässt. »Es muss seltsam sein, mit seiner Ex zusammenzuarbeiten.«

Braxton zieht die Brauen zusammen. »Sie ist nicht meine Ex.«

Ich verdrehe die Augen. »Okay, dann eben jemand, mit dem du geschlafen hast.«

»Unsere Beziehung war immer nur geschäftlicher Natur«, erklärt er abermals. »Wir sind ein paarmal miteinander ausgegangen, aber keiner von uns beiden hat mehr als Freundschaft für den jeweils anderen empfunden.«

»Na sicher doch.« Ich stoße hörbar den Atem aus, unschlüssig, ob ich mit all dem, was ich gerade fühle, überhaupt klarkomme. Ich habe kein Recht, wegen einer anderen Frau verstimmt zu sein.

»Hat Kathy dir erzählt, dass ich dich nach oben versetzen möchte?«

»Ja, sie hat es erwähnt.« Ich knülle die Serviette zusammen, die ich noch immer in der Hand halte, und werfe sie auf das Sandwich. »Ich habe ihr gesagt, dass ich das nicht möchte.«

»Ich habe ein wenig von der Arbeit gesehen, die du geleistet hast, Dakota.«

»Wenn ich im Marketingbereich tätig sein wollte, hätte ich mich für einen entsprechenden Job beworben.« Ich halte seinem Blick stand und signalisiere ihm schweigend, nicht die Macht, die er über mich hat, dazu zu benutzen, etwas gegen meinen Willen durchzusetzen.

Nach ein paar Momenten lenkt er kopfschüttelnd ein. »Falls du deine Meinung ändern solltest, hast du den Job auf jeden Fall sicher.«

»Danke.« Ich nehme mein Handy und sehe nach der Uhrzeit. Obwohl es sich anfühlt, als säße ich mit ihm schon eine Ewigkeit hier, sind es erst circa zwanzig Minuten. Mir bleibt noch etwa eine halbe Stunde, bevor ich mich auf den Weg zurück ins Büro machen muss. Gerade als ich mich verabschieden möchte, klingelt mein Handy, akustisch begleitet von der auf dem Tisch vibrierenden Uhr. Als ich erkenne, das Troy anruft, frage ich mich unweigerlich, was ich verbrochen habe. Ich beende den Anruf mit einer Nachricht an ihn, in der steht, dass ich gerade beschäftigt bin und ihn später zurückrufen werde.

»Wer ist Troy?«, fragt Braxton, und ich sehe ihn an.

»Mein Ex-Verlobter.« Keine Ahnung, ob ich ihm das erzähle, um ihm vor Augen zu führen, dass er eben nicht alles über mich weiß, oder nur, weil ich auf seine Reaktion gespannt bin. Die kommt jedenfalls prompt. Er presst die Zähne zusammen und fixiert die zwischen uns auf dem Tisch liegende Uhr finster, als wolle er das Ding am liebsten mit nach draußen nehmen und mit seinem Auto plattfahren.

Bevor das geschieht, nehme ich sie wieder an mich. »Danke für die Uhr.« Ich rutsche von meinem Platz, um aufzustehen. »Wir werden uns mit Sicherheit bald wieder über den Weg laufen.«

»Definitiv.« Er erhebt sich und versperrt mir den Weg. »Ich komme am Abend zu dir.«

»Ich bin heute Abend schon verplant.«

»Mit deinem Bruder?«

Ich bin unschlüssig, ob das wirklich eine Frage ist oder ob er mir zu verstehen gibt, dass er meine Pläne mit Jamie kennt.

»Wie gesagt, bis heute Abend.« Er beugt sich vor und drückt mir einen sanften Kuss auf die Wange. Ich kann nicht anders, als dazustehen und wie eine Idiotin das Gefühl seiner Lippen auf meiner Haut zu genießen.

6. Kapitel

Dakota

Ich sitze auf dem Boden vor dem Couchtisch und nippe an einem Glas Wein. Seit Jamie vor einer Stunde gegangen ist, überprüfe ich die Notizen, die mir Kathy hinterlassen hat. Es fällt mir schwer, die Unterlagen nicht einfach in den Müll zu werfen. All meine harte Arbeit war umsonst. Kathy mochte keine meiner Ideen. Sie könnte mir genauso gut ein Drehbuch für die morgige Show schreiben oder mir Fäden an meine Hände binden und mich kontrollieren wie eine Marionette.

Mit einem müden Stöhnen reibe ich mir die Augen und runzle die Stirn, als meine Haustür piept. Als sie aufgeschoben wird und jemand meine Wohnung betritt, steigt mein Adrenalin sprunghaft in die Höhe. Das Gesicht der Person ist aufgrund der Dunkelheit im Eingangsbereich nicht zu erkennen. Ich versuche, unter den Couchtisch zu rutschen, was sich als unmöglich entpuppt, also begnüge ich mich damit, möglichst ruhig dazuliegen und den Atem anzuhalten.

»Dakota, ich kann dich sehen.«

Braxton.

Abrupt setze ich mich auf und verfluche mich, als ich versehentlich gegen mein fast volles Glas Rotwein stoße, das daraufhin umkippt. Sein Inhalt ergießt sich über den weißen Plüschteppich. »Verdammt.« Ich springe auf und eile in die Küche, wo ich das Glas in die Spüle stelle und mir ein kleines Handtuch schnappe. Ich befeuchte eine Stelle davon, ehe ich zurück zum Teppich gehe und versuche, damit den Fleck wegzutupfen, was jedoch nicht funktioniert. Wenn überhaupt, scheine ich ihn nur noch schlimmer zu machen. »Na großartig.« Ich funkle den Mann an, der über mir aufragt. »Dieser Teppich hat wahrscheinlich tausende Dollar gekostet und jetzt muss ich ihn wegen dir ersetzen.«

»Er hat nicht tausende von Dollar gekostet.« Er zieht die Stirn in Falten. »Zumindest bezweifle ich das.« Braxton bückt sich und nimmt mir den Lappen aus der Hand. »Und es ist nicht nötig, dass du Ersatz beschaffst. Der Gebäudemanager wird sich darum kümmern.«

Okaaay. Ich verdrehe die Augen. Wie konnte ich vergessen, dass er dieses Gebäude und IMG besitzt? Außerdem ist er einfach in meine Wohnung spaziert, als würde sie ihm gehören. Vielleicht weil das ja auch irgendwie den Tatsachen entspricht? »Wie bist du hier reingekommen?«

»Du trägst eine Brille?«, reagiert er mit einer Gegenfrage. Ich schiebe meine Brille mit dem Blaulichtfilter nach oben und berühre mein Haar, das in einem unordentlichen Knoten auf meinem Kopf zusammengebunden ist.

Ich bin mir sicher, dass ich wie ein Wrack aussehe. Ich habe nicht erwartet, ihn heute tatsächlich nochmal zu sehen. Mein Plan war, ihn zu ignorieren, sollte er auftauchen, bis er wieder verschwinden würde. So viel dazu.

Ich nehme meine Brille ab und werfe sie auf den Couchtisch. Dann verschränke ich die Arme vor der Brust. »Du hast meine Frage nicht beantwortet.«

»Ich habe angekündigt, dass ich zu dir kommen würde.«

»Ich habe dich nicht gefragt, warum du hier bist. Ich möchte wissen, wie du dir ohne Schlüssel Zutritt zu meiner Wohnung verschaffen konntest, Braxton«, frage ich etwas lauter.

Er setzt sich seufzend auf die Couch. »Wenn ich dir die Wahrheit sage, wirst du dann ausflippen?«

»Wahrscheinlich.« Aufgebracht tippe ich mit meinem Fuß auf dem Boden herum, darauf wartend, dass er mit der Wahrheit herausrückt.

»Ich habe deine digitalen Informationen mit meinen verknüpft.«

Ich ziehe die Nase kraus. »Und was bedeutet das?«

»Dass alle Informationen, die du auf deinem Handy hast, jetzt mit meinem verknüpft sind, einschließlich der App, mit der man in deine Wohnung gelangt.«

Ich lasse mich auf die Couch fallen und reibe mir die Stirn. »Ich habe mit einem Wahnsinnigen geschlafen.«

»Dakota.« Seine Hand landet auf meiner Schulter, doch ich entziehe mich seiner Berührung und wechsle stattdessen in den Angriffsmodus über.

»Gott, du bist verrückt.« Ich hebe abwehrend die Hand, als es so aussieht, als würde er etwas sagen wollen. »Du musst gehen.«

»Dakota.«

»Warum muss bei dir immer alles so übertrieben sein? Warum kannst du nicht einfach ein normaler Typ sein?« Ich schüttle den Kopf. »Wer bricht bitte einfach in jemandes Wohnung ein?«

»Ich bin nicht eingebrochen.«

»Nein, du hast nur meine Daten verwendet – Daten, die ich dir nicht gegeben habe –, um dich selbst in meine Wohnung zu lassen.« Ich lehne mich gegen die Rückenlehne der Couch und stöhne. »Ich kann nicht glauben, dass ich dich im ersten Moment tatsächlich als perfekten Mann wahrgenommen habe. Gott, ich bin so dermaßen schlecht darin, euch Kerle zu durchschauen.«

»Wenn ich heute Abend an deine Tür geklopft hätte, hättest du darauf reagiert?«

»Wahrscheinlich nicht.« Ich wende meinen Kopf in seine Richtung. »Aber es wäre meine Wahl gewesen, ob ich es tue oder nicht. Genau wie es meine Entscheidung gewesen wäre, den Kerl zu versetzen, mit dem ich ausgehen sollte. Das ist der springende Punkt, Braxton: du hast nicht das Recht, einfach Entscheidungen für andere Menschen zu treffen. Du kannst nicht über meinen Kopf hinweg etwas entscheiden, nur um dich durchzusetzen und zu bekommen, was du haben willst.«

»Ich mag es, zu bekommen, was ich mir zum Ziel gesetzt habe.«

»Ja, ich weiß.« Kopfschüttelnd beobachte ich, wie er sich nach vorn beugt und Kathys Notizen zur Hand nimmt, die bis eben auf dem Couchtisch lagen.

»Was ist das?«

»Ich würde gern sagen, dass dich das nichts angeht, aber da es deine Firma ist, steht mir das nicht zu. Aber sei dir sicher, dass das ebenfalls wirklich nervig ist.«

Er lächelt, und ich hasse es, dass mein Herz bei diesem Anblick gleich ein wenig schneller zu schlagen beginnt. Gott, er hat mich wirklich in seinen Bann gezogen. Obwohl ich mich über seine Überheblichkeit und die Tatsache, dass er ein verdammter Lügner ist, ärgere, kann ich nicht wirklich sauer auf ihn sein.

»Was ist das für ein Ausdruck auf deinem Gesicht?«

»Nichts.« Seufzend stehe ich von der Couch auf, um Braxton den mit Rotwein durchtränkten Lappen abzunehmen und ihn in die Küche zu bringen. »Möchtest du einen Tee?«

»Lädst du mich etwa zum Bleiben ein?«

»Wenn ich dich bitte, wieder zu gehen, wirst du dann auf mich hören und verschwinden?« Er grinst. »Das hätte ich auch nicht erwartet.« Ich höre ihn lachen, als ich den Schalter an meiner elektrischen Teekanne drücke.

»Erklär mir diese Notizen.« Er hält die Unterlagen in die Höhe, bevor er sich nach vorne beugt, um sich durch die auf meinem Computer erstellten Kernargumente zu klicken.

Innerlich stöhne ich. Ich möchte Kathys Notizen nicht erläutern. Und schon gar nicht möchte ich auf die Tatsache eingehen, warum ich mich darüber ärgere, besonders nicht ihm gegenüber. Mir gefällt vielleicht nicht, was sie von mir will, aber sie ist immer noch meine Chefin und ich weigere mich, sie zu hintergehen. »Das sind nur Notizen für die Sendung morgen.«

»Das sehe ich, Dakota«, sagt er und klingt frustriert. Ich lächle innerlich, denn ihn unzufrieden zu sehen, verschafft mir ein Gefühl der Genugtuung.

»Es gibt nichts zu erklären.« Ich lasse einen Chai-Gewürz-Teebeutel in meine Tasse fallen und füge dampfendes Wasser bei.

»Ihr gefallen deine Ideen nicht«, stellt er fest, während ich zurück zur Couch gehe. »Warum?«

Ich zucke bloß mit den Schultern und setze mich ganz nah an die Armlehne der Couch, so weit von Braxton entfernt wie nur möglich.

»Du wirst nicht mit mir darüber reden?«

»Nein, das werde ich nicht.«

»Du bist so was von stur.«

»Also bitte, da beschwert sich gerade der Richtige.«

»Und auch noch eine Klugscheißerin.« Er lässt die Notizen zurück auf den Couchtisch fallen, lehnt sich zurück und macht es sich bequem, indem er seinen Knöchel über sein Knie und seinen Arm auf die Rückenlehne der Couch legt. Erst jetzt bemerke ich, dass er nicht seinen üblichen Anzug, sondern eine dunkle Hose und ein blaues Hemd trägt. »Wie war das Abendessen mit deinem Bruder?«

»Gut.« Ich trinke einen Schluck Tee.

Er tippt mit den Fingern auf die Rückenlehne der Couch herum, als ich danach nicht noch mehr sage. »Rede mit mir, Dakota.«

»Worüber, Braxton?«

»Ist mir scheißegal. Ich will einfach nur deine Stimme hören.«

»Mir ist nicht danach, zu reden. Meine Pläne für den Abend beinhalteten keinen Übernachtungsgast. Ich wollte ein Glas Wein trinken, das jedoch auf dem Boden gelandet ist, etwas arbeiten und dann zu Bett gehen.«

»Wir können zu Bett gehen.«

Ich verenge die Augen. »Pass besser auf, dass ich dir nicht meinen heißen Tee über den Kopf gieße. Ich bin immer noch verdammt wütend auf dich.«

»Wie kann ich das ändern?«, fragt er und berührt meine Schulter mit den Fingerspitzen. Allein diese kleine Zärtlichkeit lässt mich erschauern und sorgt dafür, dass ich mich selbst verfluche. »Ich habe mich für meine Lügen entschuldigt. Was soll ich noch tun?«

»Das war bestenfalls eine halbherzige Entschuldigung. Außerdem hast du meine Informationen gestohlen und bist in meine Wohnung eingedrungen«, erinnere ich ihn. »Wie würdest du reagieren, wenn das jemand mit dir machen würde?« Wieder halte ich abwehrend meine Hand in die Höhe, als er zu einer Antwort ansetzt. »Und verharmlose die Sache nicht. Du würdest an meiner Stelle wahrscheinlich völlig ausrasten.«

»Du hast recht – das würde ich.«

»Findest du nicht, dass ich das Recht habe, sauer auf dich zu sein?«

Er runzelt die Stirn. »Schon, aber ...«

Ich unterbreche ihn mit einem Stöhnen. »Dir ist bewusst, dass das Wort *aber* in diesem Fall gleichbedeutend ist mit: *ich ignoriere alles, was sie gerade gesagt hat*? Du bist wirklich der frustrierendste Mann, den ich bisher in meinem Leben getroffen habe.«

»Dann sind wir uns einig, ich denke genau das Gleiche über dich.«

»Inwiefern frustriere ich dich? Weil ich dich nicht einfach schalten und walten lasse, wie es dir passt? Ich war nicht derjenige, Braxton, der unter Vorspiegelung falscher Tatsachen in diese Beziehung geraten ist, um auch weiterhin bei jeder Gelegenheit zu lügen.«

»Beziehung?« Er zieht eine Braue hoch.

»Fang gar nicht erst an«, zische ich. »Du weißt ganz genau, was ich meine.«

»Ich möchte mit dir in einer Beziehung sein.«

»Und ich würde dich gern umbringen, aber ich bezweifle, dass ich damit durchkommen könnte, ohne dass jemand nach dir suchen würde.«

Ich sehe ihn schmunzeln und wappne mich innerlich, als sein Gesichtsausdruck plötzlich ernst wird. »Du solltest wissen, dass ich nicht aufgeben werde, bis du mir eine weitere Chance einräumst.«

Gott, er ist unerbittlich. »Bist du ein Einzelkind?«

»Nein, ich habe zwei Schwestern und einen Bruder.«

»Das hätte ich nicht erwartet.«

»Ich bin kein verwöhnter Junge, der es gewohnt ist, seinen Willen durchzusetzen, Dakota. Ich bin ein Mann, der genau weiß, was er will. Wenn ich etwas begehre, gebe ich nicht auf, bis es mir gehört.«

»Noch einmal, Braxton, ich bin eine Person, kein Objekt, das man einfach besitzen kann.«

»Du hast recht, aber das bedeutet nicht, dass du nicht zu mir gehören kannst.«

Herrgott im Himmel, sein anmaßendes Verhalten sollte mich nicht anmachen, aber ich kann die Gefühle nicht leugnen, die seine Worte in mir auslösen.

»Und du musst wissen, dass ich dann auch dir gehören würde.«

»Braxton.«

»Du willst mich, Dakota. Das weiß ich. Du versuchst vielleicht, mich wegzuschieben, aber du willst eigentlich nicht, dass ich gehe.«

Mein Gott, er hat damit recht, oder? Ich hätte nach seinem Eindringen in meine Wohnung etwas unternehmen können, aber das habe ich nicht. Und ich habe auch nicht viel getan, um ihn zum Gehen zu bewegen. Ich mag seine Gesellschaft; ich mag die Art und Weise, wie er mich ansieht; und selbst wenn er mich nervt, habe ich ihn gern um mich. Mir ist bewusst, dass das nicht der Fall sein sollte, aber das ändert nichts an diesem Faktum.

»Ich brauche Zeit.«

»Wie viel Zeit brauchst du?«

»Das kann ich noch nicht sagen. Werde ich noch etwas über dich herausfinden, das ich nicht weiß?«

»Es gibt eine Menge über mich, das du nicht weißt.«

»Genau das macht mich nervös«, sage ich und ziehe meine Beine unter meinen Körper. »Immer wieder lassen deine Worte viel Raum dafür, später anders ausgelegt zu werden. Für mich ist das jedes Mal, als würdest du mir einen weiteren Schlag versetzen.«

»Wie das?« Er wirkt ehrlich verwirrt.

»Ich habe dich gefragt, ob es noch etwas gibt, das ich nicht über dich weiß, und deine Antwort ist, dass es da noch viel gibt.

Was bedeutet viel? Und was werde ich zum Beispiel erst später erfahren? Geht es um eine Frau, ein Kind? Kandidierst du für das Präsidentenamt oder planst du, die Weltherrschaft an dich zu reißen?«

»Ich habe keine Frau und keine Kinder. Wenn ich eine Frau hätte, würde ich sie nicht betrügen. Ich möchte kein Präsident sein und ich habe keine Lust, für die ganze Welt Verantwortung übernehmen zu müssen. Du weißt die bedeutenden Dinge über mich. Ich besitze IMG, dieses Gebäude, und ich bin besessen von einem weiblichen Wesen, das ich überlistet habe, um mit mir ein Date zu haben.«

Ich starre ihn an, unsicher, was ich darauf sagen soll. Ein Teil von mir möchte nachgeben und sich auf ihn einlassen, aber ich brauche Zeit, um herauszufinden, ob ich ihm vertrauen kann. Ich fühle mich immer noch von ihm betrogen. Er hat nicht nur gelogen; er hat mir Dinge vorenthalten. Und er hat es mit Leichtigkeit und ohne zu zögern getan. Da er es einmal getan hat, könnte es wieder geschehen. Da ich diese Seite inzwischen an ihm kenne, liegt es auch in meiner Verantwortung, die Grenze zu ziehen. Wie das alte Sprichwort sagt – wer zweimal auf den gleichen Trick hereinfällt, ist selber schuld!

»Ich werde dir Zeit geben, Dakota, aber du wirst nur herausfinden, ob du mir vertrauen kannst, wenn du mir die Chance gibst, dir das zu beweisen«, wirft Braxton ein.

»Kannst du meine Gedanken lesen?«, frage ich, ein wenig irritiert, da er meine Gedanken erraten hat.

»Nein, aber ich fange an, den Grund für deine Zurückhaltung zu verstehen. Es ist nicht so, dass du keine Zeit mit mir verbringen willst, du hast Zweifel, ob du mir vertrauen kannst.« Er streckt seine Hand aus und berührt meine Wange. »Habe ich recht?«

»Ja.«

Sein Gesichtsausdruck wird weicher. »Wie wäre es, wenn wir die Dinge langsam angehen lassen?«

»Was genau meinst du damit?« So, wie ich ihn kenne, ist seine Vorstellung von *langsam* wahrscheinlich völlig anders als meine.

»Wir verbringen Zeit miteinander, aber mehr nicht, bis du dazu bereit bist.«

»Reden wir gerade über Sex?« Nun, das wird definitiv eine Herausforderung. Ich bin mir nicht sicher, ob ich genug Willenskraft habe, um mich in seinem Beisein nicht den Gefühlen, die er in mir auslöst, hingeben zu wollen.

»Es wird mich fast umbringen, meine Hände von dir zu lassen, aber ja, ich meine Sex.« Seine Augen verdunkeln sich und ich winde mich unter seinem Blick, der über mein Gesicht streicht. »Aber ...«

»Und da geht es schon wieder los.« Lächelnd verdrehe ich die Augen.

»Aber«, wiederholt er, mein Kinn zwischen Daumen und Zeigefinger anhebend und knurrend, »wenn du mich in Versuchung führst und anfängst mit dem Feuer zu spielen, ist alles möglich.«

Ich erschauere und ein Kribbeln huscht durch meinen Bauch. »Das würde ich niemals tun.«

»Lügnerin.«

Er hat recht, das war eine Lüge. Ein Teil von mir möchte ihn reizen, bis er sich nicht mehr im Zaum hält, will die Hitze spüren, wenn er diesen Punkt erreicht.

»Außerdem möchte ich, dass du mich dieses Wochenende zum Mittagessen mit meinen Eltern begleitest.«

Moment, was hat er gerade gesagt? »Wie bitte?!« Meine Stimme klingt sogar in meinen eigenen Ohren schrill. »Wie kommst du plötzlich darauf, dass ich deine Familie kennenlernen soll?« Oh mein Gott, jetzt geht der nächste Irrsinn los. »Auf keinen Fall.«

»Auf keinen Fall?« Er runzelt die Stirn.

Ich schüttle verzweifelt den Kopf. »Ich kann deine Eltern nicht treffen. Ich ... Auf keinen Fall.«

»Warum nicht?«

»Ähm, keine Ahnung. Vielleicht ...« Ich halte meine Hand und einen Finger hoch. »Weil du mein Chef bist.« Ich halte einen weiteren Finger hoch. »Weil es sich um deine Eltern handelt.« Ich halte den Rest meiner Finger hoch, um gleich darauf meine Hand in meinen Schoß fallen zu lassen. »Es gibt viele Gründe.« Seine Mundwinkel fangen an zu zucken, und ich sehe ihn finster an, als er zu lachen anfängt. »Was ist bitte so lustig?«

»Du bist bezaubernd, wenn du nervös bist, und das ist das erste Mal, dass ich dich wegen irgendetwas richtig nervös werden sehe.«

»Ich bin nicht nervös.«

»Wie nennst du es dann?«

»Eine normale Reaktion, wenn man von seinem One-Night-Stand gebeten wird, seine Verwandtschaft kennenzulernen.«

»Wir hatten keinen One-Night-Stand.«

»Was?«, frage ich, überrascht von seiner Reaktion und seinem Tonfall.

»Wir hatten keinen verdammten One-Night-Stand.«

»Aber sicher.«

»Nein, den hatten wir verflucht noch mal nicht.«

»Warum bist du so sauer deswegen?«

»Nach einem One-Night-Stand sieht man sich nicht wieder, Dakota. Das zwischen uns ist das verdammte Gegenteil davon.«

»Okay«, gebe ich nach, weil ich merke, wie aufgebracht ihn das Thema macht. »Ich bin nur der Meinung, dass es der falsche Zeitpunkt ist, um deine Eltern kennenzulernen.«

»Und ich bin vom Gegenteil überzeugt.« Er fährt sich mit der Hand durch sein Haar.

»Darf ich darüber nachdenken?« Ich beiße mir auf die Unterlippe und kämpfe gegen den Drang an, zu lachen. Mir ist bewusst, dass es eigentlich nicht lustig ist, aber gleichzeitig ist seine Frustration irgendwie hinreißend. Er ist es so gewohnt, sich immer durchzusetzen, dass er nicht weiß, wie er reagieren oder handeln soll, wenn es ihm einmal nicht gelingt.

»Warum sieht es so aus, als ob du dir ein Lachen verkneifst?«

»Ähm ... weil genau das der Fall ist.« Ich tätschle seine Hand, die immer noch auf der Rückenlehne der Couch ruht.

»Du bist es so gewohnt, immer deinen Willen zu bekommen.

Und du bist völlig hilflos, wenn es mal anders ist, und das finde ich irgendwie lustig.«

»Mach mich nicht wütend, Dakota.« Er fängt mein Handgelenk und zieht mich zu sich heran, sodass unsere Gesichter nur noch wenige Zentimeter voneinander entfernt sind. »Das sorgt nur dafür, dass ich dich ficken will.«

Verdammt, das möchte ich nur zu gern. Mein Blick heftet sich wie von selbst auf seinen Mund. Vielleicht sollte ich vorschlagen, seine Regel ein kleines bisschen abzuändern, sodass Orgasmen trotzdem zum Plan gehören.

»Wir könnten ...«

»Nein«, unterbricht er mich, bevor ich mehr sagen kann, und berührt mit seinen Lippen meine Stirn, bevor er mich ein Stückchen von sich schiebt. »Selbst wenn mich dieser langsame Mist umbringt, werde ich dir Zeit geben.«

Warum sorgen seine Worte dafür, dass sich ein warmes und wohliges Gefühl in meinem Inneren ausbreitet?

»Morgen essen wir bei mir zu Abend. Ich werde für dich kochen und wir werden reden.« Er steht auf und schickt sich an zu gehen. Ich möchte ihn fast bitten, zu bleiben, schaffe es aber irgendwie, mich davon abzuhalten.

»Auf welcher Etage wohnst du?« Vielleicht bin ich eine Idiotin, weil ich mich tatsächlich auf sein Angebot einlasse, aber ich mag diesen Mann, auch wenn er mich in den Wahnsinn treibt und mich ohne Ende frustriert.

»Wo wohne ich wohl?«

»Ähm, das war eine dumme Frage.« Ich blicke genervt zur Decke.

Lächelnd beugt er sich über mich, um seine Hand an meine Wange zu legen. »Diese Uhr, die ich dir gegeben habe, funktioniert übrigens in beide Richtungen. Mit ihr gelangst du auch zu mir nach oben und in meine Wohnung.«

»Das ist viel Vertrauen. Woher weißt du, dass ich nicht kommen und all dein Silber stehlen werde?«

»Ich besitze kein Silber, und alles, was du haben möchtest, kannst du dir nehmen. Davon ausgenommen ist nur die Kunst, die meine Mutter gemalt hat. Sie würde durchdrehen, wenn sie vorbeikäme und ihre Bilder nicht dort vorfinden würde, wo sie sie aufgehängt hat.«

»Das ist süß«, sage ich, während er mir mit dem Daumen über meine Wange streichelt.

»Sie kann überhaupt nicht malen, ist aber geradezu von ihren Fähigkeiten überzeugt. Ich denke, wir alle tun das Notwendige, um die Menschen in unserem Leben glücklich zu machen.«

»Das ist sogar noch süßer«, murmle ich, und er lächelt leicht, ehe er sich vorbeugt. Ich halte den Atem an, während er mit seinen Lippen über meine streicht. Als er sich zurückzieht, mache ich meine Lider langsam blinzelnd wieder auf.

»Wir sehen uns morgen Abend. Ich bin den ganzen Tag nicht im Büro, sonst könnten wir auch gemeinsam Mittagessen gehen.«

»Ich denke, es ist besser, wenn wir uns bedeckt halten«, sage ich und lege meine Hand auf seine, in der Hoffnung, dass er nicht wütend wird. »Ich möchte nicht, dass die Leute einen falschen Eindruck bekommen, insbesondere nicht, wo ich gerade erst in deinem Unternehmen angefangen habe.«

Er holt tief Luft und nickt einmal. »Das kann ich verstehen.«

»Danke.«

Er lässt mich los und geht zur Tür. »Sei brav.«

Ich muss lachen »Ich bin immer brav.«

»Das bezweifle ich.« Er zwinkert mir zu und verschwindet.

Nachdem sich die Tür geschlossen hat, schaue ich über meine Schulter auf die Lichter der Stadt. Ich muss lächeln, als mir klar wird, dass ich vielleicht genauso verrückt bin wie Braxton Adams und das absolut okay finde.

7. Kapitel

Dakota

Mit einer Flasche Wasser in der Hand gehe ich runter ins Fitnessstudio, um vor der Arbeit eine Einheit auf dem Laufband zu absolvieren, auch wenn mir diese Idee nicht unbedingt behagt. Ich gehöre nicht zu den Menschen, die gern trainieren, bin aber zugleich Süßigkeiten und Wein ganz und gar nicht abgeneigt. Etwas Sport erscheint also unvermeidlich.

Nachdem ich das Fitnessstudio betreten habe, ziehe ich mein Sweatshirt aus und lege es zusammen mit meiner Wasserflasche in eines der Schließfächer. Dann schlendere ich in den hinteren Teil des Raumes, wo die Laufbänder mit Blick auf die noch dunkle Stadt aufgereiht sind. Ich hüpfe auf eines am Ende der Reihe. Neben mir geht ein älterer Mann im Schritttempo, während er etwas auf seinem iPad anschaut. Ich stecke mir meine Kopfhörer in die Ohren und drehe die Musik auf, bevor ich mein Trainingsgerät starte. Ich beginne gemächlich, steigere mein Tempo allerdings nach kurzer Zeit. Wenig später schaue ich nach links, als jemand neben mir auf das Laufband steigt – eine Rothaarige mit stark geschminktem Gesicht, das Haar zu einem perfekten Pferdeschwanz gebunden. Sie winkt, also erwidere ich die Geste, mich gleichzeitig fragend, warum sie so viel Aufwand um ihr Make-up macht, wenn es ohnehin durch den Schweiß verschwimmen wird.

Ich betrachte mein Spiegelbild im Glas der Fensterscheibe vor mir. Heute Morgen habe ich mir nicht einmal die Mühe gemacht, mein Haar zu bürsten, sondern es einfach nur zu einem unordentlichen Knoten auf meinen Kopf zusammengefasst. Ich drücke auf den Aufwärtspfeil des Laufbands, damit es schneller wird, und bemerke, dass mich die Rothaarige ansieht. Ich wende mich ihr zu, nur um zu erkennen, dass ihr

Blick an mir vorbei auf jemand anderen gerichtet ist. Als ich mich nach dem alten Mann umdrehe, werden meine Knie weich. Braxton läuft in einer Jogginghose, die verboten sein sollte, auf einem der anderen Laufbänder. Seine Armmuskeln spannen sich bei jeder Bewegung an.

Er sieht mit einem Zwinkern zu mir herüber, was einen warmen Schauer über meine Haut jagt. Ich möchte ihn fragen, was er hier macht, aber das wäre dumm. Wir befinden uns in einem Fitnessstudio und er trainiert offensichtlich. Also gebe ich mich unbeteiligt und konzentriere mich darauf, auf den Beinen zu bleiben und den Blick nach vorn zu richten. Praktischerweise kann ich Braxton immer noch über das Fensterglas beobachten, was der Rotschopf neben mir ebenfalls tut. Ich drehe mich zu ihr um und sie verengt die Augen. Offenkundig gilt Solidarität zwischen Frauen nur so lange, bis ein heißer Kerl auftaucht.

Ich sehe, wie die Frau ihr Laufband beschleunigt, was mich veranlasst, das Gleiche zu machen. Als sie ihren Pfeil wieder nach oben schiebt, folge ich ihrem Beispiel erneut, um mir einzugestehen, dass das absolut dämlich ist. Ich könnte mich dadurch möglicherweise umbringen, während sie nicht einmal außer Atem zu geraten scheint.

Ich drossle die Geschwindigkeit wieder auf Joggingtempo, um einen Moment später aufzuquietschen, als ich von starken Armen hochgehoben und auf festen Boden gestellt werde. Mein Blick wandert von Braxtons nacktem Oberkörper hoch zu seinem Gesicht, bis ich seinem begegne, während mir das Lied *Bad Guy* in den Ohren dröhnt. Der Song passt zu ihm und dem dunklen, besitzergreifenden Ausdruck in seinen Augen. Meine Brust hebt und senkt sich unter meinen heftigen Atemzügen, als er seine Hand an meine Wange hebt und mir meine Ohrstöpsel rauszieht. »Guten Morgen.«

»Guten Morgen«, entgegne ich und sage mir, dass der atemlose Unterton in meiner Stimme von meinem Laufpensum kommt, und nicht davon, dass Braxton mir so nah ist und mich ansieht, als wolle er mich am liebsten mit Haut und Haaren verschlingen.

»Möchtest du jetzt, wo du mit deinem Workout fertig bist, vielleicht mit mir frühstücken?« Seine Finger berühren meine, aber meine Aufmerksamkeit verschiebt sich von ihm auf die Rothaarige, als ich ein lautes Geräusch vernehme. Sie versucht verzweifelt, ihre Füße zu sortieren und langsamer zu werden. Ich verbeiße mir ein Lachen. »Du bist so böse«, flüstert Braxton dicht an meinem Ohr, und ich erzittere.

Als ich mich ihm wieder zuwende, ist er mir immer noch ganz nah. Mein Blick fällt auf seinen Mund, und ich lecke mir über die Lippen. »Frühstück klingt gut.«

»Dann komm.« Er nimmt meine Hand, aber ich halte ihn auf, ehe er mich mit sich ziehen kann.

Ich schalte mein Laufband aus, zucke mit den Schultern und kann mir ein Grinsen in Richtung der Rothaarigen nicht verkneifen. *Pech gehabt, aber der gehört bereits mir.* »Was denn?«, frage ich Braxton, als er loslacht, aber er schüttelt nur den Kopf.

Wir machen bei den Schließfächern Halt und ich nehme mein Sweatshirt und meine Wasserflasche heraus, während er sich einen großen schwarzen Seesack schnappt, bevor er wieder meine Hand nimmt. Ich lasse mich von ihm zum Fahrstuhl führen, wo er mir kurz den Rücken zukehrt, um sein Handgelenk über das Display zu bewegen. Ich ziehe mir meinen Hoodie über, lasse aber den Reißverschluss offen, und lehne mich an die Wand, während sich die Türen schließen. Ich halte den Atem an, unsicher, was mich erwartet, als sich Braxton wieder zu mir umdreht.

»Wo ist die Uhr, die du von mir bekommen hast?«

»Ich habe sie meinem Bruder gegeben«, erwidere ich, und er kneift leicht die Augen zusammen. »Was denn? Ich habe vielleicht zugestimmt, sie zu behalten, aber nicht gesagt, was ich damit machen würde. Ich wollte, dass Jamie in der Lage ist, in meine Wohnung zu kommen.«

»Hm.« Er fährt mit dem Finger den oberen Saum meines Sport-BHs nach. Automatisch greife ich nach dem Geländer, um mich abzustützen. »Trainierst du immer so gekleidet?«

»Warum?«

»Ich bin einfach nur neugierig.« Er gleitet mit seinem Finger zwischen meinen Brüsten entlang, über meinen Hals bis zu meinem Kinn und nimmt es zwischen Daumen und Zeigefinger.

»Braxton?«

Er senkt seinen Kopf zu mir herunter. »Ja?«

»Wirst du mich küssen?«

»Möchtest du das?« Er zieht an meinem Kinn und zwingt mich so, meine Lippen für ihn zu teilen.

»Vielleicht«, antworte ich, als sich die Türen hinter ihm öffnen.

»Lass es mich wissen, wenn du dir sicher bist.« Er tritt nach hinten und lässt mich enttäuscht zurück, während er meine Hand vom Geländer nimmt.

Sobald ich mit ihm den Aufzug verlasse, werde ich mit der Menge an Geld konfrontiert, die er besitzen muss. Seine Wohnung ist riesig. Sie weist zwei volle Fensterfronten auf, von denen aus man alle übrigen Gebäude in der Gegend überblicken kann. Ebenso die Meeresbucht, an der Seattle liegt, und die nur wenige Blocks entfernt ist, was mir bisher verborgen blieb. Nachdem Braxton mich losgelassen hat, durchquert er den großzügigen Raum und wirft seine Tasche auf eine schnittige schwarze Couch, auf der die gesamte Familie aus *The Brady Bunch* Platz finden könnte, zusammen mit einem Dutzend weiterer Kinder.

»Ist Rührei in Ordnung?«, fragt er, als ich ihm langsam zu der offenen Küche mit den schwarzen Schränken, reinweißen Arbeitsplatten und erstklassigen Edelstahlgeräten folge.

»Hört sich gut an.« Ich trete an die bodentiefen Fenster heran und schaue hinaus. »Ich könnte hier oben niemals leben. Ich hätte ständig das Gefühl, in einem Aquarium zu leben und von den Leuten die ganze Zeit beobachtet zu werden.«

»Deshalb können die Fenster das«, sagt er, und plötzlich scheinen sich die Scheiben mit Rauch zu füllen und versperren die Sicht.

»Wirklich sehr raffiniert.« Ich sehe ihn über meine Schulter hinweg an, als er auflacht.

»Ein bisschen zu raffiniert. Ich habe einen Monat gebraucht, um herauszufinden, wie man sie benutzt«, entgegnet er, während ich zum großen Esstisch gehe und mit der Hand über die Holzoberfläche streiche. Das Möbelstück sieht aus, als hätte jemand einen Baum in zwei Hälften geteilt und lasiert, nachdem er die natürlichen Vertiefungen und Rillen mit Goldpartikeln gefüllt hat. Sogar die äußere Schicht der Rinde wurde mit einer Lasur versehen. »Gefällt er dir?«

»Er ist sehr schön. Wo hast du ihn her?« Er wirkt wie maßgeschneidert für den Raum und böte ausreichend Platz für mindestens zwölf Personen, wenn man ein paar weitere Stühle hinzufügen würde.

»Ich habe ihn gemacht.«

Ich löse meinen Blick von dem Tisch und sehe zu Braxton hoch. »Du hast ihn selbst angefertigt?«

Er zuckt mit den Schultern. »Das ist ein Hobby von mir.«

Steckt er nicht voller Überraschungen?

Nach den vielen unerwarteten Entdeckungen der letzten Tage sollte ich jedoch aufhören, mich über ihn zu wundern. »Woher hast du das Holz?«

»Ich besitze ein Stück Land und eine kleine Hütte etwas außerhalb der Stadt«, erklärt er, in der Küche hantierend, während ich den Tisch umrunde und genauer inspiziere. »Ich suche diesen Ort auf, wenn ich mal abschalten muss. Es gibt dort kein Internet und kaum Mobilfunk. Ich streife durch die Gegend und suche nach umgestürzten Bäumen.«

»Wo hast du gelernt, Holz zu bearbeiten?«

»Mein Vater ist Tischler. Ich verbrachte meine Sommer damit, ihm bei der Maßanfertigung von Möbelstücken zu helfen. Ich habe es lange gehasst, aber irgendwie liegt es mir immer noch im Blut.«

Ich lache. »Ja, augenscheinlich schon. Ich wette, die Leute würden viel Geld für einen Tisch wie diesen bezahlen.«

»Vielleicht«, stimmt er zu, während ich auf einem der Barhocker am äußeren Rand der Kücheninsel Platz nehme. »Ich verkaufe meine Kreationen nicht, und es dauert bis zur Fertigstellung immer eine Weile, da ich mir nur begrenzt dafür Zeit nehmen kann. Die Anfertigung dieses Tisches hat etwas mehr als ein Jahr gedauert.«

»Er ist nicht das einzige Stück, das du gezimmert hast?«

»Nein. Ich habe meiner Mom einen Couchtisch gemacht. Sie hat ihm allerdings die Beine abgenommen und ihn an die Wand gehängt.« Er grinst, und ich kann nicht anders als, als die Geste zu erwidern. »Daneben gibt es noch ein paar andere Dinge, aber wie gesagt, ich habe nicht viel Freizeit.« Er füllt zwei Tassen mit Kaffee aus einer Kanne und gibt mir eine, bevor er zum Kühlschrank geht, um mit einem Milchkännchen zurückzukommen.

»Ich stelle es mir anstrengend vor, Eigentümer eines Unternehmens mit so vielen Menschen zu sein, die von einem abhängig sind.«

»Das ist es auch, aber ich habe IMG von Grund auf aufgebaut und mir liegt viel daran, dass die Firma erfolgreich ist. Sie ist wie mein Baby, und ich weiß, dass sie mich später versorgen wird, wenn ich jetzt die entsprechende Zeit investiere.«

»Das ist eine gute Ansicht«, sage ich, während er einen Teller aus einer Schublade unter dem Herd zieht und darauf fluffig aussehendes Rührei stapelt, ehe er ihn mir reicht.

»Ketchup oder Salsa?«

»Ketchup.« Ich stelle den Teller ab und mein Magen knurrt bei dem Geruch, der von ihm aufsteigt. Einen Moment später kommt Braxton mit dem Ketchup und einer Gabel zurück. Ich gebe einen großen Klecks davon neben mein Rührei. Sobald sich Braxton mit seiner Portion neben mich gesetzt hat, fange ich an zu essen. Ich tauche die Eier in Ketchup, bevor ich einen Bissen nehme, und stöhne beinah laut auf. Ich habe nicht gesehen, dass er Käse oder Gewürze beigefügt hat, aber es ist köstlich.

»Gut?«

Ich wende ich ihm zu und nicke. »Sehr lecker, danke.«

Er umfasst mein Knie und drückt es. Eine kleine Geste, die ein wohliges Gefühl in mir auslöst, mich gleichzeitig aber auch anturnt. Ehrlich gesagt, gibt es nicht viel an ihm, was mich nicht anmacht, und je mehr ich über ihn erfahre, desto lieber mag ich ihn. Er hat vielleicht mehr Geld, als eine Person in einem Leben ausgeben könnte, aber er ist kein typischer reicher Mistkerl. Jedenfalls ist das inzwischen mein Eindruck. »Erzähl mir etwas von deiner Familie. Lebt sie in Washington?«

Verdammt, ich hätte auf diese Frage vorbereitet sein sollen. Die normale Frage, die man jemandem stellt, wenn man ihn näher kennenlernt. Die Art von Frage, die ich fürchte, weil ich nicht möchte, dass die Leute mit mir Mitleid haben. Denn egal, wie sehr ich meine Vergangenheit beschönige, genau das passiert immer. »Wie du weißt, lebt mein Bruder hier«, sage ich ausweichend und hoffe, dass er zwischen den Zeilen liest und das Thema fallen lässt.

»Und deine Eltern?«

»Sie sind nicht hier.« Ich nehme noch einen Bissen und spüre seinen Blick auf mir, während ich kaue.

Seine Hand landet wieder auf meinem Knie und er lässt sie dort, schweigend und darauf wartend, dass ich ihn ansehe. Als ich es schließlich tue, fragt er mit leiser Stimme: »Nicht hier, weil sie nicht hier wohnen, oder überhaupt nicht hier?«

»Mein Dad ist gestorben, als ich fünfzehn war. Meine Mom zwei Jahre später.«

»Dakota ...«

»Bitte nicht«, sage ich leise und bedecke seine Hand mit meiner. »Ich möchte kein Mitleid.«

»Darum geht es nicht. Ich möchte es nur verstehen.«

»Meine Mom hat den Autounfall überlebt, bei dem mein Dad getötet wurde. Danach wurde sie süchtig nach Schmerzmitteln und hat sich selbst umgebracht.«

»Also, sind du und Jamie ...?«

»Jamie und ich lebten einige Zeit bei Pflegeeltern. Wir hatten das Glück, beide von derselben Familie aufgenommen zu werden. Es war also nicht so schlimm, wie es hätte sein können, wenn wir getrennt worden wären.«

»Himmel.«

»Es hätte uns noch übler treffen können.« Ich zucke mit den Schultern, wende mich ab und beginne, mein Essen von einer Seite meines Tellers zur anderen zu schieben.

»Tu das nicht.« Er drückt mein Bein.

»Was soll ich nicht tun?« Ich drehe mich zu ihm und schaue ihn an.

»Vorgeben, dass diese Scheiße bei dir keine Spuren hinterlassen hat. Dich präsentieren, als wärst du hart wie Stein und als könnte dich nichts verletzen.« Ich presse meine Lippen aufeinander. »Es ist in Ordnung, deine Schutzmauern herunterzulassen und mir gegenüber verletzlich zu sein.«

Ist es das? Ich meine, unsere Beziehung baute bisher auf einige Lügen und jede Menge Verlangen auf. Nicht gerade das solide Fundament, das ich brauche, um jemandem zu vertrauen.

»Vielleicht fühle ich mich eines Tages an deiner Seite sicher genug, dass es für mich okay ist, dass du all die hässlichen Teile von mir siehst«, sage ich ihm ehrlich. »Aber aktuell bin ich noch nicht so weit.«

»Das verstehe ich.« Er hebt seine Hand und berührt mit einem Finger sanft meine Wange. »Ich möchte nur, dass du weißt, dass ich hier bin, wenn du darüber reden willst.«

»Ich habe mich mit meiner Vergangenheit auseinandergesetzt, Braxton. Ich brauche keinen Berater oder Therapeuten.«

»Da bin ich mir sicher, aber ich würde gern dein Freund sein.«

»Keiner meiner Freunde hat mich je nackt gesehen.«

Seine Mundwinkel zucken. »Dann eben eine andere Art von Freund.«

»Okay.« Meine Lippen verziehen sich zu einem Lächeln, ehe ein Blinken an seinem Handgelenk meine Aufmerksamkeit auf sich zieht.

»Entschuldige, ich muss diesen Anruf entgegennehmen.«

»Schon okay«, sage ich und erhasche einen Blick auf die Zeit. »Ich sollte in meine Wohnung zurückkehren und mich für die

Arbeit fertigmachen.«

»Ich gehe davon aus, dass ich dich auf keinen Fall davon überzeugen kann, den ganzen Tag mit mir in meinem Bett zu verbringen.«

Lachend werfe ich den Kopf in den Nacken. Als meine Heiterkeit nachlässt, merke ich, dass er mich intensiv mustert. »Was ist?«

»Nichts, ich höre dich nur gern lachen«, sagt er leise und beugt sich vor, um mit seinen Lippen meine Stirn zu berühren. »Schick mir eine Nachricht, wenn du in deiner Wohnung angekommen bist.«

»Ich gehe nur nach unten. Es ist schwer anzunehmen, dass mich dabei irgendjemand kidnappen wird.«

»Lass mir einfach eine Textnachricht zukommen«, beharrt er.

Seufzend gebe ich nach, was ihm ein weiteres Lächeln entlockt, und stehe auf. Er nimmt meine Hand und begleitet mich zu dem auf der anderen Seite des Raumes befindlichen Fahrstuhl. Als sich die Türen öffnen, stelle ich mich auf die Zehenspitzen und gebe ihm einen Kuss auf die Wange. »Hab einen schönen Arbeitstag.«

»Du auch.« Er drückt meine Taille und gibt mich frei.

Ich betrete den Fahrstuhl und lehne mich gegen die Wand, in der Erwartung, dass er mir nachkommen und über mich herfallen wird. Als das jedoch nicht passiert, habe ich Probleme, mir einzureden, dass ich keinerlei Enttäuschung verspüre. Ich sehe die Nummern der Etagen an mir vorbeiziehen, mich fragend, ob es zu spät ist, um umzukehren und ihm zu sagen, dass ich nichts lieber täte, als den Tag in seinem Bett zu verbringen. Doch auch wenn das verlockend erscheint, möchte ich nicht meinen Job aus den Augen verlieren. Ich möchte meine Unabhängigkeit und ein Leben, das ich mir selbst aufgebaut habe.

Ich schaue von meinem Computer auf, als sich jemand räuspert, und blicke in ein lächelndes Gesicht.

»Hey, Mat.«

»Mike.« Er zeigt mit dem Daumen auf seine Brust. »Ich bin Mike.« Verdammt, ich sollte in der Lage sein, meine beiden Arbeitskollegen auseinanderzuhalten, aber ehrlich gesagt sehen sie fast identisch aus. Beide haben braunes, welliges Haar, das unordentlich gestylt ist, eine gebräunte Haut und sind wirklich attraktiv.

»Es tut mir leid.« Ich lächle verlegen.

»Ist schon in Ordnung. So was passiert.« Er zuckt mit den Schultern und steckt seine Hände in die Vordertaschen seiner Hose. »Ich wollte nur vorbeikommen, um dir zu sagen, dass mir deine Sendung heute wirklich gut gefallen hat. Uns allen.« Er sieht sich um und lehnt sich zu mir. »Kathy ist cool, aber sie ist nicht wirklich offen für neue Ideen.«

»Das habe ich schon mitbekommen.« Ich schmunzle. Während meiner gesamten Sendung heute Nachmittag hat sie mich mit finsterer Miene beobachtet und immer wieder den Kopf geschüttelt, weil ich ihren Notizen nur teilweise gefolgt bin. Stattdessen habe ich geboten, was meiner Meinung nach Kunden anziehen würde, und offenkundig hat es funktioniert: das von mir präsentierte Produkt ist ausverkauft.

Mikes Blick bleibt für einen Moment an meinem Mund hängen. Er räuspert sich, bevor er mir wieder in die Augen sieht. »Einige von uns treffen sich heute nach der Arbeit, um auf der anderen Straßenseite im *Gull* noch etwas zu trinken. Es wäre cool, wenn du dich uns anschließen würdest.«

»Das klingt gut.«

»Super, dann sehen wir uns dort.«

»Ja«, stimme ich zu, und er lächelt, bevor er sich umdreht und davongeht.

Ich schaue auf mein Handy und frage mich, ob ich Braxton eine Nachricht senden sollte. Dann ärgere ich mich über mich selbst, weil ich darüber nachgedacht habe, ihm deswegen Bescheid zu sagen. Er ist nicht mein Freund; ich muss ihn nicht über jeden meiner Schritte informieren. Außerdem gehe ich nur auf einen Drink aus. Ich kann ihn danach immer noch zum

Abendessen treffen. Mit diesem Gedanken mache ich mich wieder ans Werk. Das nächste Mal, wenn ich auf Sendung bin, möchte ich Kathys Ideen erneut mit einigen meiner eigenen verbinden, was nicht einfach ist, aber ich bin entschlossen.

Als ich zum zweiten Mal gähne, schaue ich auf die Uhr auf meinem Computer. Ich habe fast vier Stunden ohne Pause durchgearbeitet. Meine Augen reibend, nehme ich meine Dose Cola, um einen Schluck zu trinken, doch sie ist leer. Da es gleich an der Zeit ist, Feierabend zu machen, schalte ich meinen Computer aus und seufze, als mein Tischtelefon klingelt. »Dakota Newton hier.«

»Dakota, bitte komm in mein Büro«, begrüßt mich Kathys Stimme, und bevor ich überhaupt *Aber natürlich* sagen kann, wird die Leitung unterbrochen. Innerlich stöhnend, schlüpfe ich wieder in meine hochhackigen schwarzen Schuhe, die ich unter dem Schreibtisch ausgezogen hatte, und stehe auf. Mit den Händen streiche ich die Vorderseite meiner grauen Hose glatt und richte mein Oberteil, bevor ich mich auf den Weg zu Kathy mache. Dabei ernte ich ein paar neugierige Blicke.

Als ich ihre Bürotür erreiche, klopfe ich zweimal und warte darauf, dass sie mich hereinbittet, ehe ich die Tür aufstoße. Kathy sitzt hinter ihrem Schreibtisch, ihr gegenüber eine schöne Frau, die vielleicht ein paar Jahre älter ist als ich. Beide lächeln, aber ich kann nicht sagen, ob diese Geste echt ist oder nicht.

»Dakota, ich möchte, dass du meine Nichte Hanna kennenlernst. Hanna, das ist Dakota.«

Hanna. Die Hanna, die Braxton gedatet hat. Die Hanna, mit der er eine Geschäftsverbindung hat. Mein Magen zieht sich zusammen.

»Hallo, Dakota.« Hanna erhebt sich, und ich strecke ihr instinktiv meine Hand entgegen.

Sie nimmt sie, drückt sie und neigt ihren Kopf zur Seite. »Du bist im echten Leben noch hübscher als im Fernsehen.«

»Vielen Dank«, sage ich leise und gestehe mir ein, dass sie ebenfalls hübsch ist. Sogar wunderschön, mit ihren langen blonden Haaren, die perfekt gestylt und aus ihrem Gesicht frisiert sind, was ihre strahlend blauen Augen und ihre feenähnlichen Gesichtszüge betont. Sie ist die Art von Frau, die am Arm eines Mannes wie Braxton perfekt aussehen würde. Eifersucht beginnt, in meinem Bauch zu rumoren, und ich verachte dieses Gefühl sofort.

»Hanna ist heute zu mir gekommen, um über deinen Arbeitsplatzwechsel nach oben zu sprechen«, erklärt Kathy und zieht damit meine Aufmerksamkeit auf sich.

»Anscheinend besteht Braxton darauf.«

Das ziehende Gefühl der Eifersucht wird unmittelbar durch Wut auf Braxton ersetzt. Wir haben gestern Abend noch darüber gesprochen. Ich dachte, ich wäre zu ihm durchgedrungen und er würde mich und meine Wahl respektieren. Offenkundig habe ich mich getäuscht. »Ich möchte nicht nach oben wechseln.«

»Das hat Braxton erwähnt«, sagt Hanna und ich konzentriere mich auf sie. »Aber er hat Chris, dem Leiter des Marketings, einige deiner Ideen für die Sendung gezeigt, und Chris hat zugestimmt. Dein Stil ist ausgefallen und modern, und er glaubt, du könntest in unserem Marketing-Team wichtige Beiträge leisten.« Sie lächelt und ich sehe zu Kathy hinüber, um festzustellen, dass sie alles andere als glücklich aussieht.

»Chris hätte wirklich gern die Gelegenheit, mit dir zu sprechen.«

»Das ist sehr nett und ich möchte nicht undankbar erscheinen, aber ich ziehe es vor, zu bleiben, wo ich bin«, erwidere ich, darum betend, dass Kathy nicht annimmt, ich hätte sie irgendwie hintergangen.

»Das verstehe ich«, betont Hanna und nimmt wieder Platz. »Lass mich wissen, falls du deine Meinung änderst, und ich werde es weitergeben.«

»Okay«, stimme ich zu und fühle mich gegen die Wand gedrängt – etwas, das mir kein bisschen gefällt. Ich möchte niemanden sauer machen, besonders nicht die Person, die mir eine Chance gegeben hat, indem sie mir überhaupt erst einen

Job angeboten hat. Außerdem habe ich keine Lust, im Marketing zu arbeiten. Dieser Job hier ist mein Traumjob. Ich hoffe nur, es gelingt mir, Kathy zu beweisen, dass ich für etwas frischen Wind sorgen kann, indem ich das Bewährte mit dem Neuen kombiniere.

»Jetzt, wo du offiziell versucht hast, mir eine Mitarbeiterin zu stehlen, können wir dieses Treffen wohl beenden«, erklärt Kathy, was Hanna ein Lachen entlockt.

Ich zwinge mich zu einem Grinsen in Kathys Richtung. »So schnell wird man mich nicht los.«

»Ich bin mir nicht sicher, dass diese Wahl dir freistehen wird.«

Ihre Worte jagen mir einen kalten Schauder über den Rücken. Ein Teil von mir weiß, dass sie recht hat. Möglicherweise habe ich keine Wahl. Ich habe mit dem Teufel getanzt und jetzt spielt er mit meinem Leben. Ich möchte es Braxton übelnehmen, dass er trotz meiner Einwände eingegriffen und das Ruder in die Hand genommen hat, aber ich bin mir nicht einmal sicher, ob er es verstehen würde. Er ist es gewohnt, sich durchzusetzen, und er scheint sich im Klaren darüber zu sein, dass ich irgendwann nachgeben werde. Ich verstehe nur nicht, warum er so auf meinen Wechsel in die Marketingabteilung erpicht ist.

»Es war schön, dich kennenzulernen, Dakota. Wir sollten irgendwann mal zusammen etwas trinken gehen«, sagt Hanna, und die Aufrichtigkeit in ihrer Stimme überrascht mich.

Ich kann nicht anders, als sie nett zu finden. Sie hat etwas Bezauberndes an sich. Ich frage mich nur, ob sie auch so freundlich wäre, wenn sie über mein Verhältnis zu Braxton Bescheid wüsste.

Ich atme tief ein und lächle sie an, die Eifersucht beiseiteschiebend, die ich fühle. »Das fände ich schön.« Ich brauche Freunde hier, und Braxton zufolge ist ihre Beziehung rein professionell. Vielleicht sind sie tatsächlich nur Freunde. Vermutlich wird das die Zeit weisen.

»Ich lasse mir deine Nummer von meiner Tante geben«,

kündigt sie an, und ich nicke einmal, ehe ich Kathy anschaue, die mir mit einer kaum wahrnehmbaren Kopfbewegung in Richtung Tür zu verstehen gibt, dass ich gehen soll.

»Ich freue mich darauf«, entgegne ich und wende mich wieder Kathy zu. »Ich werde jetzt gleich Feierabend machen, wir sehen uns dann morgen.«

»Hab einen schönen Abend, Dakota.«

»Gleichfalls.« Ich mache auf dem Absatz kehrt und verlasse den Raum, mich wieder einmal über Braxtons anmaßendes Verhalten ärgernd.

8. Kapitel

Dakota

Ich spüre, wie mein Handy in der Gesäßtasche meiner Jeans vibriert, und mache mir nicht einmal die Mühe, nachzusehen, wer es ist. In den letzten anderthalb Stunden hat Braxton immer wieder angerufen und mir Nachrichten gesendet. Auf seine erste SMS habe ich geantwortet, dass ich mit ein paar meiner Kollegen etwas trinken gehe, aber zum Abendessen bei ihm sein würde, um mit ihm über das heutige Treffen mit Kathy und Hanna zu sprechen.

Wenig überraschend folgte umgehend eine weitere Nachricht von ihm, in der er mich fragte, wo und mit wem ich etwas trinken gehen würde. Zugleich informierte er mich, dass wir seiner Meinung nach nicht über Kathy oder Hanna sprechen müssten. Ich habe darauf verzichtet, ihm zu widersprechen, da ich ihm meinen Standpunkt von Angesicht zu Angesicht klarmachen möchte.

Als jemand laut lacht, reiße ich mich aus meiner Gedankenspirale und werfe einen Blick in die Runde. Der Grund für die allgemeine Erheiterung ist mir entgangen. Ich bin immer etwas unbeholfen, wenn es darum geht, neue Leute kennenzulernen. Ich neige dazu, erst einmal nur zuzusehen und zuzuhören, bevor ich andere Menschen an mich heranlasse – eine Eigenschaft, die gern den Eindruck erweckt, ich sei unnahbar, obwohl ich das gar nicht bin.

Heute Abend war es nicht anders als sonst. Ich weiß nicht, wo ich hineinpasse. Alle bis auf mich arbeiten schon eine Weile zusammen. Sie haben Freundschaften geschlossen, erzählen Insider-Witze und sind sich unglaublich ähnlich, sodass ich mich wie eine Außenseiterin fühle.

»Ich denke, ich werde jetzt nach Hause gehen«, erkläre ich,

und alle Augenpaare richten sich auf mich.

»Es ist noch früh«, sagt meine Kollegin Samantha und schaut auf ihre Uhr. »Willst du nicht wenigstens dein Getränk austrinken?«

Ich betrachte mein zweites Bier, von dem ich nur ein paar Schlucke genommen habe, und schüttle den Kopf. »Ich sollte wirklich aufbrechen. Ich muss noch was essen und möchte früh ins Bett, damit ich morgen fit für meine Sendung bin.«

»Mach dir nicht zu viele Gedanken über den Mist, den Kathy von sich gibt«, wirft Mat kopfschüttelnd ein. »Ich arbeite seit drei Jahren hier, und sie hat bisher keine meiner Ideen gemocht, was bemerkenswert ist. Am Ende des Tages spielt es jedoch keine Rolle. Sie hat nicht das letzte Wort. Was zählt, sind Einschaltquoten und Verkäufe.«

»Wirklich?« Das überrascht mich.

»Ja, und die hohen Tiere wissen, dass sie in der Vergangenheit feststeckt. Aber da ihre Nichte mit dem CEO schläft, ist das wohl egal.«

Mein Magen zieht sich zusammen, und ich muss heftig schlucken. »Was meinst du?«

Braxton hat mir versichert, er und Hanna seien nicht zusammen und wären auch nie intim gewesen. Könnte es sein, dass sie trotzdem miteinander ins Bett springen? Schließlich wäre ich auch nie auf die Idee gekommen, dass Troy mich betrügen würde. Ich hatte keine Ahnung, bis ich die Fotos gesehen habe.

»Mr Adams und seine Assistentin Hanna sind schon seit Ewigkeiten zusammen. Es würde mich nicht wundern, wenn bald die Hochzeitsglocken läuten.«

»Mich schon«, sagt eine tiefe Stimme hinter mir und lässt mich zusammenzucken, während Mats Gesicht ganz bleich wird.

Mich darüber wundernd, wer gerade hereingekommen ist, drehe ich mich auf meinem Barhocker um – und funkle den attraktiven Typ an, der so aussieht, als sei er bereit, mich über seine Schulter zu werfen und hier rauszutragen.

»Dakota.«

»Braxton«, sage ich, und seine Augen verengen sich. »Was machst du hier?«

»Ich habe dich angerufen«, antwortet er, und ich höre ein Schnauben hinter mir. »Du gehst nicht an dein Handy.«

»Ich bin mit Freunden unterwegs.«

»Das sehe ich.« Er wirft einen Blick in die Runde. Zweifellos fragen sich alle, was zum Teufel los ist, woher ich den CEO von IMG kenne und warum er mich anrufen sollte. Und vermutlich fallen ihnen eine Reihe verschiedener Szenarien ein, und ich bin sicher, dass die meisten davon nicht abwegig wären. »Das Abendessen bei mir ist fertig.«

Soviel zu meinem Anliegen, die Dinge zwischen uns privat zu halten. »Du bist echt unglaublich.«

»Das hast du mir schon mal gesagt.« Sein Blick bohrt sich in meinen. »Bist du bereit, zu gehen, oder möchtest du das Gespräch hier weiterführen?«

»Ich hasse dich«, zische ich gerade so laut, dass er es hören kann, ehe ich aufstehe, mich zum Tisch umdrehe und nach meiner Tasche greife. »Es tut mir leid, Leute. Wir sehen uns morgen.«

»Ja ... sicher«, sagen Chris und Mat wie aus einem Mund, während mich die Frauen am Tisch ungläubig anstarren und zwischen Braxton und mir hin- und hersehen.

»Gute Nacht.« Ich drehe mich um und stapfe an Braxton vorbei, mich fragend, was ich tun könnte, um ihn zu verletzen, ohne mir selbst dabei wehzutun. Denn ich schwöre bei Gott, dass ich ihn für diese Aktion erwürgen werde, sobald wir im Freien sind. Wieder einmal hat er mich und meine Wünsche ignoriert, um sich durchzusetzen.

»Dakota.« Er versucht, meine Hand zu nehmen, als ich aus der Bar stürme, aber ich ziehe sie ruckartig aus seiner Reichweite. Ich möchte nicht, dass all die Leute, die gerade durch die Fenster nach draußen starren, dabei zusehen, wie ich ausflippe.

Schnell marschiere ich den Block hinunter und eile über die Straße, ehe ich Braxton beachte. Er wirkt absolut sorglos.

Wobei er auch keinen Grund hat, sich wegen irgendwas Sorgen zu machen. Seine Kollegen werden im Gegensatz zu meinen nicht annehmen, dass er seinen Job bekommen hat, weil er mit seinem Chef geschlafen hat. Und sie werden auch nicht denken, dass er möglicherweise eine Beziehung zerstört hat. »Sagst du mir, wohin wir gehen?«, fragt er, als wir den Aufzug in unserem Gebäude erreichen und ihn betreten.

»Zu dir, damit ich dich ohne Zeugen umbringen kann«, stoße ich hervor und werde noch aufgebrachter, als seine Mundwinkel zu zucken beginnen. »Das ist nicht lustig, Braxton. Ich bin gerade verflucht sauer auf dich.«

»Ich weiß.« Er dreht sich zu mir um, nachdem er mit seiner Uhr über das Display des Fahrstuhls gewischt hat und sich die Türen schließen.

»Warum hast du das getan? Warum bist du dort aufgetaucht? Gestern Abend haben wir noch darüber gesprochen, dass ich diese Sache zwischen uns privat halten möchte?«

»Dakota, ich besitze dieses Gebäude, und heute Morgen hast du zusammen mit mir aufmerksamkeitswirksam das Fitnessstudio verlassen. Glaubst du nicht, dass das einige der Mitarbeiter mitbekommen haben?«

Verdammt, darüber habe ich gar nicht nachgedacht. Wie konnte das nur passieren? Oh, richtig, weil normale Menschen keine Megabauten besitzen. Normale Menschen besitzen Häuser oder Eigentumswohnungen. Ich verschränke die Arme vor der Brust und starre ihn weiterhin finster an.

»Ich bin sicher, dass die Leute, die uns beim gemeinsamen Verlassen des Fitnessstudios gesehen haben, bereits Gerüchte über dich und mich und unsere Beziehung in Umlauf gebracht haben. Du bist nicht mein schmutziges kleines Geheimnis, und ich will alles dafür tun, dass dieser Eindruck nicht entsteht.«

»Es hätte meine Wahl sein sollen, Braxton.« Ich drücke mit einer Hand gegen seinen Oberkörper, und er umschließt sie und hält sie über seinem Herzen fest. »Ich mag dich wirklich nicht.«

»Das ist okay. Ich mag dich genug für uns beide.« Er fängt

mein anderes Handgelenk ein, als ich versuche, ihn wegzuschieben. Sanft manövriert er meine Hände hinter meinen Rücken, sodass wir uns Brust an Brust und von Angesicht zu Angesicht befinden, und entlockt mir damit ein Keuchen. »Du machst mich verrückt.«

»Dann sind wir quitt«, gebe ich zurück und stelle mich auf meine Zehenspitzen – eine falsche Entscheidung, wie mir schnell klar wird, als sein Atem meine Lippen streift. »Lass mich los.«

»Niemals.«

»Braxton«, sage ich gefährlich leise, und zugleich beginnt ein brennendes Verlangen in mir zu toben.

»Dakota.«

Ich schlucke und lasse meinen Blick auf seinen Mund fallen.

»Sag mir, dass du es willst. Sag mir, dass ich dich küssen soll.«

Ich lecke mir über die Lippen. »Küss mich, Braxton«, flüstere ich.

Stürmisch presst er seinen Mund auf meinen und drängt seine Zunge zwischen meine Lippen, während er mich aus dem Aufzug zieht, was meine Tasche von meiner Schulter rutschen lässt. Er fängt sie auf und ich bekomme eine meiner Hände frei, um das Hemd aus seiner Hose zu ziehen und seine Bauchmuskeln zu erkunden. Er wirft meine Tasche beiseite, vergräbt seine Finger in meinem Haar und hält mich fest.

»Braxton«, stöhne ich, als er meinen Mund freigibt, um meinen Hals zu küssen.

»Weis mich nicht zurück, Dakota.« Er klingt verzweifelt, als er mein anderes Handgelenk loslässt, um erst unter meine Bluse, dann unter den Bund meiner Hose zu gelangen. »Ich brauche dich.« Er öffnet meinen Hosenknopf, bevor er seine Hand in meinen Slip schiebt. Seine Finger finden meine Klit, und mir werden die Knie weich, als er mich dort berührt.

Ohne ein weiteres Wort, dreht er uns um und drängt mich rückwärts durch den Raum. Dabei erobert er erneut meinen Mund und ich mache mich an den Knöpfen seines Hemdes zu schaffen.

Offenbar hat er es satt, sich langsam in Richtung seines Betts zu bewegen, denn er hebt mich hoch und trägt mich durch das Zimmer zu einer mit Rauchglas versehenen Doppeltür. Nachdem er diese mit einer Hand aufgeschoben hat, stellt er mich neben dem Bett wieder auf die Füße.

»Zieh dich aus.« Einen Schritt zurücktretend, entledigt er sich seines Hemdes, bevor er seine Gürtelschnalle löst. Ich beobachte ihn fasziniert. Sein Körper ist wie ein Kunstwerk, das man würdigen muss. »Dakota«, knurrt er, was mich aus meiner Starre reißt. »Leg deine Kleidung ab, wenn du nicht willst, dass ich sie zerreiße.«

Erneut lecke ich mir über die Lippen und schlüpfe aus meinen Ballerinas und meinem Top. Während er sich ganz entkleidet, schiebe ich meine graue Hose über meine Schenkel nach unten.

»Fuck, ich kann sehen, wie nass du bist.« Er verschlingt mich mit seinem Blick von Kopf bis Fuß, als ich nur noch in meinem Höschen und einem BH vor ihm stehe. Meine Atmung geht keuchend. Ich warte darauf, dass er mich anfasst, meine Haut brennt bereits vor Verlangen. Er tritt auf mich zu, seine Hand zu einer Faust geballt, als wäre er nicht sicher, wo er mit seinen Berührungen beginnen soll.

Ich greife nach hinten, löse meinen BH und lasse ihn von meinen Schultern fallen. Braxtons Augen verdunkeln sich und ein Muskel an seinem Kiefer spannt sich sichtlich an, als das Kleidungsstück auf dem Boden landet. Ohne zu zögern, ziehe ich auch mein Höschen aus. Ich bin so nass, dass mich die kühle Luft erschauern lässt.

»Was jetzt?«, necke ich ihn.

»Das versuche ich gerade herauszufinden.« Er lässt einen Finger über die Spitze meiner Brustwarze streichen, die sich sofort zusammenzieht. »Ich weiß nicht, wo ich anfangen soll. Ich weiß nicht, ob ich dich zuerst mit der Zunge vernaschen oder dich lieber über das Bett beugen und ficken will, bis du meinen Namen schreist.«

Ich gestehe ihm nicht, dass mich beide Optionen glücklich

machen würden. Daran, dass sich seine Mundwinkel verräterisch nach oben verziehen, erkenne ich jedoch, dass ihm meine Gedanken nicht verborgen bleiben. Ich halte den Atem an, während er um mich herumgeht, und stöhne, als er meine Brust von hinten umfasst und seinen Mund auf meine Schulter senkt. Ich neige den Kopf zur Seite, um ihm besseren Zugang zu meinem Hals zu gewähren, während er mit einer seiner Hände langsam meinen Bauch hinunter und zwischen meine Beine wandert.

Bei der ersten Berührung lasse ich den Kopf nach hinten sinken und schließe die Augen. Er knabbert an meinem Ohrläppchen, während er über meinen Kitzler streicht und schließlich einen Finger in mich schiebt. Ich mache Anstalten, meine Beine weiter für ihn zu öffnen, um ihm mehr Raum zu geben, aber er gräbt seine Zähne in mein Fleisch: eine stille, aber eindeutige Forderung, mich nicht zu bewegen. Ich greife nach seinem Unterarm und zwinge mich dazu, stillzuhalten.

Mein Vergnügen wächst und wächst, bis meine Beine unter mir nachzugeben drohen, als er damit beginnt, seine Finger langsam in mich hineinzustoßen und mit seinem Daumen meine Klit zu umspielen.

Als ich mich fallen lassen und ganz der Lust hingeben will, dreht er mich zum Bett herum und beugt mich nach vorn. Meine inneren Muskeln fangen an, zu pulsieren, bevor ich frustriert protestiere, da er seine Finger aus mir herauszieht. Doch dann keuche ich aus einem anderen Grund auf, als er auf die Knie geht, mich mit seinem Mund berührt und an meinem Kitzler zu saugen beginnt. Er hält meine Hüften, an Ort und Stelle, während er mich in den Wahnsinn treibt. Seine Zunge, seine Zähne und seine Lippen bringen mich immer näher an den Abgrund.

Mein Körper zittert, und ich versuche mit den Zehen auf dem Holzboden Halt zu finden. Überwältigt von meinem Empfinden werfe ich den Kopf zurück. Als sein Daumen gegen meinen Eingang drückt, werde ich von einem Höhepunkt übermannt und schreie seinen Namen. Sterne tanzen hinter meinen Lidern, mein Körper fühlt sich federleicht an und meine Haut kribbelt von meinen Hüften bis zu meinen Zehen.

Gerade als ich langsam wieder ins Hier und Jetzt zurückkehre, dringt er mit einem gezielten Stoß in mich ein. Die Spitze seines Schwanzes drückt gegen meinen Gebärmutterhals. Ich fühle, wie er in mir pocht und jeden Zentimeter von mir einzunehmen scheint. Ich will mehr von ihm, brauche mehr von ihm, also richte ich mich etwas auf und lehne mich ihm entgegen, was Braxton mit einem Stöhnen quittiert. Als ich meinen Kopf zurückwerfe, packt er mein Haar und neigt mein Gesicht, um meinem Mund mit seinem zu begegnen. Er küsst mich hungrig, verzweifelt und so leidenschaftlich, dass mir in diesem Moment unmissverständlich klar wird, dass ich bereits ihm gehöre.

Er fickt mich immer härter und härter, bis ich wieder über den Abgrund stürze, nur dass er mir dieses Mal folgt und sich mit einem letzten Ruck in mir versenkt. Anschließend fallen wir beide auf das Bett, sein Körper liegt schwer auf meinem und unsere Atmung geht unregelmäßig, während wir die letzten Zuckungen der Lust auskosten.

Als sich Braxton von mir runterrollt, vermisse ich sofort sein Gewicht, genieße aber das Gefühl seiner Haut an meiner, als er mich an seine Brust drückt und seine Finger wieder in meinem Haar vergräbt. Ich schmiege meine Stirn in seine Halsbeuge und lege meinen Arm um seinen Körper, absolut befriedigt und schläfrig.

»Geht es dir gut?« Seine Stimme ist rau, aber warm, und ich neige meinen Kopf zurück, um seinem Blick zu begegnen.

»Ja, und dir?«

»Besser, jetzt, wo ich dich wiederhabe.« Er lächelt, als ich seinem Oberkörper einen Klaps verpasse.

»Was denn? Ich habe dich vermisst.«

»Du hast meine Vagina vermisst.«

Ein todernster Ausdruck tritt in seine Augen. »Nein, ich habe dich vermisst.«

Ich kaue auf meiner Unterlippe und schlucke. Ich möchte

ihm sagen, dass er mir auch gefehlt hat. Dass ich es vermisst habe, eine solche Verbindung mit ihm herzustellen, wie wir es eben getan haben, auch wenn ich sie nur aus einer einzigen gemeinsamen Nacht kenne. Doch ich schaffe es, mich in Schweigen zu hüllen.

Er seufzt und streicht mit einem Finger über meine Stirn bis zu meinem Ohr. »Ich kann warten.«

Das bezweifle ich irgendwie. Doch statt ihn auf sein bisheriges Verhalten hinzuweisen, kuschle ich mich wieder an seine Brust. Plötzlich knurrt mein Magen, als mir ein köstlicher Geruch in die Nase steigt. Heute Mittag habe ich nur eine Packung gemischte Nüsse gegessen, weil ich darauf bedacht war, möglichst rasch weiterzuarbeiten, um Kathy mit einigen neuen Ideen für die morgige Sendung zu beeindrucken. »Ich bin am Verhungern.«

»Das liegt daran, dass du nicht zu mir gekommen bist, als du es solltest.«

»Ich habe dir keine Uhrzeit genannt, zu der ich hier sein würde«, erinnere ich ihn und hebe den Kopf, um ihn aus zusammengekniffenen Augen anzusehen. »Außerdem bin ich ausgegangen, um meine Kollegen besser kennenzulernen, immerhin muss ich mit ihnen zusammenarbeiten. Und ich hätte nichts dagegen, hier ein paar Freunde zu finden.«

»Ich bin dein Freund.«

Wenn ich mich nicht irre, höre ich ein kleines bisschen Eifersucht in seinem Ton. Als könnte ich unmöglich mit jemand anderem befreundet sein wollen, wenn ich doch ihn habe. »Du bist auch der CEO von IMG. Ich kann dir gegenüber nicht über meinen Job oder dein Unternehmen lästern.«

»Warum nicht?«, fragt er und küsst mich, bevor er aus dem Bett steigt.

Ich blinzle bei dem plötzlichen Positionswechsel, unschlüssig, ob er das ernst meint. Als mir klar wird, dass das tatsächlich der Fall ist, schüttle ich etwas hilflos den Kopf. Vermutlich wäre ein Versuch, ihm die Situation zu erklären, vergebliche Mühe. Ich stehe auf und sehe mich nach meinen Klamotten um, gebe jedoch auf, als er mir ein T-Shirt hinhält. Ich ziehe es über meinen Kopf, um zu bemerken, dass es mir bis zur Mitte der Oberschenkel reicht, sodass ich mir keine Gedanken um eine Hose machen muss.

»Dann versorgen wir dich mal mit Nahrung«, meint er und verlässt, nur in Boxershorts, das Schlafzimmer.

Ich folge ihm und betrachte seinen Rücken, während ich hopsend in mein Höschen schlüpfe. »Lass uns darüber reden, dass du Hanna für ein Gespräch mit Kathy runtergeschickt hast.«

»Das war ich nicht; das war Chris. Er hat deine Arbeit gesehen«, antwortet Braxton über seine Schulter hinweg, als er in Richtung Küche geht.

»Du hast Chris meine Arbeit gezeigt?«

Er lächelt. »Ja, ich habe ihm ein paar Einblicke gewährt, und er hat meinen Eindruck bestätigt. Er war dafür, Hanna nach unten zu schicken, um dich davon zu überzeugen, dich mit ihm zu treffen.« Er beugt sich vor und verschwindet kurz hinter der Kücheninsel, um einen Moment später mit einer mit Folie bedeckten Pfanne wieder aufzutauchen, die er auf die Anrichte stellt.

»Dann solltest du wissen, dass das ordentlich missglückt ist. Die Aktion hat mich nur wütend gemacht.«

»Das habe ich bereits deiner Nachricht entnommen.« Seufzend holt er zwei Teller heraus. Danach geht er zum Kühlschrank und schnappt sich zwei mit Salat gefüllte Schalen.

»Brauchst du Hilfe?«, frage ich, da ich nicht unhöflich sein möchte.

»Du kannst eine Flasche Wein auswählen.« Er deutet mit dem Kinn in Richtung Esstisch. »Ich habe ein Weinzimmer. Du wirst es finden, jetzt, wo du weißt, dass es eines gibt.«

»Ein Weinzimmer?«, wiederhole ich ungläubig.

»Ein Weinzimmer.« Er grinst.

»Du hast eindeutig zu viel Geld.« Mit seinem Lachen im Ohr mache mich auf die Suche nach besagtem Raum. Nachdem ich um die Ecke gebogen bin, finde ich eine große Holztür mit getöntem Glas vor. Als ich mich ihr nähere, geht automatisch das Licht an, wodurch man die Weinflaschen darin erkennen kann. Ich öffne die Tür, trete ein und blicke mich zwischen den an den Wänden angebrachten Regalen überwältigt um. Ich habe keine Ahnung, welche Art von Wein zu welchen Speisen passt – nicht, dass mir das jetzt hilfreich wäre. Braxton hat mir nicht verraten, was wir essen werden.

Rasch entscheide ich mich für eine der vielen Flaschen und nehme sie mit in die Küche, bleibe aber stehen, als ein großes Gemälde meine Aufmerksamkeit erregt. Ich neige den Kopf erst in die eine, dann in die andere Richtung, im Versuch, zu ergründen, was darauf abgebildet ist. Ich bin mir nicht sicher, aber das Motiv mutet an wie eine Frau, die nackt auf einer Toilette sitzt. Das wäre allerdings etwas irritierend.

»Sweetheart, versuch gar nicht erst, herauszufinden, was es darstellt«, sagt Braxton, der mich mit einer Schulter an der Wand lehnend beobachtet.

»Handelt es sich um eine Frau auf einer Toilette?«

»Das könnte sein.« Er zuckt mit den Achseln, stößt sich von der Wand ab und kommt auf mich zu. Nachdem er mir die Weinflasche abgenommen hat, ergreift er meine Hand. »Bereit für das Essen?«

»Warum hast du ein Gemälde mit einer Frau auf einer Toilette in deinem Esszimmer?«, frage ich, als er mir bedeutet, mich auf den Stuhl zu setzen, den er für mich hervorgezogen hat. Ich folge seiner stummen Aufforderung.

»Meine Mom hat es gemalt. Sie hat vor ein paar Jahren einen Kunstkurs besucht und ist seitdem davon überzeugt, eine Künstlerin zu sein«, erklärt er, während er um die Küchentheke herumgeht. »Sie hat mir dieses Bild als Einweihungsgeschenk überreicht und es dort aufgehängt. Ich bringe es nicht übers Herz, dieses oder ein anderes der Kunstwerke von ihr wieder abzunehmen.« Er bleibt stehen, um die Flasche Wein zu inspizieren, die ich ausgewählt habe.

»Ich weiß nichts über Wein«, platze ich mit der Wahrheit heraus.

»Vielleicht nicht, aber du hast eine gute Wahl getroffen. Diese Flasche *Penfolds Grange Hermitage* wurde vor ein paar Jahren für fast fünfzig Riesen versteigert.«

Mir fällt die Kinnlade herunter. »Du scherzt.«

»Nein«, sagt er, bevor er eine Apparatur auf der Flasche platziert und Anstalten macht, sie zu bedienen.

Ich schieße von meinem Stuhl hoch und hieve mich auf die Kücheninsel. »Was machst du da?«

»Den Wein öffnen.« Er mustert mich, während ich die Hand nach dem Wein ausstrecke.

»Das kannst du nicht tun.« Ich versuche, die Flasche zu erwischen und sie ihm zu entziehen, erreiche sie aber nicht.

»Warum nicht?«

»Du hast gerade gesagt, dass sie fünfzigtausend Dollar kostet. Man trinkt nichts, was fünfzigtausend Dollar gekostet hat.«

»Dakota, es ist Wein. Er soll getrunken werden.«

»Nun, meine Geschmacksknospen sind nicht versiert genug, um diesen edlen Tropfen entsprechend würdigen zu können. Gib ihn jemandem, der Wein zumindest genug liebt, um zu wissen, welche Sorten am besten zu Fleisch oder Nudeln passen.«

»Du magst Wein.« Er drückt den Knopf und der Apparat macht ein surrendes Geräusch, bei dem mir das Herz in die Hose rutscht.

»Ich kann nicht glauben, dass du die Flasche aufmachst«, stöhne ich und lasse mich mit dem Gesicht nach vorn auf die Kücheninsel fallen. »Das ist mehr als das, was die meisten Leute in einem Jahr verdienen, und genug Geld, um ein Kind durch das College zu bringen.«

»Es ist nur Wein«, sagt er, was mich veranlasst, den Kopf zu heben, um ihn anzustarren. »Falls du dich dadurch besser fühlst: ich habe den Wein nicht gekauft. Es handelt sich um ein Geschenk.«

»Nein, dadurch fühle ich mich nicht besser. Und wer macht bitte solche Geschenke?«

»Leute, die sehr vermögend sind«, antwortet er lächelnd, und ich nicke zustimmend. Nur Menschen mit viel zu viel Geld würden jemandem eine Flasche Wein schenken, die dermaßen viel kostet. »Willst du dein Essen auf der Kücheninsel einnehmen oder dich lieber zurück auf deinen Stuhl setzen?«, fragt er, woraufhin ich mich mit einem Seufzer von der Anrichte gleiten lasse.

Doch statt mich zu setzen, gehe ich Braxton zur Hand und platziere unsere Salate und Gabeln auf dem Küchentresen, während er den Wein einschenkt und Hühnchen in einer cremig aussehenden Sauce mit Wildreis serviert.

Nachdem alles erledigt ist, setzen wir uns hin und ich nehme mein Weinglas, um nach dem magischen Funken zu suchen, der darin versteckt sein muss.

»Lass uns anstoßen«, sagt Braxton, woraufhin ich mich zu ihm drehe und seinem warmen Blick begegne.

»Worauf trinken wir?«

»Darauf, das Unerwartete wertzuschätzen.« Er stößt sein Glas gegen meines und nimmt einen Schluck. Ich folge seinem Beispiel, bewege die Flüssigkeit in meinem Mund hin und her und versuche zu verstehen, warum sie so viel kostet. Doch es gelingt mir nicht. Der Wein schmeckt nicht viel anders als mein Lieblingsrotwein, den ich für sieben Dollar im Supermarkt bekomme. Doch wenn ich ehrlich bin ... mein günstiger Wein schmeckt besser.

»Was denkst du?«

»Ich denke, wer auch immer dafür bezahlt hat, sollte sein Geld zurückverlangen. Er hat mir keine magischen Kräfte verliehen und dir wohl auch nicht.«

Er lacht und ein warmes Gefühl erfüllt meine Brust. Mir ist unbegreiflich, wie ich eben noch wütend auf ihn sein konnte und in Nullkommanichts seine Anwesenheit genießen kann. Ich verliebe mich in ihn, obwohl er ein Lügner, anmaßend und wahrscheinlich der völlig falsche Mann für mich ist.

»Greif zu, bevor dein Essen kalt wird. Ich habe meine Mom wegen dieses Rezepts angerufen und sie wäre enttäuscht, wenn es dir nicht schmecken würde.«

Ich nehme meine Gabel und stecke mir einen Bissen voll zartem Hühnchen, salzigen Kapern, pikanter Zitrone und perfekt gekochtem Reis in den Mund. Nachdem ich gekaut und geschluckt habe, sehe ich ihn an. »Du kannst deiner Mom ausrichten, dass es köstlich ist.«

»Sie hat es nicht gekocht.«

Ich grinse. »Willst du etwa ein paar Komplimente abstauben?«

»Absolut, ich versuche dich zu beeindrucken.«

»Du musst dich nicht zu sehr anstrengen«, sage ich, um hinzuzufügen: »Denn wenn du mir nicht gerade den letzten Nerv raubst, mag ich dich wirklich gern.«

»Das ist gut zu wissen.« Er sieht mich an, als wolle er in meine Seele blicken. »Wie war die Arbeit heute?«

»Arbeit halt.« Ich bin nicht bereit, mit ihm darüber zu sprechen – nicht, wenn er mein oberster Boss ist. Deshalb zucke ich nur mit den Schultern und nehme einen weiteren Bissen.

»Du weißt, dass du mit mir darüber reden kannst – als Freund, nicht als CEO –, oder?«

»So, wie ich mit dir über andere Dinge sprechen kann, die du dann respektierst, ohne mich zu hintergehen?«

»Ich habe dich nicht hintergangen.«

Vermutlich stimmt das. Er hat nur aller Welt offenbart, dass zwischen uns irgendetwas ist, meine Kollegen eingeschlossen. Ich bin mir sicher, dass sie morgen einige Fragen an mich haben werden. »Ich sage ja nur, dass ich das Private gern ein wenig von meinem Job fernhalten würde. Ich möchte die Dinge nicht unnötig verkomplizieren.«

»Also, was soll in der Arbeit passieren, wenn du zugibst, dass du Mein bist?«

»Dein?«

»Mein«, bestätigt er mit einem hungrigen Blick. »Ich werde nicht so tun, als wären wir nicht zusammen, Dakota, nur um anderen Menschen, die mir piepegal sind, ein besseres Gefühl zu verschaffen.«

»Musst du immer so anmaßend sein?«

»Ich denke, du kennst die Antwort darauf.« Angesichts dessen, was mir mein Körper sagt, hat er wohl recht.

»Also schön, der Tag war gut. Hanna ist sehr nett und ich hatte den Eindruck, Fortschritte mit meinen Arbeitskollegen zu machen. Aber jetzt fragen sie sich bestimmt, warum du in der Bar aufgetaucht bist und was zwischen uns läuft. Außerdem macht mich die Frage nervös, was mich erwartet, wenn Kathy davon erfährt, denn das wird sie definitiv. Vielleicht nicht morgen, aber bald. Ich glaube dir, wenn du mir versicherst, dass zwischen dir und deiner Assistentin nichts ist. Kathy scheint jedoch vom Gegenteil überzeugt zu sein, genau wie alle anderen auch.«

»Scheiß auf das, was die anderen denken.«

»Du hast leicht reden.«

»Es ist nicht kompliziert, Dakota.« Er klingt angepisst, was wiederum mich wütend macht. Ich habe ihn schließlich nicht angelogen oder bin in sein Leben eingedrungen und habe es durcheinandergebracht.

»Du hast einen Penis, Braxton, und du sitzt oben in deinem privaten Büro und herrschst über alle um dich herum. Niemand würde es wagen, anzudeuten, dass du etwas Verwerfliches tust.«

»Wenn dir je jemand zu nahe getreten ist, werde ich mich um diese Person kümmern.«

Ich stöhne und werfe den Kopf zurück. »Genau das meine ich! Du kannst nicht einfach alle niedermachen oder die Tatsache, dass du der Boss bist, an die große Glocke hängen, um deinen Willen durchzusetzen.«

»Das sehe ich anders als du.«

»Es ist sinnlos.« Ich lege die Gabel hin und atme einmal tief durch. Jedes Mal, wenn ich versuche, ihn die Dinge aus meiner Perspektive betrachten zu lassen, ist es, als würde ich gegen eine Mauer reden.

»Es tut mir leid.« Er legt seine Gabel ebenfalls beiseite und dreht seinen Hocker zu mir, bevor er mich dazu bringt, ihn anzusehen. Sobald er meine Knie zwischen seinen gefangen genommen hat, nimmt er meine Hände.

»Was genau tut dir leid?« Ich meine, seien wir mal ehrlich: es gibt eine ganze Menge, wofür er sich entschuldigen sollte, aber ich bezweifle, dass er überhaupt einsieht, etwas falsch gemacht zu haben.

»Dass ich dich verärgert habe.«

»Du machst mich wütend, Braxton. Ich bin nicht bloß verärgert.«

»Ist da ein Unterschied?«, fragt er und klingt neugierig.

»Ja, verärgert zu sein bedeutet, wegen etwas verstimmt zu sein. Wütend hingegen bedeutet, dass man auf hundertachtzig ist und Gift und Galle spucken könnte. Und du machst mich so wütend, dass ich beinah rotsehe. Du bist nicht einfach ein normaler Mann. Du bist der CEO des Unternehmens, für das ich tätig bin, was bedeutet, dass du die Oberhand hast. Und wenn es um meine Karriere geht, ist mir wichtig, durch meine Leistung erfolgreich zu sein. Ich möchte nicht, dass jemand denkt, ich sei zu meiner Position gekommen, weil ich mit dem Chef schlafe.«

»Ich kannte dich nicht, als du für den Job bei IMG ausgewählt wurdest, Dakota. Das hast du ganz allein erreicht.«

»Das ist mir klar, aber das wird niemanden interessieren, wenn sie von uns erfahren.«

Sein Blick ruht weiter unverwandt auf mir und ich sehe, wie es in seinem Kopf rattert. Vermutlich versucht er erneut, herauszufinden, wie er seinen Willen durchsetzen und mir gleichzeitig vermitteln kann, dass alles in bester Ordnung sei. »Ich möchte dich nicht noch einmal anlügen. Und es wäre eine Lüge, würde ich behaupten, es täte mir leid, dass die Leute über uns Bescheid wissen.«

Ich senke den Blick und bin unschlüssig, wie ich reagieren soll. Ein Teil von mir ist froh, dass er mich nicht wie ein schmutziges Geheimnis verstecken will. Ein anderer lehnt sich dagegen auf, dass ich kein Mitspracherecht habe, wenn es um derart große Entscheidungen geht.

»Dakota.« Er drückt meine Hände, doch dann klingelt sein Handy und hindert ihn daran, das, was er sagen wollte, auszusprechen. Er dreht sein Handgelenk und schaut auf seine Uhr. »Verdammt, ich bin gleich wieder da«, sagt er, bevor er mir einen flüchtigen Kuss auf mein Haar drückt.

Nachdem er sich entfernt hat, wende ich mich wieder meinem Teller zu und überlege, was ich tun soll. Es ist eindeutig zu spät, sich Sorgen darüber zu machen, jemand könnte von dem, was zwischen uns ist, Wind bekommen. Und da Braxton nun mal so tickt, wie er tickt, wäre es sowieso nur eine Frage der Zeit gewesen, bis alles publik wird. Nicht weil er der CEO ist, sondern weil er extrem vereinnahmend und entschlossen ist, einen öffentlichen Anspruch auf mich zu erheben.

Ich beende das Abendessen und trinke den Rest meines Weins – und seinen –, während ich darauf warte, dass er zurückkommt. Als das nicht passiert, stehe ich auf, bringe meinen Teller zum Waschbecken und spüle ihn ab, bevor ich ihn in die Spülmaschine stelle. Auf einem Fingernagel herumkauend, lehne ich mich gegen die Theke. Schließlich überwinde ich mich und mache mich auf die Suche nach Braxton. Ich finde ihn in einem Raum, der sein Büro zu sein scheint. Er hat mir den Rücken zugewandt und sein Handy am Ohr.

Ich schließe die Tür wieder, bevor er mich bemerkt, und kehre zurück in die Küche, um mir noch ein Glas Wein einzuschenken. Vielleicht kommt mir beim Trinken die zündende Idee, mit der ich Kathy beeindrucken kann. Dann mache ich es mir auf der Couch bequem, nehme mein Handy aus der Handtasche und öffne meine Kindle-App, um mich in der komplizierten Beziehung einer anderen Frau zu verlieren.

»Baby«, flüstert Braxtons tiefe Stimme irgendwann später an meinem Ohr, als er mich gegen seine Brust drückt und ich bemerke, dass er mich hochgehoben hat. Automatisch dränge ich mich an seinen warmen Körper. »Bist du wach?«

»Ja.« Ich versuche, mich aus dem Kokon des Schlafes zu befreien, was jedoch angesichts meines frühen Aufstehens heute, den Orgasmen, die Braxton mir heute Abend geschenkt hat, und den drei Gläsern Wein, die ich getrunken habe, nicht ganz einfach ist.

»So süß.« Seine Lippen berühren meine Stirn, kurz bevor ich wieder auf einer weichen Oberfläche abgelegt werde. Er schmiegt sich von hinten an mich und streicht mit seinen Fingern über meine nackte Hüfte, bevor er eine Decke über uns breitet. »Schlaf, meine Süße.«

Ich drehe mich zu ihm um und kuschle mich an seine Brust. »Nur für ein paar Minuten, dann gehe ich nach Hause«, flüstere ich und spüre, wie seine Lippen an meiner Stirn verweilen, bevor mich sein warmer Geruch gefangen nimmt und ich wieder vom Schlaf übermannt werde.

9. Kapitel

Dakota

Mit fünfzehn Minuten Verspätung betrete ich das IMG-Gebäude und verfluche Braxton, weil er heute Morgen die Tatsache ausgenutzt hat, dass ich in seinem Bett lag und mein Körper ihm absolut nicht widerstehen kann. Nicht, dass ich keinen Spaß gehabt hätte. Ich habe alles um mich vergessen, als er mir einen Guten-Morgen-Orgasmus beschert hat. Und ich habe noch weniger an meine Pflichten gedacht, als er mir mitteilte, dass der Anruf letzte Nacht von einem seiner Kontakte in New York gekommen sei und er für ein paar Tage verreisen müsse.

Hoch erhobenen Hauptes steige ich in den Aufzug und sehe meine Kollegen nicht einmal an, als ich zu meinem Schreibtisch gehe. Sobald ich mich hinter dem geöffneten Laptop verschanzt habe, fange ich an, an meinen Nägeln herumzukauen. Gespannt warte ich auf den Moment, in dem jemand zu mir kommt, um mich wegen der Geschehnisse gestern Abend in der Bar auszufragen.

Nach einer halben Stunde beginnen sich meine Muskeln zu entspannen, und ich fasse den Mut, mich umzusehen. Nicht eine Person blickt mit misstrauischem oder wertendem Blick in meine Richtung. Es scheint, als würde alles seinen gewohnten Gang nehmen. Ich atme tief ein und stoße die Luft langsam wieder aus. Vielleicht habe ich mir umsonst Sorgen darüber gemacht, was meine Kollegen von Braxtons plötzlichem Auftauchen in der Bar halten könnten. Vielleicht ist es ihnen tatsächlich gleichgültig ... oder sie scheuen sich davor, mich mit Fragen zu konfrontieren.

Ich fahre den Laptop hoch und gehe meinen Zeitplan und die Verkaufsargumente durch, die ich gestern zusammengetragen habe. Gerade als ich sie Kathy senden möchte, damit sie sie absegnet, erscheint eine E-Mail auf meinem Bildschirm. Mein Herz pocht wie wild, als ich sie öffne.

Von: Hanna Mathers
Betreff: Anfrage von Mr Adams

Dakota,
Mr Adams hat mich gebeten, mich an dich zu wenden, in der Hoffnung, dass du ihm helfen könntest, einen High-School-Empfänger auszuwählen, der 50.000 US-Dollar für seine College-Ausbildung erhält. Ich weiß, dass diese Anfrage seltsam wirken könnte, aber er hat mir versichert, dass du sie verstehen würdest.

Bitte sende mir, wann immer es dir passt, eine E-Mail mit den Kontaktinformationen der Person deiner Wahl, und ich werde mich dann um den Rest kümmern.

Alles Liebe,
Hanna

»Oh mein Gott.« Mit zitternden Fingern bedecke ich meinen Mund und meine Augen füllen sich mit Tränen. Ich kann nicht glauben, dass er das tut, und ich bezweifle, dass er weiß, wie viel mir diese Geste bedeutet. Dieses Geld könnte das Leben eines Menschen verändern, insbesondere eines Kindes, das sich derzeit im Pflegesystem befindet.

Die meisten Kinder, die derzeit so aufwachsen, trauen sich nicht einmal, von einem Collegebesuch zu träumen. Diejenigen, die es doch tun, erkennen schnell, wie schwierig es für sie sein wird, wenn sie von einem College angenommen werden.

Da ich sofort weiß, was ich tun werde, sende ich Hanna eine kurze Nachricht, in der ich sie wissen lasse, dass ich mich diesbezüglich in Kürze bei ihr melden werde. Dann gehe ich online, um nach Jamies und meiner ehemaligen Sozialarbeiterin zu suchen. Nachdem ich sie aufgespürt habe, sende ich ihr eine E-Mail mit meiner Telefonnummer und bitte sie, mich in einer ruhigen Minute anzurufen, da ich etwas mit ihr zu besprechen hätte.

Nachdem das erledigt ist, leite ich meine Ideen an Kathy weiter, ohne mich wirklich darum zu kümmern, ob sie ihr gefallen werden oder nicht. Momentan könnte nicht viel meine Stimmung beeinträchtigen.

Eine Minute später ploppt eine Nachricht von Kathy auf, gesendet an das gesamte Team, in der sie uns alle bittet, sie in einem der Konferenzräume im Obergeschoss zu treffen.

Auf dem Weg zum Fahrstuhl lächelt mich Samantha mit einem wissenden Blick an, und meine bis eben vergessene Angst kehrt zurück. Um mir nichts anmerken zu lassen, drücke ich auf den Aufwärtspfeil und beginne ein ungezwungenes Gespräch. »Hattet ihr gestern noch einen lustigen Abend?«

Sie zuckt mit den Schultern. »Ich bin auch nicht mehr lange geblieben, nachdem du uns mit ...« Sie macht eine Pause und schaut sich um. »... Mr Adams verlassen hast. Ich wusste nicht, wer er war, bis mich Mat darüber aufklärte, er sei der CEO von IMG.«

»Ja, er ist der Oberboss«, sage ich wie eine Idiotin, was sie kichern lässt.

»Wisst ihr, worum es bei dem Meeting geht?«, fragt Chris, der sich uns anschließt, als sich die Türen öffnen und wir den Aufzug betreten.

»Keine Ahnung«, erwidere ich und trete einen Schritt zurück, als er den Schließmechanismus blockiert, sodass noch mehr Leute zusteigen können. Sobald sich die Türen schließen, fragen sich alle gegenseitig, was der Grund für das Meeting sein könnte, und je größer die Aufregung wird, desto neugieriger werde ich. Offenbar handelt es sich dabei nicht um ein gewöhnliches Ereignis.

Oben angekommen, betreten wir den Konferenzraum und werden gebeten, uns dort hinzusetzen, wo wir unsere Namen vorfinden. Erst dann bemerke ich die kleinen Schachteln, die auf den Plätzen verteilt sind. Die gleiche Art von Behältnis, in der auch meine Uhr lag. Die Uhr, die ich nicht mehr getragen habe, seit Braxton sie mir erneut gegeben hat.

»Hallo zusammen.« Kathy erhebt sich und geht zum Kopf des Tisches. »Ich habe euch heute Morgen alle hierhergebeten, um mit euch über ein Produkt zu sprechen, das IMG in wenigen Monaten auf den Markt bringen wird. Wenn ihr alle so freundlich wärt, die Schachteln vor euch zu öffnen.«

Sie macht eine Pause und alle Anwesenden folgen mit Begeisterung ihrer Bitte, während ich widerstrebend mitmache. Finster funkle ich das rote blinkende Licht an und höre etwas abwesend die Ohhs und Ahhs der anderen, die sich über die unverhoffte Gabe freuen.

»Die Uhr, die jeder von euch jetzt in Händen hält, ist Teil unserer neuen Lifestyle-Linie. Sie wurde entwickelt, um auf einfachstem Weg eine Verbindung zu all euren aktuellen Apps und Geräten sowie zu allen exklusiven IMG-Produkten herzustellen. Das Ganze funktioniert mit nur einem Tippen auf das Element, mit dem ihr euch verbinden wollt. Die Uhr ist gerade für unsere älteren Kunden unerreicht benutzerfreundlich, und sie passt perfekt für die Millennials, die ihre Zeit nicht damit verschwenden wollen, ein anderes Gerät zu programmieren.« Sie hält lächelnd ihr Handgelenk hoch, um ihr persönliches Exemplar zu präsentieren. »Ziel ist es, nie wieder euer Handy, eure Kreditkarte oder eure Schlüssel bei euch tragen zu müssen. Alles, was ihr braucht, steht euch vierundzwanzig Stunden am Tag, sieben Tage die Woche direkt vom Handgelenk aus zur Verfügung.«

Wieder werden Begeisterungsrufe laut, während alle die Uhr an ihrem Handgelenk befestigen. Dieses Mal folge ich nicht ihrem Beispiel, sondern stelle die Schachtel ab und drehe sie von mir weg.

»Dieses Produkt wurde ursprünglich nur den Vorstandsmitgliedern zum Testen ausgehändigt. Mr Adams bat mich nun, dem Team, das es verkaufen wird, zu erlauben, die Uhr aus erster Hand zu erleben. Er möchte, dass ihr genauso daran glaubt wie er.« Sie lächelt und wirft einen Blick in die Runde. »Ich kann euch aus eigener Erfahrung berichten, dass diese kleine Uhr mein Leben leichter gemacht hat, und ich hoffe, dass es euch genauso gehen wird. Ich bitte euch, sie zu tragen und in den nächsten Monaten euer ehrliches Feedback abzugeben. Wenn ihr etwas entdeckt, das euch nicht gefällt, lasst es mich wissen, damit ich es weiterleiten kann.«

Ich schaue zur Seite, als Samantha meine Schulter anstupst. Sie wirkt regelrecht stolz, ihr neues Ortungsgerät, wie ich es wohl eher bezeichnen würde, zu tragen. »Möchtest du deine nicht anlegen?«, fragt sie und nickt zu meiner Schachtel hinüber.

Will ich nicht. Es widerstrebt mir geradezu, weil ich das Gefühl habe, dass Braxton diese Aktion wegen mir inszeniert hat. Er weiß, dass ich die Uhr verweigert habe, nachdem er sie mir aufgezwungen hat. Auf diese Weise habe ich keine Wahl mehr, als sie zu tragen.

»Doch.« Ich schüttle den Kopf, als wäre ich nur kurz mir den Gedanken woanders gewesen. »Ich habe nur gerade über Kathys Worte nachgedacht.« Ich nehme meine Schachtel und hole die Uhr heraus. Das blinkende Licht scheint mich zu verspotten, als ich sie um mein Handgelenk lege. Sobald ich das Armband geschlossen habe, ziehe ich den Ärmel meiner Bluse darüber. Ich mag zwar gezwungen sein, die Uhr zu tragen, aber das bedeutet nicht, dass ich mir die Zeit nehmen muss, sie aufzuladen. Wenn ihr Akku leer ist, werde ich daran nichts ändern.

»Ihr habt vielleicht bemerkt, dass sich in eurer Schachtel kein Ladekabel befindet«, sagt Kathy, woraufhin ich sie ansehe und spüre, wie sich mein Magen verkrampft. »Diese Uhr wird im Gegensatz zu einigen der Konkurrenz von der Sonne geladen, sodass ihr euch nicht mehr die Mühe machen müsst, sie aufzuladen.«

»Großartig«, stöhne ich, und sämtliche Blicke richten sich auf mich. »Tut mir leid.« Ich halte mein Handgelenk hoch. »Ich bin nur so erleichtert darüber, dass ich diese Schönheit nicht abnehmen muss.«

Kathy räuspert sich und alle konzentrieren sich wieder auf

sie. »Ich freue mich darauf, von jedem von euch zu hören. Wie ihr wisst, könnt ihr jederzeit mit euren Anliegen zu mir kommen. Aber jetzt«, sie deutet zur Tür, »machen wir uns wieder an die Arbeit. Es ist Zeit zu verkaufen, verkaufen, verkaufen.«

Als ich mich zusammen mit allen anderen erhebe, fühlt sich das Gewicht an meinem Handgelenk schwerer an als je zuvor. Ich schwöre, ich werde Braxton dafür umbringen, dass er schon wieder seine Position dazu genutzt hat, seinen Willen durchzusetzen.

»Ist alles in Ordnung?«, vergewissert sich Samantha, während wir auf den Aufzug warten.

»Ja, absolut. Und bei dir?«, frage ich automatisch zurück und schaue sie etwas perplex an, als sie zu lachen beginnt.

»Du bist eine schreckliche Lügnerin. Hat dir das schon mal jemand gesagt?« Sie greift nach meinem Arm, um meine Hand von meinem Mund wegzuziehen. Verdammt, ich habe nicht einmal bemerkt, dass ich an meinen Nägeln geknabbert habe. »Meine Freundin Mary daheim kaut auch immer auf ihren Nägeln herum, wenn etwas nicht stimmt oder sie sich Sorgen macht. Was ist los?«

Im Wissen, dass ich ihr irgendeinen Brocken hinwerfen sollte, senke ich meine Stimme, als wir den Aufzug verlassen, um durch das Büro zu unseren Schreibtischen zu gehen. »Ich warte etwas nervös darauf, was Kathy von den Verkaufsargumenten halten wird, die ich ihr heute Morgen geschickt habe. Sie war bisher nicht sehr offen für die Vorschläge, die ich bei ihr eingereicht habe.«

»Jedes Mal, wenn ich dich bisher auf Sendung gesehen habe, warst du großartig. Und wie Mat schon gesagt hat: Kathy hat nicht das letzte Wort. Ich denke nicht, dass du dir zu viele Sorgen über ihre Meinung machen solltest. Gib einfach dein Bestes; das ist alles, was jeder von uns letzten Endes tun kann.«

»Du hast recht, danke.«

»Jederzeit. Außerdem bin ich hier, wenn du mal gemeinsam an Ideen basteln möchtest. Für mich und meinen Arbeitsprozess ist so was immer hilfreich.«

»Das fände ich schön. Wir sollten Nummern austauschen und uns mal treffen«, sage ich und schüttle den Kopf. »Tut mir leid, ich will nicht verzweifelt klingen, aber ich könnte hier wirklich eine Freundin gebrauchen.«

»Nun, da hast du Glück. Ich hätte nichts gegen eine neue Freundin einzuwenden.« Sie lacht. »Hast du Lust, nachher mit mir zu Mittag zu essen? Ich hatte überlegt, dieses neue Suppenrestaurant ein paar Blocks weiter auszuprobieren. Ich habe eine Rezension gelesen, wonach sie die besten Sauerteigbrotschalen in den USA anbieten. Was ich bezweifle, da ich in San Francisco aufgewachsen bin. Trotzdem möchte ich sie ausprobieren.«

»Ich habe keine Ahnung, was eine Sauerteigbrotschale ist, aber ich würde mich gern anschließen.«

»Wenn das Restaurant etwas taugt, wirst du hin und weg sein«, versichert sie mir und schaut auf ihre neue Uhr. »Wow, das ist so cool. Sie hat mich gerade daran erinnert, dass ich in einer Stunde auf Sendung bin.« Ihre Augen weiten sich. »Verdammt, ich bin noch nicht geschminkt.« Sie macht auf dem Absatz kehrt, dreht sich aber wieder zu mir um und geht rückwärts weiter. »Ich sollte um eins durch sein, informiere dich aber, falls ich vorher fertig bin.«

»Hört sich gut an. Viel Glück.«

»Danke!«, ruft sie über ihre Schulter hinweg, während sie zum Bereich für Haarstyling und Make-up auf der gegenüberliegenden Seite des Raumes eilt.

Ich kehre zu meinem Schreibtisch zurück und überprüfe die Liste der Berichte, die mir heute Morgen per E-Mail geschickt wurden. Nachdem ich jede einzelne durchgesehen habe, stelle ich fest, dass meine Verkaufszahlen so hoch sind wie die von einigen anderen Mitarbeitern, die schon seit Jahren auf Sendung sind.

Im Anschluss sehe ich nach, ob Kathy auf meine E-Mail geantwortet hat, was sie getan hat. Ich öffne die Nachricht und mein Herz zieht sich zusammen. Erneut hat sie die Ideen verworfen, die ich bezüglich der Vermarktung der Produkte hatte.

Nicht bereit, aufzugeben, gehe ich einige der vergangenen

Projekte durch, die sie geleitet hat und stelle fest, dass sie gut liefen, aber in keiner Hinsicht großartige Zahlen geliefert haben. Ich würde verstehen, dass sie darauf beharrt, ihre Formel zu verwenden, wenn sie funktionieren würde. Das ist jedoch nicht der Fall.

Als ich alle mir zugänglichen Informationen durchgesehen habe, qualmt mir das Hirn. Zusätzlich bin ich irritiert, denn es wirkt, als hätte sie vielleicht eher ein Problem mit mir als Person.

»Ich bin zurück«, verkündet Samantha und bleibt an der Kante meines Schreibtisches stehen. Ich sehe zu ihr auf. »Ich hole nur schnell meine Handtasche. Treffen wir uns bei den Fahrstühlen?«

»Ja, ich bin gleich da.« Ich hoffe sehr, dass mich das gemeinsame Essen aufmuntern wird.

Als ich meinen Laptop herunterfahren will, halte ich inne, da eine E-Mail von Sawyer Markel, meiner ehemaligen Sozialarbeiterin, aufploppt. Meine schlechte Laune lässt sofort nach, als ich sehe, dass sie mir ihre Handynummer zusammen mit einer kurzen Nachricht geschickt hat. Sie vergewissert sich, wie es mir geht, und informiert mich darüber, dass es einfacher sei, wenn ich sie anrufe. Nachdem ich ihre Nummer in mein Handy einprogrammiert habe, treffe ich mich mit Samantha und gehe mit meiner hoffentlich neuen Freundin zum Mittagessen.

»Also, was denkst du?«, fragt Samantha, als ich meine Mahlzeit beinah beendet habe.

»Ich bin nicht sicher, ob ich eine gute Jury abgebe. Ich war am Verhungern, also hätte ich wohl meine eigene Hand essen können«, gebe ich zu, was ihr ein Lächeln entlockt. Sie schaut auf meinen leeren Teller, bevor sie ein weiteres Stück ihrer Sauerteigschale abzupft und in ihren Mund steckt. »Hat es dir denn geschmeckt?«

»Es war lecker, aber es gibt nichts Schöneres als Meeresfrüchte mit Blick auf die Bucht zu genießen. Hast du jemals von *Fisherman's Wharf* gehört?«

»Ich war einmal mit meinem Ex in San Francisco, und er hat

mich dorthin mitgenommen. Allerdings haben wir keine Muschelsuppe probiert. Wir waren mit seinem Vater in irgendeinem schicken Restaurant. Ehrlich gesagt erinnere ich mich nicht einmal mehr an das Essen. Ich glaube, ich habe die meiste Zeit über geschlafen.«

Sie guckt lächelnd in die Ferne. »Jedes Mal, wenn ich nach Hause fliege, um meine Familie zu besuchen, nötige ich sie dazu, mit mir gleich nach der Landung dort essen zu gehen.«

»Warum hast du dich für Seattle entschieden, wenn deine Familie in Kalifornien lebt?« Ich persönlich könnte niemals so weit von Jamie entfernt sein.

»Ich wollte mir und meinen Eltern beweisen, dass ich allein überleben kann. Bisher geht es mir gut, aber ich weiß nicht, ob ich hierbleiben werde, nachdem mein Vertrag mit IMG ausgelaufen ist. Meine Schwester hat gerade ein Kind bekommen und ich habe das Gefühl, all die lustigen Tantenaktivitäten zu verpassen.«

Sie holt ihr Handy heraus und zeigt mir ein Foto eines entzückenden Babys mit pausbäckigen Wangen.

»Sehr süß.«

»Ja, oder?« Sie betrachtet das Bild nochmal und steckt ihr Handy wieder weg. »Hast du Verwandte hier in Seattle?«

»Mein Bruder lebt hier.«

»Cool. Steht ihr zwei euch nahe?«

»Ja, sehr.« Ich lächle. »Er ist eine Nervensäge, aber auch mein bester Freund.«

»Ich habe einen großen Bruder, also kann ich das absolut nachvollziehen.« Sie grinst, und ich erwidere die Geste.

»Er hat diesen Freitag einen Auftritt und ich habe ihm versprochen, auf einen Sprung vorbeizuschauen. Hast du schon was vor?«, frage ich, hoffend, dass sie noch nicht verplant ist.

»Höchstens im Schlafanzug auf der Couch zu liegen, Junk-Food zu essen und Reality-TV zu gucken – also nein.«

»Nun, es wird zwar kein Junk-Food geben, aber dafür Alkohol. Und die Groupies, die auftauchen, wenn Jamie und seine Band auftreten, sind unterhaltsamer als jede Reality-TV-Show.

Dein Abend wird sich also praktisch kaum von dem unterscheiden, was du geplant hattest, nur das du besser ohne Pyjama auftauchen solltest.«

»Klingt spaßig«, sagt sie und schaut auf die Uhr. »Verdammt, wir müssen schon wieder zurück zur Arbeit. Ich gehe nur noch schnell auf die Toilette.«

»Ich warte hier.« Sobald sie weg ist, krame ich mein Handy hervor, um zu sehen, dass ich ein paar Nachrichten von Braxton und eine von Troy erhalten habe. Genervt stoße ich den Atem aus, als ich Troys SMS entnehme, dass er es nicht für sinnvoll hält, mir meine Schachtel zu schicken, wie er es vor einer Woche angekündigt hat. Er werde morgen Abend in der Stadt sein und wolle sich mit mir treffen, um sie mir persönlich zu geben. Obwohl ich keine Lust habe, ihn zu sehen, schlage ich ihm, das Café in der Nähe meines Wohngebäudes als Treffpunkt vor.

Als Nächstes widme ich mich Braxtons Nachricht. Ich kaue auf der Innenseite meiner Wange und versuche, mir beim Lesen ein Lächeln zu verkneifen.

Braxton: *Ich wünschte, ich hätte dich mit mir auf diese Reise nehmen können. Ich habe ein paarmal darüber nachgedacht, dich zu entführen, bin aber zu dem Entschluss gekommen, dass das vielleicht keine so gute Idee ist. Ruf mich an, wenn du heute Abend nach Hause kommst. Bis dahin sollte ich in meinem Hotel sein.*

Ich schüttle den Kopf. Keine Ahnung, wie er mir so auf die Nerven gehen und ich gleichzeitig so verliebt in ihn sein kann. Ich lasse ihn in meiner Antwort wissen, dass ich mich melden werde, er das aber vielleicht gar nicht möchte, da ich wegen der Uhr außer mir bin, die ich neuerdings trage. Praktisch direkt, nachdem ich auf Senden gedrückt habe, folgt auch schon seine Reaktion darauf.

Braxton: *Ich mag es, wenn du wütend auf mich bist. Allerdings mag ich es noch mehr, wenn du mich mit dir machen lässt, was ich will.*

Das Kribbeln entlang meiner Wirbelsäule ignorierend, schreibe ich zurück.

Ich: *Ich meine es ernst, Braxton. Du musst echt mal lernen, was Grenzen sind.*

Wieder kommt seine Antwort sofort.

Braxton: *Zwischen uns gibt es keine Grenzen.*

Gnaaa, er macht mich wirklich wahnsinnig. Anstatt in einer Nachricht etwas darauf zu erwidern, schiebe ich mein Handy in meine Tasche und stehe auf, um meinen und Samanthas Müll zu entsorgen. Dann warte ich in der Nähe der Eingangstür auf sie. Meine Uhr, die nun ununterbrochen zu summen scheint, lasse ich links liegen und lache stattdessen in mich hinein. Er mag mich vielleicht dazu nötigen können, das Teil zu tragen, aber er kann mich nicht dazu zwingen, es zu benutzen. Und ich bin mir sicher, dass ihn das verdammt ärgern wird.

Nachdem ich das Telefonat beendet habe, sitze ich mit bester Laune auf dem Bett. Sawyer Markel war mehr als bereit, mir zu helfen, einen jungen Menschen zu finden, der das College-Geld gebrauchen kann. Sie versicherte mir, den perfekten Kandidaten bereits zu kennen – einen jungen Mann, der seine Mutter durch Krebs verloren hat, es aber trotzdem schaffte, fast nur Einser in der Schule zu bekommen. Er hat ein Stipendium für die Boulder University, braucht aber immer noch Unterstützung, um Unterkunft und Verpflegung sowie andere Dinge des täglichen Bedarfs bezahlen zu können. Nachdem sie mir von ihm erzählt hat, bin ich mit ihrer Wahl wunschlos glücklich. Ich sende Hanna eine E-Mail mit Sawyers Informationen und erkläre ihr kurz die Situation. Dann wähle ich, noch immer strahlend, Braxtons Nummer.

Sobald das Telefon zu klingeln beginnt, lege ich es neben meinen Laptop.

»Dakota.« Er klingt müde. Nicht so, als wäre er gerade erst aufgewacht, sondern einfach nur erschöpft, so als hätte er den ganzen Tag durchgearbeitet.

»Hast du auch mal eine Pause eingelegt, seit du hier abgereist bist?«, frage ich ihn besorgt.

»Ich liege jetzt im Bett. Ich hatte nonstop eine Besprechung nach der anderen, seit mein Flug gelandet ist.«

»Das tut mir leid«, erwiderte ich leise.

»Mir geht es gut ... und jetzt, wo ich deine Stimme höre, sogar noch besser.«

»Sei nicht süß, wenn ich auf dich sauer sein will.«

»Du musst nicht sauer auf mich sein. Du kannst mir stattdessen einfach sagen, wie sehr du mich vermisst, damit ich dir sagen kann, wie sehr ich dich vermisse. Und wie zerknirscht ich darüber bin, dass ich erst am Sonntag zurücksein werde.«

»Sonntag?« Mein Herz zieht sich zusammen und herbe Enttäuschung macht sich in mir breit.

»Tut mir leid, Baby, ich hatte keine Ahnung, dass diese Reise überhaupt stattfinden würde. Wo ich schon mal hier bin, schiebe ich noch ein paar Dinge dazwischen, um die ich mich sowieso kümmern musste.«

»Ich nehme an, das gehört zu deinem Job, oder?«

»Leider«, stimmt er mit einem gequälten Seufzer zu. »Ich hatte vor, dich dieses Wochenende zum Dinner auszuführen.«

Ich kann nicht anders, als zu lächeln. »Wolltest du mich zum Abendessen einladen oder mich, wie so oft, einfach vor vollendete Tatsachen stellen?« Mein Telefon leuchtet auf und ich klicke auf die grüne Schaltfläche. Einen Moment später blicke ich in sein perfektes Gesicht.

»Hattest du dieses Wochenende Pläne mit jemand anderem?«, fragt er, als ich mein Handy hochhebe, damit er mich besser sehen kann.

»Ich hatte tatsächlich Pläne mit meinem äußerst attraktiven Sugardaddy. Leider musste er geschäftlich verreisen.«

Seine Lippen verziehen sich zu einem leichten Grinsen. »Tut mir leid, dass du dir das entgehen lassen musst.«

»Mir auch, zumal er mich füttert und mir erlaubt, sehr teuren Wein zu trinken.«

»Klingt danach, dass du ihn behalten solltest.«

Ich zucke mit den Schultern. »Schwer zu sagen. Er ist auch anmaßend und macht ständig Sachen, um seinen Willen durchzusetzen. Einiges davon finde ich gar nicht gut.«

»Vielleicht will er nur dafür Sorge tragen, dass du in Sicherheit bist. Wir Männer wollen die Dinge beschützen, die uns besonders wichtig sind.«

»Vielleicht«, stimme ich zu. »Andererseits könnte er auch einfach verrückt sein. Wir kennen uns kaum.«

»Ich denke, dass du möglicherweise diejenige bist, die ihn verrückt macht. Er weiß wahrscheinlich nicht, was er tun soll. Du bist das Einzige in seinem Leben, das er nicht vollständig beherrschen kann, und das macht ihn wahnsinnig.«

»Ich denke, er macht sich *selbst* wahnsinnig«, grummle ich.

Braxton lacht. »Also, was sind deine Pläne für diese Woche, jetzt, wo ich nicht mehr auf deiner Agenda stehe?«

Ich lache, lege mich auf mein Bett und halte ihn über mein Gesicht. »Ich gehe am Freitag zu Jamies Konzert und Samantha wird mich begleiten.«

»Samantha?«

Ich verdrehe die Augen. »Sie ist eine deiner Angestellten.«

»Sweetheart, ich habe viele Angestellte. Ich kenne nicht alle mit Namen.«

»Das solltest du aber. Sie sind alle Teil deines Unternehmens. Ich habe einmal eine Sendung über einen CEO gesehen, der der gesamten Belegschaft jährlich an ihrem Geburtstag eine handschriftliche Karte schickt.«

»Du möchtest, dass ich jedem meiner Mitarbeiter eine

Glückwunschkarte zukommen lasse?«

»Es wäre schön, und vielleicht könntest du ihnen auch ein Geschenk machen«, schlage ich vor. Ich runzle die Stirn, als ich ihn schmunzeln sehe. »Was ist so komisch?«

»Du bist bezaubernd.«

»Ich habe nicht versucht, bezaubernd zu sein. Ich wollte dir helfen, ein besserer Chef zu sein.«

»Die meisten meiner Mitarbeiter wohnen kostenlos in meinem Gebäude, haben Zugang zu einem Fitnessstudio sowie einem Schwimmbad und erhalten großartige Gesundheits- und Rentenleistungen. Ich denke, ich bin ein guter Chef.«

Verdammt, er hat recht. »Wie auch immer.«

Er schmunzelt. »Es ist okay, zuzugeben, dass ich recht habe.«

»Ich denke immer noch, dass eine Geburtstagskarte schön wäre«, erwidere ich und weigere mich, in diesem Punkt nachzugeben. Er lacht, und das zu hören, macht mich seltsam glücklich.

»Also wirst du mit Samantha das Konzert deines Bruders besuchen. Hast du diese Woche noch was anderes vor?«

Plötzlich erfüllt mich Sorge. Ich weiß nicht, wie diese Uhr funktioniert, ob er digital immer noch mit mir verbunden ist. Wenn das der Fall ist, weiß er vielleicht schon, dass ich mich mit Troy treffe. Auch wenn ich mich nicht dafür rechtfertigen muss, melden sich Schuldgefühle in mir, zusammen mit einer kräftigen Prise Irritation. »Stalkst du mich immer noch digital?«, platzt es aus mir heraus.

Seine Brauen ziehen sich zusammen. »Wie bitte? Dich digital stalken?«

»Hast du über deine Uhr Zugang zu meinen persönlichen Daten – du weißt schon, meine E-Mails, Textnachrichten und solche Sachen?« Als er nicht sofort antwortet, aber ein fast panischer Ausdruck in seinen Augen aufglimmt, steht für mich fest, dass er Zugriff darauf hat. Und dass er darüber im Bilde sein muss, dass ich mich mit Troy treffen werde. Vermutlich will er überprüfen, ob ich ihm davon erzähle. »Wirst du mir antworten?«

»Ich stalke dich nicht.« Seine Stimme ist beschwichtigend, was ein Rumoren in meinem Magen in Gang setzt.

»Weißt du von meinem morgigen Treffen mit Troy?«, frage ich, und das Zucken seiner Kiefermuskulatur ist Antwort genug. »Du weißt es.«

»Ja, ich weiß es«, bestätigt er.

»Verstehst du, was das für ein Vertrauensbruch ist und wie verletzt ich mich dadurch fühle?«

»Dakota ...«

»Nein, Braxton, du musst das endlich kapieren. Wenn ich dir etwas nicht erzähle, geht es dich nichts an.«

»Du gehst mich etwas an.«

»Ciao, Braxton.« Mein Daumen schwebt über dem roten Knopf auf dem Display.

»Leg nicht auf, Dakota«, knurrt er, was mich innehalten lässt.

»Oder was?« Ich sehe förmlich, wie sich die Rädchen in seinem Kopf drehen. Er befindet sich buchstäblich auf der anderen Seite des Landes. Er kann nicht einfach in meine Wohnung marschieren, und selbst wenn er in ein Flugzeug steigen würde, würde es Stunden dauern, bis er wieder hier ist.

»Dakota, spiel keine Spielchen mit mir.«

»Braxton, der Einzige, der Spielchen spielt, bist du.« Ich lege auf und mein Handy zur Seite. Als es eine Sekunde später klingelt, schalte ich es aus. Er ist auf dem Holzweg, wenn er glaubt, dass er einfach meine E-Mails und Textnachrichten durchgehen kann, ohne dass ich entsprechend darauf reagiere. Wer zum Teufel macht so etwas überhaupt?

»Ein verrückter Kerl«, flüstere ich und komme nicht umhin, mir einzugestehen, dass ich möglicherweise selbst ein bisschen irre bin. Obwohl ich wütend bin, bin ich es nicht in dem Ausmaß, wie es wahrscheinlich angebracht wäre.

10. Kapitel

Dakota

Ich sitze an einem kleinen Tisch im hinteren Teil des Cafés, einen Eiskaffee vor der Nase. Das Kondenswasser läuft den Becher hinunter und bildet auf dem hölzernen Tisch allmählich eine kleine Pfütze. Auf das Getränk achte ich allerdings kaum noch, seit ich mich hier niedergelassen habe. All meine Aufmerksamkeit ist auf den mir bekannt vorkommenden Mann auf der gegenüberliegenden Seite des Raumes gerichtet. Denselben Kerl, den ich gesehen habe, als ich mit Jamie brunchen war, und den ich auch im Kino gesehen zu haben glaube.

Ich möchte nicht annehmen, dass er irgendwie in Verbindung zu Braxton steht, aber mein Bauchgefühl schreit förmlich danach, es so zu deuten. Ich verenge die Augen, als er in meine Richtung blickt, woraufhin er die Stirn runzelt. Ich beginne wirklich, an meinem Verstand zu zweifeln.

»Dakota.«

Ich sehe zu Troy hoch. Er verharrt an der Stelle, so als würde er darauf warten, dass ich aufstehe und ihn zur Begrüßung umarme. Doch das würde ich nur über meine Leiche tun. Ich kann den Anblick seines unbestreitbar attraktiven Gesichts kaum ertragen. Seufzend nimmt er auf dem Stuhl mir gegenüber Platz. Ich blicke zu dem Typen am anderen Ende des Raumes, um mitzubekommen, wie er auf Troy reagiert. Er zeigt überhaupt keine Reaktion. Okay, vielleicht bin ich paranoid.

»Kennst du den Kerl?«, erkundigt sich Troy, was meine Aufmerksamkeit wieder auf ihn lenkt.

»Nein.« Ich greife nach meinem Eiskaffee und nehme einen großen Schluck. Möglicherweise bin ich nur nervös, weil ich seit dem abrupten Ende des Telefonats mit Braxton darauf warte, dass er einfach auftaucht oder in irgendeiner anderen Weise auf sich aufmerksam macht.

»Okay ...« Troy zieht die Brauen zusammen. »Nun, du starrst ihn finster an, seit ich hereingekommen bin«, meint er und stellt seinen eigenen Kaffeebecher auf den Tisch, ehe er sich zurücklehnt und es sich auf seinem Stuhl gemütlich macht, als handle es sich um ein Kaffeedate.

»Wo sind meine Sachen?« Ich suche den Boden zu seinen Füßen nach der Schachtel oder einer Tüte ab, kann jedoch nichts entdecken.

»Ich habe sie in meinem Kofferraum gelassen.«

»Du hast sie in deinem Kofferraum gelassen?«, wiederhole ich frustriert. »Warum hast du sie mir nicht mitgebracht?«

»Die Schachtel fällt auseinander. Du wärst wohl nicht sonderlich begeistert gewesen, wenn ich eine Spur aus deinen Fotos auf dem Bürgersteig hinterlassen hätte«, antwortet er und trinkt einen Schluck Kaffee. »Wir holen sie, wenn wir aufbrechen.«

Ich öffne den Mund, um klarzustellen, dass das Ding nicht auseinanderfallen würde, wenn er den Inhalt einfach in eine neue Box getan hätte, bemerke aber plötzlich einen Schatten, der auf unseren Tisch fällt. Als ich aufsehe, blinzle ich mehrmals, um sicherzugehen, dass ich nicht halluziniere. »Jamie?« Automatisch erhebe ich mich, um meinen Bruder zu umarmen. »Was machst du hier?«, frage ich leise.

»Ich erkläre es dir später.« Er küsst mich auf die Stirn, dann funkelt er Troy an, während er sich einen Stuhl von einem anderen Tisch heranzieht. Er stellt ihn mit der Rückenlehne herum zu uns und setzt sich rittlings darauf.

»Wie geht es dir, Jamie?«, vergewissert sich Troy mit einem Anflug von Nervosität in seinem Ton. Er fixiert meinen Bruder, der heute wirklich einschüchternd wirkt. Nicht nur, weil er viel größer als Troy ist. Seine Lederjacke, die zerrissenen Jeans und die schwer aussehenden schwarzen Boots würden jeden normalen Menschen den Kopf einziehen lassen, wenn er sich vor ihm aufbaut.

»Bestens, Troy. Wie ist es dir ergangen?«

»Ganz gut.« Er schaut zwischen Jamie und mir hin und her.

»Ich hätte dich hier nicht erwartet.«

»Komisch, bei mir verhält es sich nicht anders.« Jamie bedenkt mich mit einem Blick, der mir verheißt, dass ich in Schwierigkeiten stecke. »Zuletzt habe ich gehört, dass du meiner Schwester ihre Sachen schicken wolltest.«

»Das war auch ursprünglich geplant«, bestätigt er und räuspert sich. »Ich weiß nur, wie wichtig die Schachtel für sie ist, und wollte sicherstellen, dass sie die Sachen auch bekommt.«

»Wie nett von dir, dass du dich so um sie kümmerst. Und das, obwohl dir ihre Gefühle bisher scheißegal waren. Immerhin hast du, nachdem du Dakota einen Ring an den Finger gesteckt hattest, mit einer anderen geschlafen.«

»Jamie«, zische ich.

Er wendet sich mir zu und starrt mich verärgert an. »Wo ist deine Schachtel?«

»Jamie«, wiederhole ich, diesmal sanfter. Ich kenne sein Temperament und mir ist bewusst, wie schnell die Situation eskalieren könnte.

Er wendet sich an meinen Ex. »Wo ist ihre Schachtel, Troy?«

»Sie ist in meinem Auto.«

»Warum tust du mir nicht einen Gefallen und holst sie?«, schlägt er vor, was Troy veranlasst, ohne ein weiteres Wort aufzustehen und nach draußen zu gehen.

Nachdem er verschwunden ist, sehe ich meinen Bruder an. »War das notwendig?«

»Du hast versprochen, mich zu informieren, wenn er sich mit dir treffen möchte, Dakota. Was sollte das?«

»Woher wusstest du, dass ich hier sein würde?«, frage ich, und seine Augen verengen sich.

»Das ist noch ein anderes Gespräch, das wir führen müssen. Warum zum Teufel hast du mir nicht von dem anderen Kerl erzählt, den du datest?«

»Oh mein Gott, dieses Mal werde ich ihn wirklich umbringen.« Schnaubend reibe ich mir über die Stirn. Ich kann nicht glauben, dass er tatsächlich meinen Bruder angerufen hat, insbesondere nach unserem Gespräch gestern Abend. »Was zur

Hölle stimmt nicht mit ihm?«, höre ich mich murmeln.

»Er macht sich offensichtlich Sorgen um dich«, erklärt Jamie.

Ich funkle ihn genervt an. »Denk nicht mal daran, für ihn Partei zu ergreifen, Jamie. Du kennst ihn nicht. Du hast keine Ahnung, was er getan hat.«

»Im Gegensatz zu dir, *Dakota*, hat er mit mir gesprochen. Ich bin darüber im Bilde.«

»Er hat dir erzählt, dass er meine digitalen Informationen gestohlen hat?«

»Wenn du deine E-Mails und diesen Kram meinst, dann bin ich darüber informiert«, antwortet er. Er wirkt überhaupt nicht irritiert von dem Umstand, dass Braxton in mein Leben eingedrungen ist und alles durcheinandergebracht hat. Andererseits kennt er nur seine Version der Geschichte. »Ich mag ihn«, murmelt er, was mich ungläubig blinzeln lässt.

»Du magst ihn?«

»Ja. Ich mag ihn.«

»Du kennst ihn überhaupt nicht!«, zische ich und atme ein paar Mal tief durch, im Versuch, mich zu beruhigen, bevor ich hier eine Szene mache. Ich hatte gehofft, ich wäre endlich zu Braxton durchgedrungen. Über die von mir gewählte Funkstille, in der ich sämtliche seiner Nachrichten seit gestern Abend unbeantwortet gelassen habe, hoffte ich, ihm klargemacht zu haben, dass er nicht ständig das Ruder übernehmen kann. Augenscheinlich habe ich mich geirrt und er kennt nach wie vor keinerlei Grenzen. Er wird alles tun, um das zu bekommen, was er sich in den Kopf gesetzt hat. Und wenn es dafür nötig ist, Jamie auf seine Seite zu ziehen. Meinen Bruder, der bisher noch nie einen der Männer gemocht hat, mit denen ich ausgegangen bin.

»Wir reden, nachdem du deinen Kram bekommen hast«, verspricht Jamie und legt seine Hände auf meine, die auf dem Tisch ruhen. Da ich so auf ihn konzentriert bin, zucke ich leicht zusammen, als meine Schachtel vor mir auf dem Tisch landet.

Ich schaue zu Troy hoch, um zu bemerken, dass er etwas sagen will, sich wegen Jamies Anwesenheit aber nicht sicher ist, wie er weiter vorgehen soll. Er fährt sich mit den Händen durch sein Haar, und der Blick, den er mir zuwirft, ist voller Bedauern und Traurigkeit – zwei Gefühle, die kein Mitleid in mir wecken sollten, es aber dennoch tun.

»Danke«, sage ich leise.

»Es tut mir leid«, murmelt er zaghaft, und meine alten Gefühle für ihn bahnen sich wieder einen Weg an die Oberfläche. Ich will ihn nicht; ich mag ihn nicht einmal mehr. Doch einem kleinen Teil von mir bedeutet er noch immer etwas, und dieser Teil ist enttäuscht darüber, dass er nicht der war, für den ich ihn gehalten habe.

»Ich weiß. Mir auch«, stimme ich zu, wobei sich mein Hals wie zugeschnürt anfühlt. Er nickt einmal, bevor er sich umdreht und geht. Ich sehe ihm nach und senke den Kopf, weil ich nicht zulassen möchte, dass die Tränen, die ich in mir aufsteigen spüre, bis in meine Augen gelangen.

Ich habe mit Troy einfach noch nicht richtig abschließen können. Es ergab sich nie die Gelegenheit, ihn zu fragen, warum er mir das angetan hat. Eines Tages waren wir einfach zusammen und ich dachte, ich wäre glücklich. Dann war unsere Verbindung mit einem Schlag zerstört und unsere Leben waren nicht mehr dieselben. Keine Ahnung, ob unsere Beziehung gehalten hätte, wenn er mich nicht betrogen hätte. In jedem Fall fällt es mir unheimlich schwer, mich mit dieser Enttäuschung abzufinden. Es ist immer leicht, jemanden zu hassen, wenn er einem wehgetan hat, aber das heißt nicht, dass einem die Person auf einmal nichts mehr bedeutet.

»Dakota.« Jamie berührt meinen Arm, und ich rufe mich innerlich zur Ordnung, mich zusammenzunehmen, bevor ich den Kopf hebe, um ihn anzusehen. »Verdammt. Fuck, es tut mir leid, Sis«, flüstert er und meine Schultern zittern, als sich der Schmerz in meiner Brust ausdehnt.

Ich kann mich nicht erinnern, wann ich das letzte Mal geweint habe, aber jetzt kann ich die Tränen nicht mehr zurückhalten. »Mir geht es gut.« Ich versuche, tief durchzuatmen, um mich wieder unter Kontrolle zu bekommen, aber die

Tränen fließen einfach weiter.

»Komm schon. Lass mich dich nach Hause bringen.« Jamie steht auf, nimmt meine an den Nähten aufklaffende Schachtel und klemmt sie sich unter seinen Arm. Dann greift er um meine Hand und zieht mich hoch. Ich schmiege mich an ihn, als er seinen Arm um mich legt.

Wir spazieren den Block hinunter zu meinem Wohngebäude, während mir unaufhörlich Tränen die Wangen hinabrollen. Drinnen angekommen, führt mich Jamie zum Aufzug. Nachdem ich die Wohnungstür geöffnet habe, gehe ich zur Couch, während sich Jamie auf den Weg in die Küche macht. Ich höre, wie er meinen Teekessel füllt. Ein paar Minuten später kommt er mit einer Tasse meines Lieblingstees zu mir, stellt sie auf den Couchtisch, setzt sich ebenfalls und legt meine Füße auf seinen Schoß.

»Ich hasse es, dass du wegen diesem Mistkerl so mitgenommen bist«, sagt er rau und schnappt sich die Decke von der Rückenlehne der Couch, um sie über mir auszubreiten.

»Ich bin nicht wegen ihm durch den Wind. Oder zumindest nicht nur wegen ihm«, sage ich und lehne mich vor, um mir die Box mit den Kleenex vom Tisch zu holen. Ich ziehe ein paar der Tücher heraus, ehe ich mich wieder hinlege und meine Wangen trocken tupfe, nachdem meine Tränen nun endlich versiegt sind.

»Geht es um Braxton?«

»Auch.« Ich schlucke, weil ich mir noch nicht ganz traue. »Ich denke, es ist alles einfach viel – keinen vernünftigen Abschluss mit Troy zu finden, in meine eigene Wohnung zu ziehen, mein neuer Job, meine Beziehung zu Braxton. Es gibt Momente, in denen ich nichts anderes möchte, als mich kopfüber in diese Sache zwischen uns zu stürzen, und dann frage ich mich wieder, ob ich das überhaupt darf. Er macht oft so verrückte Dinge.«

»Warum hast du mir nichts von ihm erzählt?«, will er wissen, und die Enttäuschung in seiner Stimme lässt eine neue Welle von Tränen in mir aufsteigen.

Das ist eine gute Frage. »Ich weiß nicht«, gebe ich zu, während ich mich aufrichte und meinen Tee nehme. Ich brauche die Wärme und einen Moment Zeit, um meine Gedanken zu sortieren. Mit Jamie habe ich immer über alles gesprochen, was in meinem Leben vor sich geht. Vielleicht wollte ein Teil von mir die Sache mit Braxton vor ihm verheimlichen, damit Jamie ihn nicht schon hasst, bevor ich überhaupt die Gelegenheit hatte, herauszufinden, ob ich mich möglicherweise in ihn verlieben könnte. »Ich denke, ich wollte mir erst selbst darüber klarwerden, was ich für ihn fühle.«

»Du magst ihn.«

Mir ist bewusst, dass es sich nicht um eine Frage, sondern um eine Feststellung handelt.

Ich befeuchte meine Lippen und nicke einmal. »Das tue ich – zumindest die meiste Zeit über. Wenn wir zusammen sind, ohne dass die Außenwelt dazwischenfunkt, macht er mich glücklich. Er bringt mich zum Lachen und gibt mir das Gefühl, wichtig zu sein, gut genug zu sein.« Ich atme tief durch. »Aber es gibt Momente, in denen er mich dazu bringt, meinen eigenen Verstand infrage zu stellen. Momente, in denen er Dinge tut, die mir nicht gefallen und mich verärgern. Er frustriert mich dann unendlich, weil er nie einsieht, etwas falsch zu machen.«

Jamies Blick verfinstert sich. »Was für Dinge?«

Ich verdrehe die Augen. »Dich anrufen zum Beispiel, um dir zu verraten, dass ich mich mit Troy treffe, damit du dort auftauchen kannst.« Ich schüttle den Kopf. »Wer macht so etwas?«

»Er hat sich Sorgen um dich gemacht, Dakota«, sagt er und scheint sich wieder zu entspannen, so als wäre diese Kontaktaufnahme als absolut normal einzustufen. »Vielleicht habe ich deshalb nicht mit dir über Braxton gesprochen. Dir sind die gleichen verrückte Aktionen zuzutrauen, wenn man dir einen Grund oder die Gelegenheit dazu gibt.«

»Wenn du damit meinst, dass ich jemanden beschützen würde, der mir wichtig ist, dann definitiv«, erwidert er ohne Zögern.

Stöhnend lehne ich mich zurück. »Ich bin von verrückten Leuten umgeben.«

Jamie packt meinen Fuß, um meine Aufmerksamkeit zurückzuerlangen. »Wenn du mir sagst, dass ich ihn nicht mögen soll, dann werde ich das auch nicht, Dakota. Aber du sollst wissen, dass er kein Blatt vor den Mund genommen hat, als er mit mir gesprochen hat. Er hat mir alles erzählt, sogar dass er dich an dem Abend, als ihr euch kennengelernt habt, angelogen hat. Eine Sache, die du mir übrigens auch vorenthalten hast.«

Mir klappt die Kinnlade herunter. »Er hat dir davon erzählt?«

»Ja.« Er schmunzelt. »Ich meine, wenn du darüber nachdenkst, ist das Ganze irgendwie lustig.«

Ich nehme das Kissen hinter mir und werfe es meinem Bruder an den Kopf. »Das ist ganz und gar nicht witzig. Ist dir klar, wie dämlich ich mich gefühlt habe, nachdem ich die Nacht mit einem Unbekannten verbracht habe, nur um dann auch noch herauszufinden, dass er der CEO von IMG ist – dem Unternehmen, bei dem ich gerade angefangen habe, zu arbeiten?«

»Ich möchte nichts über gemeinsame Nächte wissen«, murrt Jamie und sieht angewidert drein.

»Es war eine tolle Nacht.« Ich kämpfe gegen ein Grinsen an, als sein Gesicht mit einem Mal ganz blass wird. »Im Ernst, er ist ...«

»Halt die Klappe, Dakota.« Er lässt mein Kissen zurückfliegen und entlockt mir damit ein Lachen. »Ich bin nicht scharf darauf, zu erfahren, was du mit jemandem hinter verschlossenen Türen treibst.«

»Oh, aber es war okay, dass ich ganze Zeit mit anhören musste, wie du es den zahllosen Frauen, die du nach Hause gebracht hast, besorgt hast?«

»Das ist nicht das Gleiche.«

»Ähm, doch, Jamie, das ist es. Es ist sogar noch schlimmer, die Geräusche zu hören, die dein Bruder macht, wenn er ...«

Er bedeckt meinen Mund mit seiner Hand, bevor ich zu Ende sprechen kann, und starrt mich finster an. »Okay, verdammt, es tut mir leid. Bitte lass es gut sein.«

»In Ordnung«, murmle ich amüsiert gegen seine Hand.

Er lässt mich los und lehnt sich wieder zurück, funkelt mich jedoch weiter böse an.

Kichernd nehme ich einen Schluck von meinem Tee und stelle meine Tasse auf mein Knie. Anschließend tritt Stille zwischen uns ein, weshalb ich erschrocken zusammenfahre, als mein Handy in meiner Tasche zu klingeln beginnt. Ich nehme sie vom Boden und krame mein Mobiltelefon hervor. Als ich Braxtons Namen erkenne, nehme ich den Anruf ohne zu zögern entgegen.

»Falls du annimmst, meinen Bruder in die Sache mit reinzuziehen, hätte dir ein paar Pluspunkte beschert, irrst du dich gewaltig. Ich dachte, ich wäre sauer auf dich. Aber jetzt bin ich ...« In meinem Kopf suche ich nach einem Wort, das einen Zustand beschreibt, der über die bloße Wut hinausgeht, bin aber so aufgebracht, dass mir nichts einfällt. »Ich bin das, was auch immer nach wütend kommt. Vielleicht stinkwütend.« Ich beende den Anruf, bevor er überhaupt etwas erwidern kann, und schalte mein Handy aus. Dann schaue ich meinen Bruder an, der mich mit einem vielsagenden Blick bedenkt. »Was ist?«

»Als du mit Troy zusammen warst, hast ihm gegenüber nie geäußert, wie du dich gefühlt hast, egal, was er getan oder wie wütend er dich gemacht hat.«

»Ich habe es ihm sehr wohl mitgeteilt«, verteidige ich mich.

Jamie schüttelt den Kopf. »Das hast du nicht, Dakota. Aber ich weiß, dass es Momente gab, in denen du es wolltest.«

Mir wird bewusst, dass er recht hat. Ich habe Troy nie gesagt, wenn ich über etwas aufgebracht war oder ich mich unwohl gefühlt habe. Auch dass ich den Eindruck hatte, nicht ich selbst sein zu dürfen, wenn ich mit ihm oder seiner Familie zusammen war, habe ich nie zur Sprache gebracht. In seiner Gegenwart kam ich mir wie ein Glückspilz vor, weil er mich wollte. Ich habe nie daran gedacht, dass er sich glücklich schätzen konnte, mich zu haben.

»Ich sage nicht, dass das, was Braxton getan hat, richtig oder in Ordnung war. In jedem Fall mag ich es, dass du kein Problem damit hast, ihm die Meinung zu geigen, trotz seines vielen Geldes und der Macht, die er besitzt. Ich denke, das sagt viel aus. Es zeigt, dass du ihm vertraust.«

»Ihm vertrauen?« Ich runzle die Stirn, darüber sinnierend, dass Vertrauen ein lustiges Wort ist, wenn es um Braxton geht.

»Ich glaube nicht, dass man, wenn man seinem Partner nicht vertraut, jemals ungehemmt ausdrücken kann, wie verärgert man über ihn und seine Handlungen ist. Seine Emotionen zu zeigen, offenbart anderen Menschen, wie viel Macht sie über einen haben, und Wut ist neben der Liebe eine der intensivsten Emotionen, die wir jemals empfinden werden. Du kannst keine Wut zeigen, ohne Vertrauen zu haben, genauso wie du ohne Vertrauen keine Liebe empfinden kannst.«

»Willst du damit sagen, dass ich in Braxton verliebt bin?« Allein der Gedanke sorgt dafür, dass ich die Beine in die Hand nehmen und davonrennen möchte. Doch wenn ich ehrlich zu mir selbst bin, empfinde ich jedes Mal, wenn ich in seiner Nähe bin, mehr für ihn und gebe mich immer stärker der Verbindung hin, die wir miteinander haben.

»Ich sage nur, dass es schön zu sehen ist, dass du bei einem Mann, der dir offensichtlich wichtig ist, du selbst sein kannst.«

»Wann ist Mr *Anti-Beziehung* und Mr *Anti-Love*, zum Beziehungsexperten geworden?«

»Ich bin ziemlich ahnungslos in Bezug auf Beziehungen. Ich weiß nur, dass man der Person vertrauen muss, mit der man zusammen ist. Ansonsten verschwenden beide nur ihre Zeit«, erwidert Jamie ernst.

»Die Frau, die irgendwann einmal an deiner Seite sein wird, kann sich glücklich schätzen.«

»Da bin ich mir nicht so sicher«, erwidert er. Als ich ihm in die Augen sehe, erkenne ich die Selbstzweifel darin. Ich stelle meine Tasse ab, rücke an ihn heran, lege meinen Kopf an seine Brust und schlinge meine Arme um seinen Körper. »Ich bin gesegnet, deine Unterstützung zu haben und von dir geliebt zu werden, und ich weiß, die Person, der du am Ende begegnest, wird es ebenso sein. Du bist ein wundervoller Mann, Jamie. Ich kann mich glücklich schätzen, dich in meinem Leben zu haben.«

Er legt seinen Arm um meine Schultern und drückt mir einen Kuss auf mein Haar. »Alles wird gut werden. Egal, was passiert, wir haben uns.«

Das stimmt und dessen bin ich mir auch bewusst, aber ich möchte trotzdem mehr. Ich möchte einen Ehemann und eine Familie, und etwas von mir hofft, dass Braxton ein Teil meines Lebens sein wird. Er muss mir nur beweisen, dass er der richtige Mann an meiner Seite ist, und mir guttut. Zwischen uns herrscht genug Drama, auch ohne seine Zugaben. Er ist mir unbestreitbar wichtig, aber ich mag es nicht, dass er ständig Dinge tut, die mir das Gefühl vermitteln, er besäße die Oberhand.

»Ich finde, du solltest etwas nachsichtiger mit ihm sein«, sagt Jamie und sieht mich an. »Damit meine ich nicht, dass du ihn wegen dem Mist, den er abgezogen hat, vom Haken lassen sollst. Ich bin mir nur sicher, dass er versucht, einen Weg zu finden, dass es zwischen euch beiden funktioniert. Du bist ihm wichtig.«

»Findest du es nicht ein bisschen verrückt, wie er sich verhalten hat?«

»Keine Ahnung. Außer dir hat mir noch keine Frau sonderlich viel bedeutet, von daher kann ich nicht sagen, was ich tun würde, um die Person, die mir wichtig ist, zu beschützen.«

»Er muss nicht auf mich aufpassen, Jamie, ich tue ja nichts, was mich in Gefahr bringen würde«, erkläre ich, woraufhin sich die Muskeln seines Arms, den er um mich gelegt hat, kurz anspannen. »Was ist los?«

»Ich denke, du solltest ihm die Chance geben, sich und sein Verhalten zu erklären«, antwortet er, bevor er mich auf die Stirn küsst. »Ich will nicht los, aber ich muss mich mit Dan treffen. Wir müssen den Zeitplan für die nächsten Monate fertigstellen.« Er lässt mich los und erhebt sich.

Ich möchte ihn fragen, was es mit seiner subtilen Reaktion von eben auf sich hatte, ob er vielleicht mehr weiß, als er zugibt, doch ich schweige. Er soll sich keine Sorgen um mich machen. In gewisser Weise fängt sein Leben gerade erst an und ich möchte es nicht verkomplizieren oder ihm das Gefühl geben, dass er sich zwischen mir und seiner Zukunft entscheiden muss.

»Wir sehen uns Freitag bei deinem Auftritt«, sage ich leise und begleite ihn zur Tür.

»Ich werde nach dir Ausschau halten«, erwidert er, ehe er noch einmal innehält und sich zu mir umdreht. »Ruf mich an – falls irgendetwas passiert oder du jemanden zum Reden brauchst.«

Ein warmes Gefühl breitet sich in meiner Brust aus. »Danke, großer Bruder.« Ich umarme ihn und öffne die Tür.

Er nickt mir noch einmal zu, dann ist er weg. Ich schließe hinter ihm ab, schaue mich in meiner leeren Wohnung um und lasse mich mit dem Gesicht nach vorn auf das Bett fallen. Dann rolle ich mich auf den Rücken und starre an die Decke, mir eingestehend, dass es hier viel zu leise ist und ich mich ein wenig einsam fühle.

»Ich sollte mir einen Fisch zulegen«, murmle ich vor mich hin. Nicht, dass ich einen Fisch tatsächlich als gute Gesellschaft betrachten würde, aber zumindest wäre es etwas. Vielleicht werde ich die Fischlady mit hundert Aquarien, um die ich mich kümmern muss, da ich wohl schwer eine Hundelady werden kann, da Hunde einfach viel Zeit in Anspruch nehmen. Und Katzen kommen nicht infrage, da ich allergisch bin.

Mit einem Stöhnen ziehe ich ein Kissen über meinen Kopf.

Ich muss müder gewesen sein, als ich gedacht habe, da ich irgendwann später in genau der gleichen Position wieder aufwache, von einem nervigen Summen geweckt. Ich werfe mein Kissen beiseite und springe auf. Im Halbschlaf stolpere ich zur Tür und drücke auf die Gegensprechanlage. »Hallo.«

»Miss Newton, ich habe eine Lieferung für Sie. Können Sie sie entgegennehmen?«

Ich blinzle zur Uhr am anderen Ende des Raumes und sehe, dass es sechs ist, also ungefähr die Zeit, zu der ich normalerweise aufstehe, um mich für die Arbeit fertig zu machen.

»Miss Newton, sind Sie noch da?«

»Entschuldigung, ja, Sie können es hochbringen.« Ich lasse den Knopf los und schlendere in die Küche, wo ich meinen Teekessel fülle und das Wasser darin beschwöre, möglichst schnell zu kochen.

Ich gähne gerade, als ich ein Klopfen vernehme. Keine Ahnung, was ich erwartet habe, aber nicht jemanden, der mir einfach nur eine Karte übergibt. Mit einem leisen *Danke* nehme ich sie entgegen, gehe zur Couch und starre auf den versiegelten Umschlag, den ich umdrehe, bevor ich das Siegel aufreiße. Ich entfalte das weiße Stück Papier und schlucke, als ich die getippten Wörter lese.

Es tut mir leid, Braxton

Ich möchte ihm glauben. Ich möchte glauben, dass es ihm wirklich leidtut, aber ich bin mir nicht sicher, ob er das, was er getan hat, überhaupt für falsch hält. Nicht nach allem, was ich bisher mit ihm erlebt habe. Ich knülle das Papier in meiner Hand zusammen und lasse es zu meinen Füßen auf den Boden fallen. Dann gönne ich mir eine Tasse Tee, bevor ich mich für die Arbeit fertig mache.

Als ich an diesem Abend nach Hause komme, finde ich einen wunderschönen bunten Siamesischen Kampffisch in einer einfachen Glasschüssel auf meiner Küchentheke, zusammen mit einem Behälter voll Futter. Schmunzelnd klopfe ich gegen das Glas, nehme meine Uhr ab und werfe sie in eine der Schubladen.

11. Kapitel

Dakota

An Samanthas Seite stehe ich in meinem Badezimmer, wo wir uns für den Auftritt von Jamie und seiner Band heute Abend stylen. Als sich unsere Blicke im Spiegel treffen, lächle ich sie an. Sie nimmt ihr Weinglas und trinkt einen Schluck daraus. Wir haben diese Woche viel Zeit miteinander verbracht, sowohl bei der Arbeit als auch beim Mittagessen sowie abends, wo wir mehrere Male was trinken gegangen sind. Es ist schön, eine Freundin zu haben, und ich freue mich darauf, dass sie mir heute Abend Gesellschaft leistet.

»Kann ich dich etwas fragen?«

Samantha klingt schon ein wenig angeheitert, weshalb ich lachen muss Andererseits bin ich selbst ebenfalls schon ein wenig angetrunken. »Klar.«

»Was läuft da zwischen dir und Mr Adams?«

Bei ihrer Frage verbrenne ich mir fast die Finger, während ich mit meinem Lockenstab herumhantiere.

Außer Samantha, die Braxtons unverhofftes Auftauchen in der Bar kurz angesprochen hat, hat mir niemand diesbezüglich Fragen gestellt. Nicht eine Person hat mir einen seltsamen Blick zugeworfen. Es ist, als wäre das Ganze nie passiert, deshalb habe ich fast vergessen, dass es geschehen ist.

»Tut mir leid, ich wollte dir nicht zu nahe treten. Es geht mich schließlich nichts an.«

Ich befeuchte meine Lippen, unsicher, was ich sagen soll. Ich möchte ihr gegenüber ehrlich sein, denn es handelt sich um eine Frage, die eine Freundin stellen würde. Ein Teil von mir will jedoch alles für sich behalten, bis ich weiß, in welche Richtung sich das mit Braxton und mir entwickelt.

»Ich weiß es nicht«, gebe ich leise zu. Unser letztes Gespräch ist Tage her. Nicht, dass er nicht versucht hätte, mich zu kontaktieren. Ich habe mich entschieden, seine Anrufe, Textnachrichten und E-Mails zu ignorieren, weil ich Zeit benötige, meine Gefühle zu ergründen. Und das gelingt mir besser, wenn ich nicht von seiner überwältigenden Präsenz beeinflusst werde. Ich habe herausgefunden, dass ich ihn vermisse, und bin dankbar für seine Hartnäckigkeit in dieser Situation. Dadurch habe ich das Gefühl, dass er mich nicht vergessen hat. Dass ihm das, was wir geteilt haben, wichtig ist. Dass ich ihm wichtig bin.

»An dem Abend, als wir uns kennengelernt haben, hatte ich keine Ahnung, wer er ist.« Ich lege den Lockenstab weg und greife stattdessen nach meinem Weinglas. »Er hat mich angelogen. Ich sollte eigentlich einen Mann auf einem Blinddate treffen. Im Glauben, er wäre dieser Typ, habe ich ihn angesprochen. Anstatt mir zu sagen, dass er der falsche Mann ist, hat er so getan, als wäre er mein Date.«

»Nein, ist nicht wahr«, murmelt sie ungläubig.

Ich schüttle kichernd den Kopf. Inzwischen sehe ich wie Jamie die Komik an der ganzen Situation und bin Braxton nicht länger böse deswegen. »Wir sind zusammen ausgegangen und eine Sache führte zur anderen, also ist er diese Nacht bei mir geblieben.«

Entsetzt reißt sie die Augen auf. »Lass mich raten – du hast am nächsten Morgen herausgefunden, dass er nicht der ist, für den du ihn gehalten hast.«

Ich nicke. »Genau, und bin deshalb ausgeflippt. Als ich ihn später im Büro traf, wurde mir klar, wer er ist. Und seitdem sind die Dinge zwischen uns kompliziert.«

»Ich sage dir das ja nur ungern, aber es klingt so, als wären sie nie einfach gewesen.«

»Da hast du nicht unrecht.« Seufzend wende mich wieder dem Spiegel zu.

»Magst du ihn?«

»Wenn er mich nicht gerade auf die Palme bringt oder Dinge tut, die mich wahnsinnig machen, mag ich ihn sehr. Ich habe noch nie einen Mann wie ihn getroffen. Er ist lustig, süß und sehr nett, aber er kann auch wichtigtuerisch, fordernd und nervenaufreibend sein.«

»Heiß.« Sie grinst. »Und vergessen wir nicht: verdammt attraktiv und sexy.«

»Das ist definitiv nicht zu bestreiten.« Ich lache.

»Nun, ich finde, ihr seht süß zusammen aus. Ich kenne ihn nicht näher, aber ich habe schon viele Dates gehabt und kann dir sagen, dass noch nie ein Typ irgendwo aufgetaucht ist, wo ich mit Freunden war, weil er unbedingt die Zeit mit mir verbringen wollte. Die meisten Männer, mit denen ich mich verabredet habe, freuten sich, wenn ich mich entschloss, mit Freunden auszugehen. Sie liebten es, etwas Zeit für sich zu haben und tun zu können, wonach auch immer ihnen gerade war ... selbst wenn es sich um eine andere Frau handelte.«

Ich blinzle sie überrascht an. Sie ist wunderschön mit ihrem dichten, dunklen Haar, den großen blauen Augen, den vollen Lippen und einem Körper, um den selbst die Kardashians mit all ihrem Geld sie beneiden würden.

»Schau mich nicht so an.« Sie schüttelt den Kopf. »Dating ist heutzutage eine Scharade. Jeder sucht nach seiner nächsten Eroberung, und ich habe noch keinen Mann getroffen, der auch nur ansatzweise an etwas Ernsthaftem interessiert war.«

»Du machst Witze.«

»Nein. Ich meine, ein Typ kann in seinem Dating-Profil zwar vorgeben, nach einer ernsthaften Beziehung zu suchen. Am Ende der Nacht wollen sie aber nur eine schnelle Nummer oder eine entspannte Fick-Freundschaft.« Sie mustert mich ungläubig. »Sag nicht, dass du das nicht wusstest.«

»Ich war ehrlich gesagt nur mit zwei Männern zusammen, meinem Ex-Verlobten und Braxton.«

»Das ist bemerkenswert. Du hast gleich zwei Menschen gefunden, die eine ernste Beziehung wollten beziehungsweise wollen, während die meisten von uns nicht einmal einen Partner finden können.«

»Ganz so toll lief es für mich nicht. Mein Ex-Verlobter hat mich betrogen und ich habe es herausgefunden, als ich unsere

Hochzeit plante.«

Ihr Gesichtsausdruck wird sanfter. »Das tut mir leid.«

Ich zucke mit den Schultern. »Mir auch, aber ich bin froh, es herausgefunden zu haben, bevor wir tatsächlich geheiratet oder Kinder bekommen haben.«

»Stimmt«, bekräftigt sie, und die ausgelassene Stimmung von eben droht plötzlich, düster zu werden.

Ich schüttle den Kopf. »Genug davon. Heute Abend geht es darum, Spaß zu haben.«

»Genau, ich brauche dringend etwas Spaß.« Sie hält ihr Glas hoch.

Ich stoße mit ihr an und kippe den Rest meines Weins hinunter. Wir stylen unsere Haare fertig, legen unser Make-up auf und ziehen uns an. Ich wähle eine zerrissene Jeans und ein schwarzes, leicht transparentes Oberteil über einem schwarzen BH, darüber meine Lederjacke, sowie meine Pumps. Samantha hat sich für ein hautenges, schulterfreies schwarzes Kleid entschieden, zu dem sie bis über ihre Knie reichende Stiefel und einen langen schwarzen Trenchcoat kombiniert.

Wir springen in ein Taxi und fahren quer durch die Stadt zu der Lokation, wo wir als Gäste eines Bandmitglieds an der Reihe der Leute vorbeischlüpfen, die darauf warten, eingelassen zu werden. Als wir die Bar betreten, werden wir von der Energie der Menge, der Lichter und der Musik eingehüllt und ich fasse automatisch nach Samanthas Hand. Menschen wie mein Bruder, die von solchen Highs leben, fühlen sich in dieser Atmosphäre bestimmt richtig lebendig, aber für mich ist es geradezu überwältigend.

Ich brauche unbedingt einen Drink und führe Samantha zur Bar. Es dauert nur ein paar Sekunden, bis mich einer der Barkeeper erkennt und zu uns rüberkommt. Wir rufen ihm unsere Bestellung entgegen, und kurze Zeit später machen wir uns mit unseren Getränken auf den Weg Richtung Bühne. Die Vorband spielt gerade, also signalisiere ich Samantha, mir in den Backstage-Bereich zu folgen. Nachdem uns der Türsteher Zutritt gewährt hat, ist der Sound nur noch gedämpft vernehmbar.

Wir gehen den dunklen Flur entlang in Richtung des Raumes, wo sich mein Bruder und seine Band vor den begierigen Blicken der wartenden Groupies abschirmen, die darauf hoffen, von ihnen wahrgenommen zu werden. Als wir die Tür erreichen, klopfe ich nicht an. Ich schiebe sie auf und bin versucht zu lachen. Man könnte erwarten, die Jungs wären von Frauen umgeben, würden rummachen und high sein, aber stattdessen sitzen sie alle vor einem großen Bildschirm, spielen ein Videospiel und feuern sich gegenseitig an, während sie aus einer Flasche *Jack* trinken.

Ich bleibe stehen, immer noch Samanthas Hand haltend, und warte darauf, dass sie uns bemerken. Da keiner seine Aufmerksamkeit vom Spiel lösen kann, räuspere ich mich. Lozz, der Leadgitarrist, ist der Erste, der sich umdreht und uns sein umwerfend charmantes Lächeln zuwirft. Er schlägt Jamie mit dem Handrücken gegen die Brust.

Mein Bruder schaut über seine Schulter, und ich grinse ihn an. »Ich will nicht unterbrechen.«

»Du hast für den Weg hierher ja ganz schön lang gebraucht.« Jamie stößt sich von der Couch ab und stolziert auf uns zu, um mich in einer stürmischen Umarmung in die Luft zu heben. Sobald er mich wieder auf festen Boden stellt, lenkt er seinen Blick zu Samantha. »Wer ist das?«

Ich verdrehe die Augen, als er sie unverhohlen mustert.

»Jamie, Samantha. Samantha, mein Bruder Jamie.« Ich sehe mich im Raum nach den anderen Männern um, die allesamt von ihr fasziniert zu sein scheinen. »Samantha ist meine Freundin, was bedeutet, dass sie für euch tabu ist.«

Jinx, der Schlagzeuger, zeigt sein Grübchen. Lozz grinst, als wüsste er, was ihm blüht, wenn er sich nicht an meine Worte hält, wirkt ansonsten aber unbeeindruckt. Und Freddie, der Bass spielt und schon immer der ruhigste der Band war, lacht stillt in sich hinein.

»Wir arbeiten zusammen, also benehmt euch.«

»Ich brauche eine Freundin.« Jinx zwinkert Samantha zu, aber bevor ich ihn in die Schranken weisen kann, schlägt Lozz ihm mit der flachen Hand auf den Hinterkopf. »Was zum Teufel?« Er starrt seinen Bandkollegen an, während sich dieser über sein Haar reibt.

»Zeig etwas Respekt. Sie ist Dakotas Freundin«, ermahnt ihn Lozz und kommt rüber, um mich zu umarmen und zur Begrüßung Samanthas Hand zu küssen. Eine Geste, die mich die Stirn runzeln lässt. Ich habe schon beobachtet, wie Lozz Frauen aus dem Raum gezogen hat, um Gott weiß was mit ihnen anzustellen. Allerdings habe ich noch nie gesehen, dass er einer Frau die Hand küsst oder sich so verhält, als würde zumindest ein Hauch von Gentleman in ihm stecken.

Als Jinx und Freddie an uns herantreten, stelle ich sie meiner Freundin vor, um mich dann wieder ihr zuzuwenden. Auf einen Blick kann ich erkennen, dass sie vom Bad-Boy-Fieber erwischt wurde. Es ist nur zu verständlich: diese Jungs sind alle groß, breit gebraut und tätowiert. Ein Look, der brave Mädchen anzieht und fasziniert, und den Wunsch in ihnen weckt, auszutesten, ob sie die rauen Kerle von ihren dunklen Wegen abbringen können.

»Geht es dir gut?«

Die Frage meines Bruders lässt mich meine Aufmerksamkeit von Samantha auf ihn lenken. »Ja.« Ich greife beschwichtigend nach seinem Oberarm, bin mir aber nicht sicher, ob ich eher ihn oder vielmehr mich selbst beruhige. Er mustert mich gründlich, und ich grüble darüber, was dahintersteckt und ob er in den letzten Tagen nochmal mit Braxton gesprochen hat. Doch ich stelle diese Frage nicht. Ich möchte es nicht wissen – zumindest rede ich mir das ein. »Bist du bereit für euren Auftritt?«

»Ich bin immer bereit, auf die Bühne zu gehen«, erklärt er. Ich mustere ihn und sehe, dass er startklar ist. Seine Pupillen sind leicht erweitert, sein Körper scheint förmlich zu vibrieren. Er ist aufgeregt und freut sich darauf, sich auf das Publikum einzulassen.

»Da draußen sind echt viele Leute und noch mehr stehen in der Warteschlange am Eingang.«

»Maggie wird sich darüber freuen. Sie macht sich Sorgen, uns zu verlieren, wenn wir auf Tour gehen«, erklärt er.

Mir wird klar, dass ich seit einiger Zeit nicht mehr mit ihr gesprochen habe. Nicht dass wir enge Freundinnen wären, aber wir haben uns ab und zu geschrieben – bis ich versehentlich ihren Bekannten versetzt habe und in die Sache mit Braxton verwickelt wurde. »Ist sie heute Abend hier?«

»Wenn sie noch nicht da ist, dann kommt sie noch«, antwortet er und schaut zur Tür, als jemand zaghaft klopft.

Eine süße junge Frau mit einer übergroßen Brille steckt ihren Kopf durch den Türschlitz in den Raum. »Maggie hat mich angewiesen, euch darüber zu informieren, dass ihr in fünf Minuten dran seid«, sagt sie leise und ihre Wangen färben sich rot.

»Danke, Ally«, entgegnet Jamie mit sanfter Stimme, was sie noch mehr erröten lässt, bevor sie nickt und die Tür schließt.

»Sie ist wirklich schlimm in dich verknallt, Mann«, murmelt Jinx und sieht Jamie an, woraufhin ich meinen Bruder aus zusammengekniffenen Augen anfunkle.

»Was ist?« fragt er mich.

»Ein einziger Blick genügt mir, um zu wissen, dass sie für einen Kerl wie dich viel zu süß ist. Denk nicht mal daran, irgendetwas mit ihr anzustellen.«

»Es ist mir noch nicht einmal in den Sinn gekommen.« Er hebt beschwichtigend die Hände, als ich eine Braue hochziehe. »Sie ist Maggies Nichte und nicht meine Kragenweite.«

»Du meinst, sie ist nicht einfach zu haben.« Ich verdrehe die Augen, trinke aus und stelle die Tasse ab.

»Sie ist süß, aber wie du richtig erkannt hast, ist sie nichts für mich.«

»Sie ist vielleicht nichts für ihn, aber es ist verdammt lustig, die beiden zusammen zu beobachten. Sie stolpert fast über ihre eigenen Füße und er versucht, sie nicht zu verschrecken.« Jinx lacht.

»Halt die Klappe, Mann«, grummelt Jamie und sieht mich an. »Hast du vor, nach dem Konzert noch mit uns abzuhängen?«

»Vielleicht. Das liegt zum Teil auch daran, was Samantha

machen möchte.« Ich blicke zu ihr und Lozz, die auf der Couch sitzen und sich unterhalten.

»Ich bin mir sicher, sie hätte nichts gegen etwas mehr Zeit mit uns.«

Ich verpasse ihm einen Schlag gegen den Arm. »Sie ist keins deiner Groupies.«

Er grinst. »Ein Blick auf uns genügt, um zum Groupie zu werden.«

»Vielleicht solltet ihr den Spruch auf ein T-Shirt drucken lassen und es bei euren Konzerten zum Kauf anbieten«. Ich nehme seine Flasche *Jack* und führe sie an meine Lippen, muss aber husten, als der Alkohol meinen Hals hinunterbrennt.

Lachend legt Jamie seinen Arm um meine Schultern. »Ich bin froh, dass du gekommen bist.« Er küsst mich auf die Schläfe und gibt mich frei. »Lasst uns starten!«, ruft er den anderen Jungs zu.

Eine Minute später macht sich die Band auf den Weg zur Bühne, und Samantha und ich nehmen den Weg zurück, den wir gekommen sind. Als die Menge die ersten Akkorde des Hits *Drink with Me* brüllt, sehe ich Samantha grinsend an und führe sie nach vorne zur Bühne.

»Du lieber Gott, sie sind gut!«, ruft sie mir drei Songs später entgegen, und ich nicke.

Sie hat recht. Sie sind begabt, und ich glaube wirklich, dass sie die Musikindustrie im Sturm erobern werden, sobald sie auf Tour gehen. Ich freue mich für meinen Bruder, bin aber auch ein bisschen traurig, weil sich die Dinge zwischen uns verändern werden. Wir brauchen uns nicht mehr so sehr wie früher. Wir werden beide zu Erwachsenen mit einem eigenen Leben und einer eigenen Zukunft. Selbst wenn diese Zukunft für mich gerade in der Luft zu hängen scheint. Da ich eine Minute für mich brauche, beuge ich mich zu Samantha und rufe ihr ins Ohr: »Ich gehe zur Bar. Möchtest du mitkommen?«

»Ich denke, ich werde hierbleiben«, sagt sie, den Blick auf Lozz gerichtet. »Kannst du mir ein Wodka-Tonic mitbringen?«

»Ja«, gebe ich zurück und zwänge mich durch die Menschenmassen, die versuchen, so nah wie möglich an die Bühne zu kommen. Ich brauche ein paar Minuten, um zur Bar zu gelangen. Als es mir endlich gelingt, muss ich schreien, um die Aufmerksamkeit des Barkeepers zu erregen. Nachdem ich meine Bestellung bei ihm aufgegeben habe, wendet er sich ab, um meine Drinks zuzubereiten. Inzwischen verfolge ich, wie mein Bruder den Leuten eine perfekte Show bietet.

»Wo zum Teufel warst du?« Bei dieser Frage drehe ich mich um und stehe Maggie gegenüber, die mich anlächelt.

»Ich habe gearbeitet.« Ich erwidere ihr Lächeln und trete auf sie zu, um sie zu umarmen.

»Nun, ich habe dich schon vermisst.« Sie lässt mich los. Aus ihrer freundlichen Miene schließe ich, dass sie mir nicht mehr böse und zwischen uns alles in Ordnung ist. »Du siehst fantastisch aus.«

»Danke.« Leicht schwankend schiebe ich eine Haarsträhne hinter mein Ohr.

»Witzig, dass du heute Abend gekommen bist, denn Adam ist auch da«, sagt sie und mein Magen zieht sich zusammen. »Er sollte jeden Moment hier sein. Er war gerade oben und hat mir mit meinem Computer geholfen.«

»Maggie ...«, mache ich Anstalten, ihr zu eröffnen, dass ich nicht daran interessiert bin, ihren Freund kennenzulernen, aber sie schaut bereits über meine Schulter und winkt jemandem zu.

»Adam, ich möchte dir Dakota vorstellen«, ruft sie, ehe sie mich herumwirbelt. Ich klammere mich an der Person vor mir fest, um nicht betrunken auf die Nase zu fallen.

»Freut mich ebenfalls.« Der Typ lacht und ich blicke zu ihm hoch. Oh Gott, Jamie hatte recht! Er sieht aus wie mein Ex – oder zumindest ähnelt sein Lächeln Troys.

»Es tut mir leid.« Ich winde mich aus seinem Griff und strecke ihm stattdessen meine Hand entgegen. »Dakota.«

»Adam.« Er nimmt die Geste an und hält mich fest, während er mir in die Augen schaut. »Es ist schön, dich endlich persönlich kennenzulernen.«

»Gleichfalls.« Ich entziehe ihm meine Hand, als jemand einen

Pfiff ausstößt. Erschrocken wische ich mit der Handfläche über die Vorderseite meiner Jeans. »Tut mir leid, wie das mit unserer Verabredung gelaufen ist«, platzt es aus mir heraus, was ihn schmunzeln lässt.

»Ist schon in Ordnung. Vielleicht können wir uns ja irgendwann mal auf einen Kaffee oder Drink treffen.«

»Ihr habt euch schon gefunden und da drüben ist eine Bar«, mischt sich Maggie ein, wofür ich sie umbringen könnte.

»Ich ...« Ein Blick zum Tresen zeigt mir, dass meine Getränke bereits fertig sind. »Ich wünschte, ich könnte bleiben und reden, aber ich bin mit einer Freundin von der Arbeit hier. Es tut mir leid.«

»Ist schon okay. Ich lasse mir von Maggie deine Nummer geben, dann können wir was arrangieren.«

»Ja, bestimmt«, lüge ich und will einfach nur noch weg. »Es war schön, dich kennenzulernen.«

»Gleichfalls, Dakota.« Er nimmt meine Hand und führt sie an seine Lippen, was mich erschaudern lässt.

»Okay, wir sehen uns.« Ich wische mir den Handrücken diskret an meiner Jeans ab, beuge mich vor und umarme Maggie, die strahlt, als hätte sie gerade Amors Arbeit erledigt. »Ich melde mich demnächst bei dir.«

»Prima.« Sie drückt mich fest.

Nachdem sie mich losgelassen hat, hole ich meine Getränke und bezahle. Dann mache ich mich auf den Weg zurück zu Samantha, mich fragend, was zum Teufel ich tun werde, falls Adam anruft. Wenn ich nicht gerade so beschwipst wäre, würde ich wahrscheinlich ausflippen, aber dank des Alkohols in meinem Körper trage ich die Situation mit Fassung. Seufzend nehme ich einen Schluck von meinem Getränk und schiebe mich durch die Menge.

Samantha sieht sich in dem Meer von Menschen bereits suchend nach mir um. »Ich wollte gerade nach dir sehen«, ruft sie in mein Ohr, sobald ich sie erreicht habe.

»Sorry, ich habe Maggie, die Besitzerin dieses Clubs, und den Typen getroffen, mit dem ich an dem Abend ausgehen sollte, als ich Braxton kennengelernt habe«, gebe ich laut genug zurück.

Sie verschluckt sich heftig an ihrem Getränk und ich klopfe ihr beherzt auf den Rücken. »Wie bitte? Wie lief es?«

»Maggie hat versucht, mich dazu zu bringen, heute Abend mit ihm rumzuhängen. Ich habe mich gerade noch so aus der Affäre gezogen. Er hat allerdings angekündigt, sich von Maggie meine Nummer geben zu lassen und mich irgendwann anzurufen.«

»Was wirst du tun, wenn er das tatsächlich macht?«, fragt sie sorgenvoll.

»Ihm sagen, dass ich mich schon mit jemandem treffe. Ich werde nicht mit ihm ausgehen, aber ich wollte sein Ego nicht verletzen.«

»Mädchen, ich brauche etwas von deinem Männer-Mojo.« Sie nimmt lachend einen Schluck von ihrem Getränk.

»Das denke ich nicht.« Ich lasse meinen Blick zur Bühne wandern, auf der Lozz Gitarre spielt.

»Oh nein, auf keinen Fall. Ich würde niemals mit einem Mann wie ihm ausgehen.« Sie schüttelt vehement den Kopf.

»Okay, ich werde versuchen, diese Aussage nicht persönlich zu nehmen. Aber du musst wissen, dass Lozz für mich wie ein Familienmitglied ist. Er ist ein guter Kerl.«

»Oh Gott.« Sie sieht entsetzt aus. »Ich meinte nur, dass ich bezweifle, dass ich damit zurechtkäme.« Sie deutet mit dem Finger um uns herum. »Die Frauen, die Aufmerksamkeit. Er scheint nett zu sein, aber ich habe Vertrauensprobleme, wenn es um Männer geht, und das ... all das hier wäre zu viel für mich.«

»Das kann ich verstehen.« Ich lege meinen Arm um ihre Schulter. »Männer machen uns wirklich fertig.«

»Ja, allerdings, aber hoffentlich wird uns einer der Guten wieder aufbauen.«

»Das bleibt zu hoffen.« Ich lache.

»Dakota.« Meine Augen weiten sich, als ich meinen Namen höre, allerdings nicht aus der Menge, sondern von der Bühne.

Ich bemerke den Blick meines Bruders und werde feuerrot, als er mir bedeutet, zu ihm zu kommen. Ich schüttle den Kopf. »Gib dir einen Ruck, Sis.«

Ich werde dich umbringen, forme ich lautlos mit dem Mund und erklimme langsam die Stufen, die zu ihm nach oben führen.

Als ich Jamie erreiche, drückt er mir eine Flasche *Jack* in die Hand. »Eine kleine flüssige Ermutigung«, sagt er, und die Menge johlt und lacht. Ich führe das Getränk an meine Lippen und kämpfe gegen das Brennen in meiner Kehle an. »Es wissen nicht viele Leute, dass meine Schwester singen kann. Ich habe versucht, sie dazu zu bringen, sich meiner Band anzuschließen, aber stattdessen hat sie sich für das College entschieden.« Er lacht und das Publikum tobt. »Kommt schon. Eine gute Bildung ist wichtig. Wie auch immer – meine Schwester und ich hatten es als Kinder nicht leicht, aber wir hatten immer einander, und mehr brauchten wir nicht. Das folgende Lied haben wir eines Abends zusammen geschrieben, als wir die Kraft der Musik gebraucht haben, um durchzuhalten. Ich denke, es ist nur richtig, dass sie diesen Song mit mir singt.« Er sieht zu mir hinüber. »Bist du bereit?«

»Lässt du mir eine Wahl?«

»Nein.«

»Dann bin ich wohl bereit.« Ich trinke einen weiteren Schluck Whiskey und lehne mich an Jamie, der seinen Arm um meine Schultern legt und das Mikrofon zwischen uns schiebt. Der Bass, die Gitarre und das Schlagzeug setzen ein. Ich schließe die Augen und verliere mich, als wir ein trauriges Lied über zwei Kinder anstimmen, die alles verloren haben, aber noch immer den nötigen Halt finden. Als der Song zu Ende ist, umarme ich meinen Bruder und eile von der Bühne und durch die Hintertüren, während die Menge jubelt. Ich brauche eine Minute für mich allein, also gehe ich zu den Toiletten, betrete eine der Kabinen und schließe hinter mir die Tür. Ich atme tief durch den Schmerz in meiner Brust. Einen Schmerz, den ich irgendwie vergessen hatte und der sogar jetzt noch fast unerträglich ist.

»Dakota«, ruft eine tiefe, vertraute Stimme, die mein Herz höherschlagen lässt.

Unmöglich. Das kann nicht Braxton sein. Er sollte erst am Sonntag wieder zu Hause ankommen.

Ich wische mir die Nässe von den Wangen und erwarte, dass mir mein Verstand einen Streich spielt, als ich die Tür öffne. Beim Verlassen der Kabine finde ich den Mann vor, den ich wie verrückt vermisst habe. Er hat die Arme vor der Brust verschränkt und ein leidvoller Ausdruck liegt in seinem Blick. »Du bist zurück.«

»Komm her«, verlangt er und breitet die Arme aus. Ohne zu zögern trete ich an ihn heran, lehne mich an ihn und schmiege meinen Kopf an seine Brust, bevor mich eine neue Welle von Tränen überrollt.

»Ich vermisse meine Eltern«, wimmere ich, während er über mein Haar streicht und seine Hand in meinem Nacken zum Ruhen kommt. Sein Geruch und seine Wärme dringen in mein Inneres. »Vor dem Unfall, bevor mein Vater starb, waren wir glücklich. Bis dahin hatte ich eine schöne Kindheit.«

»Es tut mir so leid, Baby.«

»Mir auch.« Ich halte mich an ihm fest und versuche, die Tränen unter Kontrolle zu bekommen, indem ich die von ihm ausgehende Kraft in mich aufsauge. »Das habe ich vermisst.«

Sein Griff wird fester und er zieht mich näher zu sich. »Du hast mir ebenfalls gefehlt.«

Ich nicke, schließe die Lider und habe das Gefühl, ich könnte an ihn gepresst einfach einschlafen. »Ich dachte, du kommst erst am Sonntag zurück.«

»Meine Pläne haben sich geändert«, murmelt er, zieht meinen Kopf sanft an meinem Haar zurück und zwingt mich so, ihn anzusehen. »Ich mag es nicht, wenn wir nicht miteinander reden.«

Ich schlucke. »Dann gibt es wohl Dinge, die wir beide nicht mögen.«

»Hm.« Er benutzt seine freie Hand, um mein Kinn zu umfassen. Dabei blickt er mir tief in die Augen. »Du machst mich verrückt, Dakota.«

»Dito, Braxton«, keuche ich, als er seinen Mund auf meinen presst. Bei der ersten Berührung seiner Lippen schließe ich die Lider und öffne mich zugleich für ihn, gierig nach seinem Geschmack. Er dringt mit seiner Zunge in meinen Mund ein und ich klammere mich ein wenig fester an ihn. Das Summen des Alkohols in meinem Blut und Braxtons Aufmerksamkeit sorgen dafür, dass ich mich benommen fühle.

»Dakota?« Samantha klopft an die Tür, was Braxton veranlasst, sich stöhnend zurückzuziehen.

»Das ist Samantha«, erkläre ich. »Gib mir nur eine Sekunde.«

»Komm heute Abend zu mir.«

Braxtons flehender Ton sorgt dafür, dass ich mich wieder auf ihn konzentriere. »Ich bin mit Samantha hier.«

»Dann verbring noch ein wenig Zeit mit deiner Freundin und komm dann zu mir«, drängt er. Der sehnsüchtige Ausdruck in seinem Blick veranlasst mich, zu nicken. Als er die Tür öffnet und Samantha ihn erkennt, weiten sich ihre Augen.

»Braxton ist gekommen«, weise ich auf das Offensichtliche hin.

»Miss Shelton«, sagt er, und ich pieke ihm den Ellenbogen in die Seite, während ich den Kopf schüttle.

»Wir sind nicht bei der Arbeit. Du musst nicht so förmlich sein.«

Er lächelt mich an, dann wendet er sich an Samantha. »Entschuldigung, Samantha.«

»Ist schon okay.« Schmunzelnd schaut sie zwischen uns hin und her. »Wenn ihr zwei loswollt, müsst ihr nicht meinetwegen bleiben. Ich kann ein Taxi nach Hause nehmen.«

»Hört sich gut an«, murmelt Braxton.

»Ich lasse dich nicht im Stich.« Ich funkle ihn an, und sie lacht.

»Wirklich, es ist okay. Ich hatte genug Spaß für einen Abend, wahrscheinlich so viel, wie schon lange nicht mehr.«

»Es war wirklich eine gelungene Abwechslung, wir müssen das definitiv wiederholen.«

»Ja, das werden wir«, stimmt sie zu. Plötzlich scheint eine Bewegung im Flur ihre Aufmerksamkeit auf sich zu ziehen.

Ich folge ihrem Blick und sehe meinen Bruder und die Jungs auf uns zukommen. Nervosität rumort in meiner Magengegend und ich halte den Atem an, als sie sich nähern.

»Lass mich raten – du bist Braxton«, sagt Jamie und sieht den Mann an, der an meine Seite getreten ist. Die beiden klopfen sich in typischer Männermanier auf den Rücken. »Hast du irgendetwas von unserem Auftritt mitbekommen?«

»Ein paar Songs«, antwortet Braxton und nimmt meine Hand. In dem Moment wird mir klar, dass er unser Duett gehört hat.

»Cool.« Als Jamie mich ansieht, wird seine Miene weicher. »Geht es dir gut?«

»Ja«, antworte ich und Braxton drückt in stiller Unterstützung meine Finger.

»Seid ihr auf dem Sprung? Oder bleibt ihr auf einen Drink?«

Ich sollte wirklich nicht noch mehr Alkohol trinken. Ehrlich gesagt wirkt im Moment alles etwas verschwommen.

»Möchtest du noch ein bisschen bleiben?«, frage ich Samantha, die sich daraufhin von Lozz losreißt.

»Klar.« Sie zuckt mit den Schultern.

»Dann machen wir das«, stimme ich zu und sehe meinen Bruder an.

»Kommt mit.« Er bedeutet uns, ihm zu folgen.

Ich wende mich an Braxton, während wir alle den Flur hinuntergehen. »Bist du damit einverstanden?«

»Damit, dass du Zeit mit deinem Bruder und deinen Freunden verbringst?«, fragt er, und ich nicke. »Ich habe nichts dagegen einzuwenden.« Ich stelle mich auf meine Zehenspitzen und küsse ihn. Als ich mich wieder von ihm löse, hält er mich auf. »Aber nachher werden wir ein langes Gespräch über uns führen, Dakota.«

Ich befeuchte meine Lippen, unsicher, ob ich einem weiteren Gespräch mit ihm positiv entgegenblicken soll. Ein Teil von mir hat Angst, wir könnten uns nie darauf einigen, wie die Dinge zwischen uns laufen sollen.

»Ich freue mich wirklich sehr darauf«, sage ich sarkastisch. Er lächelt, ehe er mich loslässt und mir einen Klaps auf den Hintern verpasst. »Hey, das hat wehgetan!«

»Meine Schöne, du hast keine Ahnung, was ich mit dir anstellen werde, wenn wir allein sind.« Er schüttelt grinsend den Kopf, und mein gesamter Körper beginnt zu kribbeln. »Lass uns Zeit mit deinem Bruder verbringen, damit ich ihm beweisen kann, dass du bei mir gut aufgehoben bist.«

»Ich wusste, dass das der Grund ist, weshalb du noch bleiben wolltest«, grummle ich, und er nimmt lachend meine Hand. Wir gehen in den Raum, wo wir vorhin schon waren. Nach einer halben Stunde sind meine Zweifel daran, ob Jamie und Braxton miteinander auskommen werden, beseitigt. Die beiden unterhalten sich prächtig und scherzen, als wären sie alte Freunde; Braxton gewinnt auch alle weiteren Bandmitglieder für sich. Als wäre er einer von ihnen. Nur Freddie hält sich abseits auf und trinkt. Normalerweise würde ich auf ihn zugehen um mit ihm zu reden, aber heute Nacht scheint seine Stimmung düster zu sein. Also sitze ich stattdessen mit Samantha zusammen und nippe an einem frischen Getränk. Als ich meinen Bruder über eine Aussage von Braxton losprusten höre, muss ich lächeln.

»Ich finde es cool, dass ein Mann, der seinen Anzug wie eine zweite Haut trägt, ein paar Rowdy-Rocker für sich einnehmen kann. Das zeigt, wie bodenständig er ist und wie entspannt er sein kann«, meint Samantha, und ich wende mich ihr wieder zu. »Das ist wahrscheinlich auch der Grund, warum er so erfolgreich ist. Er kann sich in jede Umgebung einfügen und den Menschen das Gefühl geben, er wäre genau wie sie.«

»Er ist genau wie sie«, sage ich leise. »Er ist einfach nur ein Mann.«

»Und genau deshalb verliebt er sich in dich«, flüstert sie, und mein Herz scheint plötzlich doppelt so schnell zu schlagen. »Du siehst ihn ihm nicht den Milliardär. Für dich ist er nur ein Typ, den du magst.«

»Er verliebt sich nicht in mich«, streite ich ab, was ihr ein

Lächeln entlockt.

»Na klar, und ich wette, du versicherst mir gleich, dass du dich auch nicht in ihn verliebst.«

Ich antworte ihr nicht. Stattdessen sehe ich mich im Raum um. Als ich Braxtons Blick begegne, ist dieser mit einem solch zärtlichen Ausdruck erfüllt, dass mir bewusst wird, dass ich nichts dagegen hätte, würde er mich jeden Tag für den Rest meines Lebens so ansehen.

12. Kapitel

Dakota

Langsam lichtet sich der Nebel des Schlafes und ich höre Vögel zwitschern. Jedes Tschilpen lässt meinen Kopf etwas heftiger pochen. Ich bedecke mein Gesicht mit meinem Arm, das blendende Licht verfluchend, das mir förmlich die Augen versengt. Als ich einen tiefen Atemzug nehme, rieche ich feuchte Kiefern und Erde, während eine kühle Brise über meine Haut streicht. Wenn ich das weiche Bett unter mir nicht fühlen würde, würde ich annehmen, in einem der Parks in der Nähe meines Wohngebäudes eingeschlafen zu sein.

Ich versuche mich an die letzte Nacht zu erinnern, aber die Bilder sind unvollständig. Nur Bruchstücke schwirren in meinem Kopf umher – Gelächter, Drinks, Braxton und meine Freunde. Ich fasse den Mut, den Arm von meinem Gesicht zu nehmen und meine Lider zu öffnen. Über mir erblicke ich Holzbalken, das Bett neben mir finde ich leer vor. Ich sehe mich in dem spärlich dekorierten Raum um, in dem ich noch nie zuvor gewesen bin.

Ein weiteres Stück der fehlenden Puzzlestücke von letzter Nacht fällt an Ort und Stelle, als ich mich daran erinnere, wie mich Braxton mit der Hilfe meines Bruders in sein Auto verfrachtet hat. Die beiden haben sich gestritten, weil ich zu viel getrunken hatte. Sie diskutierten, wessen Schuld es wäre – was mich gestern Abend äußerst amüsierte.

Vorsichtig setze ich mich auf und schaue an mir runter. Ich trage ein übergroßes weißes T-Shirt. Als ich daran rieche, dringt mir Braxtons Geruch in die Nase. Nach einiger Zeit stehe ich auf und gehe zum offenen Fenster. Ich befinde mich im zweiten Stock, gemessen an der Aussicht auf den Wald, der das Gebäude umgibt. Vermutlich bin ich in der Hütte, die Braxton bereits einmal erwähnt hat. Ich gehe zur ersten Tür, die ich sehe, und bin dankbar, dahinter ein Badezimmer vorzufinden.

Ich trete ein und zucke zusammen, als ich auf mein Spiegelbild treffe. Mein Make-up ist verschmiert und mein Haar ziemlich durcheinander. Rasch stelle ich die Dusche an und benutze die Zahnpasta und die Zahnbürste aus der Halterung neben dem Waschbecken, um den Alkohol loszuwerden, den ich noch in meinem Atem schmecken kann. Ich verwende eines der wenigen Pflegeprodukte, um mich zu waschen, stelle das Wasser ab und steige aus der Dusche, um ein Handtuch zu suchen. Als ich keines finde, ziehe ich das T-Shirt wieder an und lasse mein Höschen weg. Ich bin zwar immer noch tropfnass, fühle mich aber ein bisschen besser. Beim Verlassen des Badezimmers bleibe ich abrupt stehen.

Braxtons Vorstellung von einer kleinen Hütte unterscheidet sich gewaltig von meiner. Der Raum, der sich unter mir erstreckt, ist riesig. Er verfügt über eine große Küche und ein Wohnzimmer mit einer bequem aussehenden Couch, einem steinernen Kamin und einem Billardtisch. Der Wohnbereich ist schön, aber was meine Aufmerksamkeit auf sich zieht, sind die an die zehn Meter hohen Fenster, die vom Boden bis zur Decke reichen und einen fantastischen Blick auf die Welt draußen gewähren.

Ich mache einen Schritt nach vorn, lege meine Hände auf das grob geschnitzte Holzgeländer und beobachte Braxton in der Küche, der mir den Rücken zugewendet hat. In nichts als einer Jogginghose und mit seinem Handy am Ohr wendet er Eier in einer Pfanne. Eine andere Erinnerung fügt sich zusammen und ich würde am liebsten auf dem Absatz kehrtmachen und mich verstecken. Gestern Abend hat er angekündigt, mit mir reden zu wollen, und bereits da habe ich mich nicht sonderlich auf das Gespräch gefreut. Doch mein verkatertes Ich blickt diesem noch viel weniger begeistert entgegen.

»Kommst du runter und gibst mir einen Kuss, oder wirst du den ganzen Tag dort verharren und Löcher in die Luft starren?« Seine Worte bringen mich zum Lächeln und ich konzentriere mich auf ihn, wie er an der Anrichte lehnt und zu mir hochsieht. Der Anblick seines muskulösen Oberkörpers lässt mir das Wasser im Mund zusammenlaufen.

»Ich habe keine Löcher in die Luft gestarrt, sondern die Aussicht genossen«, verteidige ich mich, während ich die Stufen zum ersten Geschoss hinuntergehe. Am Treppenabsatz kommt mir Braxton entgegen, zieht mich in seine Arme und küsst mich sanft, bevor er sich zurücklehnt und mich stirnrunzelnd ansieht. »Warum ist dein T-Shirt nass?«

»Ich habe geduscht«, weise ich auf das Offensichtliche hin und berühre mein immer noch klatschnasses Haar. »Es gab keine Handtücher im Badezimmer.«

Sein Blick heftet sich auf mein Dekolleté, um sich augenblicklich zu verdunkeln. »Ich habe sie gewaschen, als ich das letzte Mal hier war. Sie sind im Trockner«, sagt er und streicht mit den Fingerspitzen über die Vorderseite meines T-Shirts und meine Brustwarze darunter. Ich beiße mir auf die Lippe, um nicht zu stöhnen. Als sich unsere Blicke treffen, erschauere ich. »So verlockend du in diesem frisch gewaschenen, noch feuchten Zustand sein magst, ich hole dir besser etwas zum Anziehen.« Er küsst mich schnell und schlüpft an mir vorbei, um die Treppe nach oben zu nehmen. »Ich habe Frühstück gemacht und in der Kanne ist Kaffee. Bedien dich. Ich bin in ein paar Sekunden wieder zurück.«

Mit verschränkten Armen mache ich mich auf den Weg in die Küche, biege aber ins Wohnzimmer ab, als ich den Couchtisch sehe, der vor dem großzügigen Sofa steht. Stilistisch ähnelt er Braxtons Esstisch in der Stadtwohnung, aber in den offenen Rillen und natürlichen Narben des Holzes befindet sich smaragdfarbenes Glas, das mit Lack überzogen ist, sodass die Oberfläche wie Glas anmutet. Das Möbelstück ist ein absoluter Traum. Falls Braxton so etwas auch für seine Mom angefertigt hat, verstehe ich, warum sie sich dafür entschieden hat, es an die Wand zu hängen.

Ich drehe mich um, als ich ihn die Treppe herunterkommen höre. Er hält ein Handtuch in der Hand, außerdem ein graues

T-Shirt. »Er ist wunderschön.« Ich deute auf den Tisch, und er lächelt sanft. »Solltest du jemals deinen Job satthaben, könntest du in die Holzverarbeitung wechseln.«

»Ich werde es mir merken.« Ehe ich mich vorsehen kann, kommt er auf mich zu. Er wirft das Handtuch auf die Couch und umfasst meine Hüften. »Arme hoch«, befiehlt er. Ich hebe meine Hände über meinen Kopf, woraufhin er das nasse Kleidungsstück über meinen Kopf zieht und es auf die Couch fallen lässt. Ohne jegliche Schüchternheit behalte ich meine Hände oben, während er mir das trockene T-Shirt überzieht.

»Danke«, flüstere ich und schlinge meine Arme um ihn.

»Ich möchte nicht riskieren, dass du dich wegen mir erkältest.«

»Ich glaube nicht, dass man nur von ein wenig Nässe krank wird«, flüstere ich. Mein Herz schlägt heftig, während ich zu ergründen versuche, wie dieser Mann ein so komplexer Charakter sein kann. Hart und weich, süß und heiß, fordernd und gebend. Ein Mix aus Eigenschaften, die ich schätze, teilweise aber auch nicht leiden kann, in einem umwerfenden Paket.

»Ich denke, meine Mom würde das anders sehen.« Er lässt mich los und nimmt das Handtuch. »Halt dein Haar hoch.« Ich komme seiner Aufforderung nach, und er wickelt den Frotteestoff um meine Schultern. Anschließend lasse ich mein Haar wieder fallen und lege meine Hände auf seine warme Brust. »Bist du hungrig oder nur verkatert?«

»Ein wenig von beidem.«

»Dann wollen wir mal dafür sorgen, dass du etwas in den Magen und eine Aspirintablette bekommst.« Er beugt sich vor, um mich auf die Stirn zu küssen, nimmt meine Hand und führt mich zu einem der Barhocker, die in einem Halbkreis um die Küchentheke herum angeordnet sind. Ich setze mich und verfolge, wie er mir einen Teller mit Eiern und Pfannkuchen anrichtet, den er aus dem Ofen hervorgeholt hat.

Zusammen mit einem Satz Besteck platziert er den Teller vor mir auf dem Küchentresen und stellt Sirup und Butter dazu. »Kaffee oder Tee?«

»Tee, sofern du einen hast.« Ich stehe auf, um das Handtuch um mein Haar zu wickeln.

Braxton schaltet den Wasserkocher auf der Theke ein und holt eine Packung meines Lieblingstees sowie eine Tasse. »Ich habe das Gefühl, dass du dich pausenlos um mich kümmerst.«

»Du sagst das, als wäre es eine schlechte Sache.«

Mache ich das? Vielleicht. »Ich bin es einfach nicht gewöhnt, dass jemand außer Jamie auf mich achtgibt.«

»Du kannst ruhig noch jemandem außer deinem Bruder vertrauen«, stellt er fest, während er die Tasse mit dampfendem Wasser befüllt und den Teebeutel hineingibt. »Du kannst mir vertrauen.«

»Das würde ich gern.« Ich halte seinen Blick fest, damit er weiß, dass ich das wirklich will, vielleicht sogar mehr als er.

Er mustert mich eingehend und räuspert sich. »Wir müssen reden.«

Mein Magen zieht sich zusammen, aber ich richte mich auf meinem Stuhl auf und zwinge mich dazu, stark zu bleiben. »Okay.«

»Wenn es um dich geht, weiß ich nicht, was ich tun soll.« Die Aussage habe ich von ihm schon einmal gehört, und ich frage mich, worauf er hinauswill. »Für einen Mann wie mich, der jeden Aspekt seines Lebens unter Kontrolle hat, ist durch dich alles ziemlich ins Schleudern geraten. Ich kann oben von unten nicht mehr unterscheiden. Ich kann nicht schlafen. Ich kann nicht essen. Ich mache mir sehr oft Sorgen um dich. Alles dreht sich darum, dass du wohlauf und glücklich bist.«

Ein Lächeln zupft an meinen Mundwinkeln, weil offensichtlich ist, dass ihm seine Gefühle zu schaffen machen und er völlig unschlüssig ist, wie er damit umgehen soll. »Also ... bist du sauer auf mich?«

Er runzelt die Stirn und verzieht das Gesicht. »Sauer auf dich? Nein. Ich bin sauer auf mich selbst, weil ich ständig Dinge tue, von denen ich weiß, dass sie dich verärgern. Doch ich kann nichts dagegen tun, weil ich am Ende des Tages sicher sein möchte, dass es dir gut geht.«

»Und was, denkst du, wird mit mir passieren, wenn du über mich keine Kontrolle hast?«

»Ich weiß es nicht.« Er legt seine Hände auf die Theke und seine Knöchel treten weiß hervor. Es wirkt, als würden ihm die Dinge, die ihm gerade durch den Kopf gehen, ganz und gar nicht behagen.

»Verstehst du, dass mich dein Überschreiten von Grenzen nur abschreckt und dafür sorgt, dass ich rebellieren will?«

»Ich bin dabei, das zu lernen«, grummelt er und klingt nicht gerade glücklich darüber.

Ich erhebe mich von meinem Hocker und gehe zu ihm. Als er sich zu mir umdreht, lege ich meine Hände auf seine Brust und lehne mich an ihn. »Ich möchte nicht kontrolliert werden, Braxton. Im Schlafzimmer mag das reizvoll sein, aber wenn es um mein tägliches Leben geht, will ich nicht, dass mir jemand sagt, was ich tun soll. Ich möchte einen Partner. Einen Mann, der darauf eingeht, was ich mir wünsche und was ich brauche. Jemanden, mit dem ich Dinge teilen kann.«

»Du kannst mit mir Dinge teilen.« Er legt seine Hände um meine Taille und zieht mich an sich.

»Kann ich das wirklich?« Ich schüttle den Kopf und versuche, nicht frustriert zu sein, weil er mir bisher eher das Gegenteil bewiesen hat. »Du hast meinen Bruder beauftragt, in das Café zu gehen, wo ich mich mit Troy verabredet habe. Von dem Treffen hatte ich dir nicht einmal erzählt.« Ich spüre, wie sich seine Hände um den Stoff meines T-Shirts zusammenballen, und seine Miene wird hart.

»Er hat dich betrogen. Du solltest nicht mit ihm allein sein.«

»Ich war an einem öffentlichen Ort und habe ihn getroffen, um meine Sachen zu holen. Es war kein Date und ich hatte nicht im Sinn, wieder mit ihm zusammenkommen. Wie schon gesagt, habe ich dir nichts von unserem Treffen erzählt. Du hast es herausgefunden, weil du dir Informationen über mich verschafft hast.« Ein Muskel an seinem Kiefer beginnt zu zucken, woraus ich schließe, dass ich meinen Standpunkt klargemacht habe. Gott sei Dank, vielleicht kommen wir diesmal einen Schritt voran.

»Warum hast du mir nicht erzählt, dass du dich mit ihm treffen willst?«

Okay, ich lag daneben. »Weil ich wusste, dass es ein Drama geben würde, wenn ich es täte. Und ich hatte jegliche Form von Drama satt.«

»Du hast es auch Jamie vorenthalten«, gibt er zu bedenken und sieht mich an, als hätte er gerade einen argumentativen Siegtreffer gelandet.

»Ja, weil ich meinen Bruder kenne. Mir war klar, er würde die Situation nur unnötig kompliziert und unangenehm machen. Was er nach seinem Auftauchen auch getan hat.«

»Ich werde mich nicht dafür entschuldigen«, betont er, hebt mich auf die Theke und drängt sich zwischen meine Knie. »Jamie hat mir erzählt, dass dein Ex nicht einmal deine Sachen dabeihatte, sondern sie in seinem Auto gelassen hat. Er wollte sicher mehr Zeit mit dir rausschlagen.«

»Glaubst du, das wäre mir nicht bewusst gewesen?« Ich verdrehe die Augen und drücke gegen seine Brust. »Ich bin nicht dumm oder hilflos, Braxton. Ich kann auf mich selbst aufpassen.«

»Ich habe nie behauptet, dass du dumm oder hilflos bist. Wenn ich etwas tun kann, um dein Wohlergehen sicherzustellen, werde ich mich danach nicht dafür entschuldigen.«

»Du hast dich entschuldigt«, erinnere ich ihn. »Du hast mir eine Nachricht geschickt, in der du mir mitgeteilt hast, dass es dir leidtut.« Offenbar ist es notwendig, ihm den genauen Wortlaut in Erinnerung zu rufen. »Tut mir leid, dass ich dich wütend mache. Tut mir leid, dass ich so verdammt besessen von dir bin. Dass ich alles tun werde, um auch nur die kleinste Information über dich zu bekommen. Tut mir leid, dass ich dich für mich haben will und mir wünsche, ich könnte dich wegschließen, bis du genauso besessen von mir bist wie ich von dir.« Ich halte kurz inne. »Dir ist bewusst, dass nur du – nicht dein besitzergreifendes Ich, sondern dein süßes, lustiges und zauberhaft frustrierendes Ich – das geschrieben hat, oder? Du musst gar nicht so vereinnahmend sein.«

Er senkt den Kopf und küsst meinen Hals. »Ich kann es versuchen.«

»Versuchen?«, wiederhole ich.

Er zieht sich ein Stückchen zurück, um mir in die Augen zu sehen. Dann legt er seine Stirn an meine. »Ich glaube, ich habe es dir schon mal gesagt, Baby. Ich möchte dich nicht mehr anlügen. Deshalb wäre es ein Fehler, dir bloß zu sagen, was du hören willst. Ich kann nur versprechen, zu versuchen, ein wenig lockerer zu werden.«

Ich schließe meine Lider und lasse meine Hände über seine Brust hinauf zu seinem Nacken wandern. Mit den Fingern gleite ich durch sein Haar, ehe ich seinen Hinterkopf umfasse.

»Okay.« Als ich mich vorbeuge, überbrückt er die Distanz zwischen unseren Lippen und küsst mich. »Ich möchte, dass das funktioniert, Braxton. Ich möchte genauso sehr wie du, dass diese verrückte, intensive Verbindung zwischen uns Bestand hat.«

»Gut.« Er packt meinen Hintern und hebt mich von der Küchentheke.

»Wohin gehen wir?«

»Ich muss in dir sein.« Er küsst sich meinen Hals entlang, und ich schlinge meine Beine um seine Hüften, während er mich durch den Raum trägt. Als er meinen Mund mit seinem bedeckt, stöhne ich auf, dann landen wir auf der Couch. Während wir uns gegenseitig verschlingen, versuche ich, ihm mit jeder Berührung, jeder Liebkosung, jedem Kuss und jedem Laut verständlich zu machen, dass ich bereits zu ihm gehöre und dass ich nicht weniger besessen von ihm bin.

Neben dem brennenden Kaminfeuer, das einen Schimmer durch den Raum wirft, liege ich an ihn gekuschelt, meinen Kopf auf Braxtons nackte Brust gebettet, und streiche über seine Seite. Er wiederum lässt seine Finger träge meinen Rücken rauf und runter wandern, und ich schließe die Augen.

Es ist Samstagabend. Morgen Früh müssen wir in die Stadt zurückkehren, auch wenn ich wünschte, es wäre anders. Es war ein toller Tag, nichts und niemand in der Außenwelt hatte eine Chance, unsere Idylle zu stören. Wir konnten einfach wir selbst sein.

»Ich wünschte, wir müssten morgen nicht zurück«, flüstere ich in die Stille.

»Ich weiß.« Er küsst mich auf meinen Scheitel. »Wenn meine Eltern nicht zu Besuch kommen würden, könnten wir eine weitere Nacht hierbleiben und erst Montagmorgen abreisen. Wir können jedoch nächstes Wochenende wieder herkommen, wenn du das möchtest.«

Ich lege den Kopf zurück, um ihn anzusehen. »Vielleicht kannst du mir mehr zeigen als das Schlafzimmer, die Couch und die Küche, wenn wir das nächste Mal hier sind.« Ich grinse. »Ich habe noch nicht einmal deine Werkstatt gesehen.«

»Beschwerst du dich darüber, wie du deinen Tag verbracht hast?« Er rollt mich auf den Rücken und positioniert sich zwischen meinen Beinen.

»Nein.« Lächelnd fahre ich ihm erneut durch sein Haar und richte mich ein wenig auf, um seinen Mund mit meinem zu bedecken. Gerade als der Kuss richtig heiß wird, klingelt sein Handy, was mich aufseufzen lässt.

»Entschuldige.«

»Es ist nicht einfach, der Boss zu sein«, grummle ich und denke im Stillen, dass ich sein Handy bei unserem nächsten Besuch hier draußen in seinem Handschuhfach einschließen werde, wo er es nicht hören kann.

Er grinst und küsst mich. »Ich komme gleich wieder.«

Mich auf meine Ellenbogen aufstützend, sehe ich ihm nach, als er in die Küche schlendert und beschließe, dass jetzt ein guter Zeitpunkt ist, um kurz auf die Toilette zu gehen. Also erhebe ich mich, ziehe mein T-Shirt an und verschwinde im Badezimmer. Als ich wieder ins Schlafzimmer zurückkehre, runzle ich die Stirn, da Braxton aus der Küche verschwunden ist, wo er bisher die meisten seiner Anrufe entgegengenommen hat.

Ich mache mich auf die Suche nach ihm, halte jedoch inne, als ich ihn auf der Terrasse stehen sehe, immer noch telefonierend. Ich vermute, dass er Privatsphäre wollte, weshalb ich mich wieder auf den Weg Richtung Küche mache, um mir etwas Wasser und mein Handy zu holen. Ich setze mich an den Küchentresen und beantworte die Nachrichten von Jamie und Samantha. Dann spiele ich eines meiner Wortspiele und wünsche mir, ich hätte meinen Laptop dabei, um meinen Zeitplan für die kommende Woche zu überprüfen.

Als sich die Glasschiebetür einige Minuten später öffnet, drehe ich mich um. An Braxtons Gesichtsausdruck kann ich erkennen, dass er nicht glücklich ist. »Was ist los?«

Er antwortet zunächst nicht. Stattdessen überbrückt er die Distanz zwischen uns, nimmt meine Hand und legt sie auf seine Brust. »Es tut mir leid, Baby, aber das war der Gebäudemanager. Es gab ein Problem und ich muss hinfahren, um es zu lösen.«

»Was ist geschehen?«, frage ich, da mir seine Angespanntheit nicht verborgen bleibt.

»Nichts, worüber du dir Sorgen machen musst.« Er drückt mir einen flüchtigen Kuss auf die Stirn. »Ziehen wir uns an, und dann lass uns aufbrechen.«

»Okay«, stimme ich zu und versuche, nicht enttäuscht darüber zu sein, dass er nicht mit mir über das Problem sprechen möchte, das sich ergeben hat.

Es dauert nicht lange, bis wir unsere Sachen gepackt haben und in seinem Benz sitzen. Auf dem Weg zurück in die Stadt wiegt die Stille zwischen uns schwer. Ich weiß nicht, woran er denkt, frage mich aber, warum es sich anfühlt, als würde er mir etwas vorenthalten.

Als wir unser Wohngebäude erreichen, fährt er in die Tiefgarage. Wir steigen aus und gehen zum privaten Aufzug. Braxton schwenkt seine Uhr über den Sensor und die Nummer seiner Etage leuchtet auf. Da ich verstimmt bin und einfach nur noch in meine Wohnung will, drücke ich den Knopf für meine Etage.

»Du bleibst heute Nacht bei mir«, informiert er mich.

Ich verschränke die Arme vor meiner Brust. »Du wirst nicht da sein, also möchte ich in meinem Bett schlafen.

»Ich werde nicht die ganze Nacht weg sein. Ich will dich bei mir haben, wenn ich nach Hause komme«, sagt er und schaut auf seine Uhr.

»Nein«, lehne ich ab, was ihn ein Knurren ausstoßen lässt, das mich nervös macht.

»Dakota.«

»Braxton, wenn du möchtest, kannst du nachher zu mir in die Wohnung kommen, sobald du mit was auch immer fertig bist.«

»Du bleibst heute Nacht in meinem Appartement.«

»Nein.« Ich schüttle den Kopf. »Ich möchte mein Duschgel und mein Shampoo benutzen, meine eigenen Klamotten anziehen und in meinem Bett schlafen«, erkläre ich.

In diesem Moment öffnen sich die Aufzugstüren zu meiner Etage. Braxton tritt vor mich, um mir den Weg zu versperren, doch ich ducke mich unter seinem Arm hindurch und eile den Flur entlang. Als ich um die Ecke biege, gerate ich ins Straucheln, als ich einen Polizisten vor meiner Wohnungstür stehen sehe.

»Was ist los?«, frage ich und gehe auf den uniformierten Mann zu.

»Dakota.« Braxton greift nach meinem Oberarm und dreht mich zu sich herum. Ich mustere ihn eingehend und versuche zu verstehen, warum er so aufgebracht wirkt. »Was ist passiert?«

»Die Bewohner des Appartements unter dir haben heute Abend den Gebäudemanager angerufen und ihm mitgeteilt, dass Wasser von der Decke tropft. Er hat deine Wohnung betreten, um zu überprüfen, woher es kommt. Dabei hat er festgestellt, dass deine Wohnung verwüstet wurde.«

»Was?« Mir rutscht das Herz in die Kniekehlen und ich schaue über meine Schulter zu dem Polizisten, der uns beobachtet.

»Bitte lass einfach zu, dass ich mich um die ganze Sache kümmere«, fleht Braxton, und ich konzentriere mich wieder auf ihn.

»Es geht um meine Wohnung und meine Sachen. Ich möchte es sehen.« Ich winde mich aus seinem Griff und haste den Flur entlang. Er folgt dicht hinter mir. Als ich den Polizeibeamten erreiche, fragt er mit einem Blick über meine Schulter hinweg meine Begleitung stumm um Genehmigung, was mich mehr als irritiert, tritt dann aber zur Seite.

Ich gehe in meine Wohnung und kann nicht glauben, was ich sehe. Alles ist zerstört. Der Boden ist mit Wasser bedeckt, die Sofakissen wurden aufgeschlitzt. Flaum und Schaum bedecken den Boden. Meine Kleidung wurde zerrissen und überall verteilt. Die Fotos und Dinge aus der Schachtel, die ich von Troy bekommen habe, sind wie Müll im ganzen Zimmer verstreut. Ich registriere kaum die anderen anwesenden Leute, die sich leise unterhalten. Mein Verstand ist von dem sich mir bietenden Bild der Zerstörung völlig überwältigt.

Ich mache einen Schritt auf mein Bett zu und mir wird übel, als ich meine Unterwäsche und BHs in passenden Sets darauf liegen sehe. Die einzigen Gegenstände, die augenscheinlich sorgfältig arrangiert wurden.

»Baby.« Braxton nimmt meine Hand, und ich schaue in seine besorgten Augen.

»Wer hat das getan?«

Ein finsterer Ausdruck tritt auf sein Gesicht und sein Griff um meine Hand wird fester. »Ich weiß es nicht, aber ich werde es herausfinden.«

Ich sehe mich noch einmal um. Wenn jemand es schafft, die Person zur Rechenschaft zu ziehen, die für all das verantwortlich ist, dann Braxton, daran besteht kein Zweifel.

»Mr Adams.« Ein mir unbekannter Mann kommt auf uns zu. »Die Polizei hat ein paar Fragen«, wendet er sich an Braxton, um dann mich anzusehen. »Es tut mir leid, Miss Newton.«

»Vielen Dank.«

»Sag den Officers, dass ich in ein paar Minuten zu ihnen komme, Jimmy. Ich möchte Dakota nach oben bringen und sicherstellen, dass es ihr gut geht.« Der Mann nickt, bevor er sich entfernt.

Ich suche Braxtons Blick. »Ich gehe nirgendwohin.«

»Dakota.«

»Braxton.« Ich klinge ähnlich frustriert wie er. »Ich gehe nirgendwohin. Das ist mein Zuhause. Ich möchte mit der Polizei sprechen.«

»Du musst es ihr sagen.«

Bei diesem Kommentar versteift sich meine Wirbelsäule. Ich drehe mich um und sehe Hanna auf uns zukommen.

»Mir was sagen?« Ich schaue zwischen ihr und Braxton hin und her und versuche, ihr stummes Zwiegespräch zu verstehen. »Mir was sagen?«, wiederhole ich, als keiner von ihnen etwas erwidert.

Braxton stößt einen genervten Atemzug aus. »Als du das erste Mal auf Sendung warst, erhielt das Callcenter einen Anruf von einem Mann, der einige seltsame Äußerungen machte. Sie wurden protokolliert und man gab diese Information an mich weiter. Es ist nicht unbedingt ungewöhnlich, so etwas passiert in dieser Branche von Zeit zu Zeit mal. Ab sofort wurde uns jedoch jedes Mal, wenn du auf Sendung warst, mitgeteilt, dass sich der Mann wieder gemeldet hatte. Sein Verhalten schien sich zuzuspitzen.« Er dreht mich zu sich herum und nimmt meine andere Hand. »Am Donnerstag wurde ein an dich gerichtetes Paket abgefangen.«

»Und?«, flüstere ich, nicht sicher, ob ich Näheres erfahren will.

»Die Gegenstände darin waren verstörend und das Paket wurde der Polizei übergegeben.«

»Du denkst, wer auch immer dieses Paket geschickt hat, hat auch das hier getan?«, frage ich.

Er sieht sich in meiner verwüsteten Wohnung um. »Keine Ahnung, aber in Anbetracht der Anrufe und des Pakets könnte es sich um dieselbe Person handeln.«

»Du hast mir nichts davon erzählt.«

In dem Moment, als sein warmer Blick auf meinen trifft, weiß ich, dass er nichts darüber gesagt hat, weil er verhindern wollte, dass ich mich ängstige. Wie Jamie will er mich beschützen. Die Puzzleteile fangen an, sich ineinanderzufügen. Seine wiederholten Versuche, mich davon zu überzeugen, in die Marketingabteilung zu wechseln. Sein übertriebener Beschützerinstinkt. Er hat alles getan, um mich nicht mehr auf Sendung zu haben, in der Hoffnung, dass er mich vor Schlimmerem bewahren könnte.

Gott, dieser verrückte, verrückte Kerl.

Ich halte seinen Blick fest. »Lass uns mit den Cops reden«, flüstere ich.

Ohne ein weiteres Wort führt er mich durch den Raum zu einem der Beamten. In der nächsten Stunde versuche ich, zu verstehen, was vor sich geht.

Doch mir wird schnell klar, dass ich die Gründe für eine solch unglaubliche Aktion wohl nie werde nachvollziehen können. Zugleich gestehe ich mir ein, dass es jetzt an der Zeit ist, dem Mann zu vertrauen, der mein Herz gestohlen hat.

13. Kapitel

Dakota

Ich sitze im Dunkeln im Wohnzimmer auf dem Boden und betrachte die Stadt unter mir. Mein Atem beschlägt das Glas, gegen das ich meine Stirn gelehnt habe. Nach dem heutigen Tag sollte ich erschöpft sein, aber ich finde keinen Schlaf. Behutsam habe ich mich aus Braxtons Armen befreit und in sein Wohnzimmer geflüchtet, um nachzudenken. Wie sehr ich mich auch bemühe, ich kann nicht verstehen, warum das mit meiner Wohnung passiert ist. Für mich ist unbegreiflich, wie jemand solche Dinge tun kann, nur um meine Aufmerksamkeit zu erregen.

Die Polizei fragte mich heute Abend, ob es jemanden in meinem Leben oder in meiner Vergangenheit gäbe, der als Verdächtiger infrage käme, und mir ist niemand eingefallen. Troy hätte ein Motiv, aber er würde niemals riskieren, den Namen seiner Familie durch eine so krankhafte Aktion zu beschmutzen. Ansonsten gibt es in meiner Vergangenheit niemanden, von dem ich denken würde, er könne mir absichtlich Schaden zufügen wollen. Ich kann mir nicht vorstellen, wie eine derartige Obsession entstehen konnte.

Ich schließe die Augen. Weder einer der Polizisten noch Braxton haben mir erzählt, was der Anrufer konkret gesagt hat oder was in dem Paket enthalten war, das an die Polizei übergeben wurde. Aus den Blicken, die sich die Leute gegenseitig zugeworfen haben, konnte ich jedoch schließen, dass es etwas Schlimmes gewesen sein muss. Ich kenne Braxton inzwischen gut genug, um zu wissen, dass er mich mein Leben nicht wie gewohnt weiterführen lassen wird. Allerdings bin ich mir gar nicht sicher, ob ich das überhaupt will. Zum ersten Mal seit langer Zeit fühle ich mich verletzlich, genauso unbehaglich wie damals als Jugendliche, als mein Leben auf den Kopf gestellt wurde und alles in der Luft hing.

Als ich eine Bewegung bemerke, öffne ich die Lider wieder. Einen Moment später lässt sich Braxton hinter mir auf den Boden sinken und schlingt die Arme um mich. Sobald ich mich an seine Brust lehne, eingehüllt in die Geborgenheit seiner Umarmung, drehe ich mich auf die Seite, um seinem gleichmäßigen Herzschlag zu lauschen.

»Deshalb wollte ich nicht, dass du erfährst, was vorgefallen ist.« Seine Worte durchbrechen die Stille.

»Denkst du nicht, dass ich irgendwann herausgefunden hätte, dass in meine Wohnung eingebrochen und alle meine Sachen zerstört wurden?«

»Ich wollte es so lange wie möglich von dir fernhalten.«

»Du bist wirklich unglaublich.« Ich neige meinen Kopf zurück und suche seinen Blick. »Was war dein Plan? Wolltest du mich einfach bei dir unterbringen und mir eröffnen, du hättest alle meine Sachen entsorgt?«

»Möglicherweise.« Er seufzt, und ich schmunzle, weil er zweifellos etwas so Verrücktes tun würde. Das hätte allerdings nur zu neuen Problemen zwischen uns geführt.

»Das wäre eine Lüge gewesen«, betone ich.

»Ich weiß«, stimmt er zu.

»Du hast versprochen, mich nicht mehr anzulügen.«

»Ich möchte aber auch nicht, dass du dich mitten in der Nacht krank vor Sorge aus dem Bett schleichst, weil du nicht schlafen kannst.«

»Du kannst nicht verhindern, dass mir das Ganze Kopfzerbrechen bereitet.« Seufzend kuschle ich mich wieder an seine Brust.

»Ich weiß.« Er berührt meinen Kiefer und streichelt mit seinem Daumen über meine Wange. »Was beschäftigt dich denn so sehr?«

»Ich frage mich immer wieder, was ich getan habe«, gebe ich leise zu, während ich auf die ruhige Straße unter uns starre.

»Du hast nichts getan. Manchmal sind Menschen nur geistig

nicht dazu in der Lage, den Unterschied zwischen dem wirklichen Leben und ihrer Fantasie zu erkennen.«

»Vermutlich hast du recht.«

»Alles wird wieder in Ordnung kommen.« Sein Mund verharrt auf meinem Scheitel, während er weiterspricht. »Die Polizei wird ihren Job machen, und ich habe ebenfalls Leute, die sich mit der Sache befassen. Bis wir herausgefunden haben, wer hinter den Anrufen steckt und was es mit der Zerstörung deiner Wohnung auf sich hat, werden wir dich nicht mehr auf Sendung lassen.«

»Ich muss Jamie erzählen, was vorgefallen ist.«

»Er weiß über die Anrufe Bescheid.«

Tatsächlich? Dann war das wahrscheinlich der Grund für seine seltsamen Blicke. Darum irritierte es ihn nicht, als ich ihm von Braxtons übermäßiger Schutzbereitschaft erzählt habe. »Ich bin überrascht, dass er nicht verlangt hat, bei mir zu bleiben oder so.« Braxton räuspert sich, was mir verheißt, dass er mir noch mehr verheimlicht hat. »Was gibt es noch?«

»Er ist darüber im Bilde, dass ich jemanden damit beauftragt habe, dich im Blick zu behalten.«

»Du hast was?«, rufe ich und versuche, mich von ihm wegzudrücken. Als er mich nicht gehen lässt, knurre ich frustriert und gebe auf. »Seit wann lässt du mich überwachen?«

»Am Morgen nach unserem Kennenlernen wurde ich über die Anrufe informiert. Als dein Name in diesem Zusammenhang fiel, habe ich beschlossen, jemanden einzustellen, der während meiner Geschäftsreise auf dich aufpasst.«

»Der große Kerl?«, frage ich, und er nickt. »Ich wusste es. Also war er es, der mir an jenem Morgen in einem Wagen gefolgt ist?«

»Nein.« Er runzelt die Stirn. »Jemand hat dich verfolgt?«

»Ja ... zumindest denke ich das.« Ich schüttle den Kopf. »Ich bin mir nicht sicher. Nachdem ich dich kurz vor deinem Aufbruch getroffen habe, war er verschwunden. Ich nahm an, ich hätte mir das alles nur eingebildet.«

»Ich denke, wir müssen die Polizei von diesem Vorfall in

Kenntnis setzen. Erinnerst du dich, wie das Auto aussah?«

Ich versuche, mir das Detail ins Gedächtnis zu rufen, doch es gelingt mir nicht. »Ich glaube, es hatte eine dunkle Farbe, weiß es jedoch nicht mehr genau. Es scheint eine Ewigkeit her zu sein.«

»Ist dir so etwas seitdem noch einmal widerfahren?«

Ich denke darüber nach. »Nein.«

»Hast du jemals seltsame Anrufe oder Briefe erhalten, bevor du eingezogen bist?« Er konfrontiert mich mit derselben Frage, die mir die Polizei letzte Nacht gestellt hat.

»Nein, ich meine ...« Ich mache eine Pause und frage mich, ob die Fotos von Troys Betrug mit der Sache in Verbindung stehen könnten, aber das ist lange her. Sicherlich wäre seitdem etwas passiert, wenn es da einen Zusammenhang gäbe.

»Wovon redest du?«

»Die Fotos, die zeigen, wie Troy mich betrogen hat, kamen in einem einfachen, nicht frankierten Umschlag. Ich weiß immer noch nicht, wer sie mir hat zukommen lassen.«

»Wusste Troy, wer sie geschickt haben könnte? War es vielleicht die Frau, mit der er sich getroffen hat?«

»Ich habe ihn nie danach gefragt. Ich habe bisher nicht mit ihm darüber gesprochen, was zwischen uns vorgefallen ist.«

»Hast du die Bilder oder den Umschlag noch?«

»Nein, ich habe sie zusammen mit meinem Verlobungsring zurückgelassen, als ich gegangen bin.«

»Troys Vater ist in der Politik aktiv. Jemand könnte vorgehabt haben, ihn mit diesen Bildern zu erpressen. Ich werde meine Jungs auf die Sache ansetzen. Es könnte ein Zusammenhang bestehen oder auch nicht.«

»Dir ist bekannt, dass Troys Vater Politiker ist?«, frage ich, was ihn eine Braue nach dem Motto *Fragst du mich das gerade wirklich?* in die Höhe ziehen lässt. »Alles klar. Du musst nicht antworten. Natürlich weißt du es.«

Er zieht mich näher an sich. »Ich denke, du solltest Jamie erzählen, was letzte Nacht passiert ist. Vielleicht lädst du ihn hierher ein, dann können wir gemeinsam mit ihm reden, ihn beruhigen und ihm vermitteln, dass du in Sicherheit bist.«

»Deine Familie wird hier sein«, erinnere ich ihn an eine Tatsache, die mich nervös macht. Mental bin ich gerade nicht unbedingt in der idealen Verfassung, um sie kennenzulernen.

»Ja und?«

»Jamie wird wahrscheinlich durchdrehen, und ich bezweifle, dass deine Verwandten das miterleben wollen.«

»Meinst du nicht, dass meine Eltern entsetzt sein werden, wenn sie von der ganzen Situation erfahren? Meine Mom wird bestimmt vorschlagen, dass ich dich zu ihnen schicke, damit du eine Weile dortbleiben kannst. Und mein Dad wird höchstwahrscheinlich fragen, ob ich eine der Waffen haben möchte, die er zu Hause in seinem Safe aufbewahrt.«

»Oder deine Eltern kommen zum Schluss, ich bereite ihrem Sohn nichts als Ärger, und hassen mich deswegen.«

»Niemand wird dich hassen.« Ich sehe, wie seine Lippen zucken, als kämpfe er gegen ein Lachen an.

»Das weißt du nicht, jedenfalls hast du *ausnahmsweise* mal keinerlei Kontrolle darüber. Du kannst sie nicht zwingen, mich zu mögen.«

»Mal sehen, was passiert.« Er küsst mich, steht auf und hebt mich hoch. »Jetzt lass uns etwas schlafen. Wir werden uns morgen Früh noch mit genug Drama auseinandersetzen müssen, es ist nicht nötig, uns heute Abend bereits irgendwelche Schreckensszenarien auszumalen.«

»Ich bin nicht müde«, erkläre ich, als er mich im Schlafzimmer auf der Matratze ablegt.

»Dann sei einfach hier bei mir«, erwidert er, kommt zu mir ins Bett und drückt mein Gesicht in seine Halsbeuge. »Du solltest wissen«, flüstert er, als sich mein Körper zu entspannen beginnt, »dass meine Eltern dich lieben werden. Sie werden erkennen, wie glücklich du mich machst.«

»Ich dachte, ich würde dich nur verrückt machen.«

»Du machst mich auch verrückt.« Er küsst mich auf den Hals. »Aber glücklich ebenso. Du hast mir etwas gegeben, von dem ich nicht wusste, dass ich es vermisst habe. Du hast mich daran erinnert, was im Leben wichtig ist. Dass es die kleinen Dinge sind, an denen uns am meisten liegen sollte«, sagt er leise, und meine Kehle fühlt sich mit einem Mal seltsam eng an. »Ich hatte das im Laufe der Zeit vergessen. Ich hatte vergessen, wie gut es sich anfühlt, zu lachen, sich zu entspannen und einfach ich selbst zu sein.« Er verschränkt seine Finger mit meinen. »Mir ist klar, dass ich dir nicht deine Sorgen nehmen kann. Aber sei dir sicher, du gehörst zu mir, egal was passiert. Nichts wird daran etwas ändern, weil ich mich weigere, dich aufzugeben. Außerdem werde ich dich immer beschützen.«

»Und darf ich da ein Wörtchen mitreden?«

»Wenn du mir widersprechen willst, dann nein«, antwortet er mit einem Lächeln in der Stimme.

»Dann ist es wohl von Vorteil, dass ich es genau dort mag, wo ich bin.«

»Ich denke schon.« Er küsst mich auf den Scheitel, dann legt sich Stille über uns. Kurze Zeit später wird seine Atmung ruhiger und gleichmäßiger.

Als ich sicher bin, dass er schläft, lege ich meine Hand an seine Wange und flüstere die Wahrheit in die Dunkelheit: »Ich wusste nicht, dass diese Art von Glück existiert, bevor du in mein Leben getreten bist und es auf den Kopf gestellt hast.«

Ich streichle seinen Kiefer entlang, schmiege mich an seine Brust und schließe meine Lider. Ich weiß, selbst wenn ich weiter wachbleibe, will ich nirgendwo anders sein als in seinen Armen.

»Ich hasse dein Handy«, stöhne ich, als mich ein nur zu gut bekannter Klingelton aus dem Schlaf reißt. »Ich schwöre, ich werde das Ding beizeiten in den Müllschlucker werfen und ihn einschalten.« Ich höre den Mann lachen, an dessen Seite ich noch immer liege, und öffne ein Auge, um ihn böse anzufunkeln. »Ich mache keine Witze.«

»Entschuldigung, Baby, das ist die Arbeit.« Braxton gibt mir einen Kuss auf den Mund und rollt sich aus dem Bett.

Ich ziehe sein Kissen über meinen Kopf. »Es ist immer die Arbeit! CEO zu sein ist ein undankbarer Job. Man kann sich nicht einmal sonntags freinehmen, um auszuschlafen und zu entspannen«, rufe ich.

Auch das scheint ihn zu amüsieren. Einen Moment später höre ich, wie er hinter sich die Tür schließt und den Raum verlässt. Ich versuche, wieder einzuschlafen. Am liebsten würde ich mich den Rest des Tages hier einmummeln, aber mich plagen Gedanken an den Besuch von Braxtons Eltern, den Anruf, den ich Jamie schulde, und an meine Wohnung, die ich nachher betreten muss. Ich sollte versuchen, ein paar meiner Sachen zu retten.

Mit einem Stöhnen werfe ich das Kissen weg und erhebe mich. Im Badezimmer schalte ich schon mal die Dusche an. Während sich das Wasser erwärmt, putze ich meine Zähne mit seiner Zahnbürste und seiner Zahnpasta. Gedanklich mache ich mir eine Liste aller Dinge, die ich heute irgendwann einkaufen muss. Ich werde definitiv nichts mehr von der Unterwäsche tragen, die ich beim Einzug mitgebracht habe. Ich möchte mir nicht einmal vorstellen, was mit ihr angestellt wurde. Ich benötige Kleidung, Pflegeprodukte, Make-up und noch einige Dinge, an die ich mich wahrscheinlich erst erinnern werde, wenn ich sie tatsächlich brauche.

Nachdem ich aus der Dusche gestiegen bin, wickle ich mir ein Handtuch um den Körper, ein weiteres um mein Haar. Dann öffne ich die Tür, die zum begehbaren Kleiderschrank führt. Der Raum ist groß genug, um jemandes Schlafzimmer zu sein, und sieht aus wie ein kleines Kaufhaus für Männer. Ich fange an, Schubladen zu öffnen, um etwas zum Anziehen zu finden, und halte inne, als ich eine entdecke, die nichts als Krawatten enthält, die allesamt die gleiche Form aufweisen und in verschiedenen Grau- und Schwarztönen sowie in Marineblau gehalten sind. Mit einem Kopfschütteln schließe ich die Schublade und suche weiter, bis ich ein Paar Boxershorts, Socken und ein T-Shirt finde. Ich ziehe mir die Kleidungsstücke über, gehe zurück ins Badezimmer und nehme das Handtuch von meinem Kopf. Da ich keine Bürste habe und nur Braxtons Kamm finden kann, fahre ich mit den Fingern durch mein nasses Haar und versuche, vorhandene Knoten händisch zu lösen. Meine Bemühungen erweisen sich als hoffnungslos, da ich zwei Tage lang keinen Conditioner benutzt habe.

»Meine Eltern werden in weniger als dreißig Minuten hier sein. Sie haben angerufen, als sie die Brücke überquert haben, die in die Stadt führt«, informiert mich Braxton und tätschelt meinen Hintern, als er an mir vorbeigeht. Meine Augen weiten sich entsetzt, während er im begehbaren Kleiderschrank verschwindet. »Ich habe meiner Mom gesagt, dass du hier bist. Sie freut sich, dich kennenzulernen.«

Automatisch sehe ich mich im Raum nach einem Versteck um und schüttle schließlich den Kopf. Eine unnötige Idee. Ich habe ein Apartment nur ein paar Stockwerke weiter unten. Ich verlasse das Badezimmer und suche mein Handy und meine Tasche, damit ich mir Zugang zu meiner Wohnung verschaffen kann. Zum ersten Mal wünsche ich mir, ich hätte meine dumme Uhr nicht abgenommen. Da ich meine Sachen nicht im Schlafzimmer vorfinde, gehe ich in die Küche, dann ins Wohnzimmer und schließlich ins Büro.

»Darf ich fragen, wonach du suchst?«, murmelt Braxton beiläufig, und ich drehe mich zu ihm um. Er lehnt an der Küchenanrichte und trinkt einen Becher Kaffee.

»Ich brauche meine Handtasche und mein Handy«, erkläre ich und wandere zurück, um unter der Couch nachzusehen.

»Wofür benötigst du deine Handtasche?«

Ich stoße keuchend den Atem aus. »Ich muss nach Hause.«

»Du kannst nicht nach Hause.« Er nimmt einen Schluck von seinem Kaffee.

Ich stampfe mit dem Fuß auf. »Braxton, jetzt ist nicht der richtige Zeitpunkt, um mir vorzuschreiben, was ich tun soll und was nicht. Ich muss in mein Appartement. Ich habe seit zwei Tagen keinen Conditioner mehr benutzt und will deine Eltern nicht in deiner Unterwäsche treffen.«

»Conditioner?«

»Frauen benutzen ihn, nachdem sie ihre Haare gewaschen haben. Wenn sie es nicht tun, sehen diese so aus wie meine gestern, nachdem sie trocknen waren.«

»Was war gestern mit deiner Frisur nicht in Ordnung?« Er runzelt die Stirn.

»Oh mein Gott.« Ich stoße meine Hand in die Luft. »Das ist nicht der Punkt! Es geht darum, dass ich meine Tasche finden muss, damit ich in meine Wohnung gehen kann. Wo ist sie?«

»Ich weiß nicht, wo deine Tasche ist.« Ich verenge die Augen und versuche, herauszufinden, ob er lügt. »Hast du sie letzte Nacht in der Hütte oder in meinem Auto gelassen?«

Habe ich das? Verdammt. Ich kann das nicht ausschließen. »Wo sind deine Autoschlüssel? Ich fahre runter in die Tiefgarage und sehe in deinem Wagen nach.« Als er sich keine Mühe macht, mir zu helfen, beginne ich nach seinen Schlüsseln zu suchen. Dabei schwöre ich mir, nie, aber auch wirklich nie wieder meine Uhr abzunehmen.

»Wenn du deine Uhr tragen würdest, bräuchtest du weder dein Handy noch deine Handtasche«, informiert er mich selbstgefällig, als hätte er soeben meine Gedanken gelesen. Ich drehe mich gerade so weit um, dass ich ihn wütend anstarren kann. Er hält sein Getränk hoch. »Ich sage es ja nur, Baby. Ich habe mir die Apps auf dieser Uhr ausgedacht, um Situationen wie diese zu verhindern.«

»Ich hasse dich«, murmle ich und ignoriere sein Lachen, während ich ins Schlafzimmer gehe, um dort zu suchen.

Nachdem ich seine Schubladen und die schmutzige Wäsche durchstöbert sowie unter jeder Oberfläche im Schlafzimmer nachgesehen habe, stapfe ich in die Küche und stemme die Hände in die Seiten. »Ich werde dich jetzt freundlich bitten, mir deine Schlüssel zu geben, und wenn du es nicht tust, schwöre ich, dass ich dich umbringen und mich erst später um die Konsequenzen kümmern werde.«

»Baby, ich möchte, dass du meine Eltern kennenlernst.« Er grinst, und ich spüre, wie mir sämtliches Blut aus dem Gesicht weicht. Ich schließe die Lider, hoffend, dass er scherzt. Als ich eine Frau kichern und einen Mann lachen höre, weiß ich, dass das nicht der Fall ist. Langsam öffne ich meine Augen wieder und drehe mich um. Hinter dem Küchentresen stehen ein Mann und eine Frau, beide attraktiv, an beiden erkenne ich Merkmale, die sie an ihren Sohn weitergegeben haben. »Mom, Dad ...« Braxton kommt zu mir und nimmt meine Hand. »Ich möchte, euch Dakota vorstellen. Dakota, meine Eltern, Bret und Alisha Adams.«

»Ich versichere euch, dass ich euren Sohn nicht wirklich umbringen wollte«, platzt es aus mir heraus, als ich ihre bohrenden Blicke auf mir spüre. »Ich meinte nur ... ich wollte nur ...«

»Kannst du dir vorstellen, wie oft ich Braxton mit dem Tod oder irgendeiner Form von Folter gedroht habe, als er noch jung war?«, fragt mich seine Mom mit einem Lächeln. »Jeden Tag. Denn er hat jeden Tag seines Lebens irgendetwas getan, was mich an den Rand eines Nervenzusammenbruchs gebracht hat.«

»Das ist wahr«, bestätigt sein Dad, der Jeans und einen Hoodie mit einem Fußballteam-Logo auf der Vorderseite trägt. Er tritt an mich heran, umarmt mich kurz und setzt sich auf einen der Hocker am Küchentresen.

Ich blicke zu Braxton. Angesichts seines Gesichtsausdrucks kann ich nicht anders, als zu kichern.

»Danke, Leute«, murmelt er, was mich noch mehr erheitert.

Seine Mom, die in ihrer Jeans und einer weißen Bluse sehr stilvoll aussieht, kommt zu mir herüber. Sie umfasst meine Oberarme und hält meinen Blick fest. »Wir wissen, wie frustrierend unser Sohn sein kann. Wir können deine Gefühle also nur zu gut nachvollziehen.«

»Nochmal danke.« Braxton seufzt.

»Was denn? Wir müssen alle zusammenhalten.« Seine Mom lächelt.

»Ihr wollt euch mit ihr gemeinsam gegen mich verschwören.«

»Je mehr wir sind, desto besser.« Sein Dad prostet mir mit

einer Tasse Kaffee zu, was mich zum Lächeln bringt.

»Nun, ich bin froh, zu wissen, dass ich nicht allein bin. Es tut mir wirklich leid, wie ich gerade aussehe.« Ich werfe Braxton einen bösen Blick zu. »Ich habe versucht, in meine Wohnung zu gelangen, um etwas zum Anziehen zu holen. Ich wollte euch nicht in diesem Aufzug gegenübertreten.«

Seine Mutter drückt meine Arme. »Braxton hat uns erklärt, dass in deine Wohnung eingebrochen wurde und die meisten deiner Sachen zerstört wurden. Das tut mir sehr leid. Falls dich das etwas aufbaut: ich finde, du siehst bezaubernd aus.«

»Danke.« Ich verlagere das Gewicht von einem Bein auf das andere. Nun mache ich mir keine Sorgen mehr wegen des ersten Treffens mit seinen Eltern, dafür frage ich mich, ob es zu früh ist, um ihnen zu sagen, dass ich sie vielleicht schon jetzt liebe.

»Wenn du möchtest, kann ich dir rasch ein paar Sachen besorgen«, bietet sie an und gibt mich wieder frei. »Zumindest etwas zum Anziehen, damit du dich nicht mehr unwohl fühlst. Dann können wir in deine Wohnung gehen, eine Liste mit den Dingen, die du sonst noch brauchst, erstellen und losfahren, um sie zu organisieren.«

»Du suchst nur einen Grund zum Einkaufen«, mischt sich Bret ein. »Ach nein, als bräuchtest du jemals einen Grund zum Einkaufen.« Alisha geht zu ihrem Mann und küsst ihn auf die Wange.

»Stört es dich, wenn dir meine Mom ein paar Sachen holt?«, fragt mich Braxton leise, während er mir eine Tasse Tee hinhält.

»Bist du sicher, dass du das tun möchtest?«, wende ich mich an Alisha.

»Ich fürchte, mein Mann hat recht. Ich gehe unglaublich gern einkaufen«, erklärt sie, nimmt ihr Handy aus ihrer Tasche und bringt es mir. »Schreib einfach auf, was du benötigst und welche Größe du hast, dann lasse ich mich von Bret die Straße runter zu *Target* fahren.«

Ich nehme ihr Handy und notiere schnell ein paar Basics. Als ich fertig bin, senke ich kurz die Lider. »Es tut mir leid. Ich habe kein Geld bei mir und weiß nicht, wo mein Portemonnaie ist.« Ich fange an, den Text zu löschen, doch Braxton nimmt mir das Handy ab, bevor ich mein Vorhaben beenden kann, um selbst etwas in das Handy einzutippen.

»Hier, Mom.« Er gibt ihr das Handy zurück, nimmt eine einfache schwarze Kreditkarte aus seiner Brieftasche und reicht sie ihr. »Bitte kauf, was auf der Liste steht und was Dakota deiner Meinung nach sonst noch brauchen könnte.«

»Verstanden.« Sie scheint sich darauf zu freuen, sein Geld auszugeben, aber bei mir verursacht es Magengrummeln.

»Bitte nicht«, sage ich leise, woraufhin sie mich ansieht. »Ich brauche nur ein paar Dinge zur Überbrückung. Der Rest folgt heute Nachmittag, nachdem ich meine Handtasche aufgespürt habe.«

Sie schaut zwischen mir und Braxton hin und her, doch ich kenne sie nicht gut genug, um zu wissen, was sie denkt. Einen Moment später nickt sie, bevor sie auf dem Absatz kehrtmacht und sich ihre Tasche schnappt. »Lass uns gehen, alter Mann.«

»Wir sind bald zurück.« Bret erhebt sich, nimmt seine Schlüssel von der Theke. Er wirkt angesichts des bevorstehenden Einkauftrips nicht so glücklich wie seine Frau.

Sobald sie verschwunden sind, setze ich mich mit meinem Tee an die Kücheninsel und Braxton geht zur Tür, um abzuschließen. Als er zu mir zurückkommt, legt er seine Arme um mich und streichelt meinen Nacken. »Nur so eine Vermutung, aber ich denke nicht, dass dich meine Eltern hassen,« flüstert er mir ins Ohr, was mich erschauern lässt.

»Sei nicht so selbstgefällig.« Ich neige den Kopf zur Seite, als er beginnt, meinen Hals zu küssen. Als er eine meiner Brüste umfasst, während er mit der anderen Hand zwischen meine Schenkel gleitet, entlockt er mir ein leises Wimmern. »Braxton.«

»Spreiz deine Beine für mich, Dakota.«

Keuchend tue ich, was er verlangt. Er schiebt seine Hand unter den Bund seiner Boxershorts, die meine intimsten Stellen verhüllt. In der Sekunde, als er meinen Kitzler zu umkreisen beginnt, stöhne ich auf.

»Weißt du, wie weich du hier bist?« Er dringt mit zwei Fingern in mich ein. »Wie eng und feucht du bist? Wie sehr ich die kleinen Geräusche liebe, die du von dir gibst? Und wie deine Pussy pulsiert, wenn du kurz vor dem Kommen bist?« Sein Atem streift mein Ohr und meine inneren Muskeln ziehen sich um seine Finger zusammen. »Lass los.«

»Oh Gott.« Meine Beine fangen an zu zittern und Sterne beginnen, hinter meinen Lidern zu tanzen, während ich meine Finger um die Stuhllehne kralle. Als sich der Orgasmus in mir aufbaut, nimmt er seine Hand wieder weg. »Hör nicht auf.«

Leise lachend dreht er den Hocker herum. Als Nächstes bin ich plötzlich die Boxershorts los. Dann kniet er vor mir nieder und vergräbt sein Gesicht zwischen meinen Beinen. Ich lege einen Fuß auf seine Schulter und stütze mich mit dem anderen am Rand des Küchentresens ab. Genussvoll macht er sich mit dem Mund über mich her. Zugleich schiebt er seine Finger wieder in mich und leckt und saugt an meiner Klit.

Die Erregung, die sich aufgebaut hatte, kehrt mit aller Wucht zurück, und ich werfe den Kopf in den Nacken, als ich über den Abgrund stürze. Mein Herz pocht wie wild und mein Atem geht stoßweise. Ich fahre mit den Fingern durch Braxtons Haar und konzentriere mich auf sein wunderschönes Gesicht. Als sich unsere Blicke treffen, sehe ich eine Million Fragen und Emotionen in seinen Augen aufblitzen.

»Was ist?«, frage ich leise und umfasse sein Kinn.

»Ich sage es dir, wenn der richtige Zeitpunkt gekommen ist.« Er hebt mich hoch, und ich schlinge meine Beine um seine Hüften und halte mich an ihm fest, während er mich durch den Raum trägt, um sich mit mir auf seinem Schoß auf der Couch niederzulassen.

Nachdem er mir das T-Shirt über den Kopf gezogen hat, befreit er seinen Schwanz aus seiner Hose. Er reibt ihn an meiner Pussy, was mich dazu bringt, meine Nägel in seine Schulter zu versenken. »Nimm mich langsam«, verlangt er und bewegt sich nicht, als ich mich auf ihn sinken lasse. Angesichts des exquisiten Gefühls, von ihm ausgefüllt zu sein, beiße ich mir auf die Lippen. Keuchend packt er meinen Hintern mit einer Hand und meinen Nacken mit der anderen.

Ich bewege mich langsam auf und ab und genieße die Verbindung zwischen uns, den Ausdruck auf seinem Gesicht, das Gefühl seiner Haut an meiner. Er zieht mich zu sich und ich küsse ihn leidenschaftlich, ehe er mich drängt, schneller zu werden. Als er die Kontrolle über den Kuss übernimmt, überlasse ich ihm die Führung, wissend, dass er mir immer wunderschöne und lustvolle Gefühle bereitet.

Nachdem er seinen Mund von meinem gelöst hat und meinen Hintern packt, lehne ich meine Stirn an seine. In einem gemeinsamen Rhythmus bewegen wir uns Richtung Höhepunkt. Als meine inneren Muskeln zu pulsieren beginnen, fordert er mich auf, ihn noch schneller und heftiger zu reiten. Ich versuche es, aber mein Orgasmus lässt meinen Körper bereits erbeben. Braxton dreht mich auf den Rücken, legt meine Beine über seine Schultern und fickt mich hart. So hart, dass ich ihn fast schon zu intensiv spüren kann, doch der leichte Schmerz scheint das Vergnügen nur noch zu verstärken, das durch meinen Körper fließt.

Schließlich zuckt sein Becken, als er ebenfalls Erlösung findet. Seine Bewegungen werden langsamer, ehe er meine Beine von seinen Schultern schiebt und mich noch einmal küsst. Dieses Mal jedoch liebevoll und süß, so als wollte er mich daran erinnern, dass er immer noch sanft und zärtlich sein kann, egal, wie hart er mich nimmt. Kurz darauf hebt er mich hoch, ohne unsere Verbindung zu trennen, und trägt mich in sein Schlafzimmer, wo er mich auf dem Bett ablegt. Als er sich aus mir zurückzieht, bedauere ich sofort, ihn nicht mehr so unmittelbar zu spüren.

»Ich bin gleich wieder da.« Er küsst mich auf die Stirn, meine Nase und meine Lippen, breitet das Bettlaken über meinem Körper aus und verschwindet im Badezimmer. Ich höre das Wasser laufen und etwas später kommt er mit einem Waschlappen zurück, mit dem er mich säubert, bevor er meinen Bauch küsst. Nachdem er mich wieder zugedeckt hat, entsorgt er den

Lappen.

Bei seiner Rückkehr trägt er Jeans und ein schwarzes T-Shirt. Ich setze mich auf und halte das Laken an meine Brust gedrückt, mich mit dem Rücken an das Kopfende lehnend. »Kannst du bitte in deinem Auto nach meiner Tasche suchen?«

Er stützt sich mit einer Hand auf dem Bett ab, baut sich über mir auf und murmelt ein leises *Nein.*

»Braxton. Ich bin gerade glücklich und entspannt. Ruiniere das nicht, indem du mir auf die Nerven gehst.«

Er lächelt und senkt den Kopf, sodass seine Lippen mein Ohr berühren. »Deine Tasche befindet sich auf dem Tisch neben der Haustür. Wenn du nicht so sehr damit beschäftigt gewesen wärst, Fluchtpläne zu schmieden, hättest du sie schon bemerkt.«

»Du wusstest, wo sie war«, erwidere ich anklagend.

»Ich habe sie entdeckt, als ich die Tür abgeschlossen habe, damit meine Eltern uns nicht beim Sex überraschen.«

Oh mein Gott, an ihre mögliche Rückkehr habe ich nicht einmal gedacht. Ich spüre, wie ich erröte, was ihn auflachen lässt. »Du bist unmöglich.«

»Trotzdem liebst du mich.« Er grinst, und mein Herz pocht wie wild, weil er möglicherweise recht hat.

Möglicherweise liebe ich ihn.

Verdammt.

14. Kapitel

Dakota

»Sie sehen glücklich aus«, sagt Braxton und ich schaue mir das noch nicht ganz trockene Foto meiner Eltern etwas genauer an, das ich in der Hand halte. Mein Vater trägt eine Jeansjacke und hat meine Mom huckepack auf dem Rücken, die mit einem Lächeln über seinen Kopf hinwegschaut. Beide sehen jung aus; das Bild wurde wahrscheinlich kurz nach Beginn ihrer Beziehung aufgenommen oder ein wenig später.

»Das sind sie auch.« Ich befeuchte meine Lippen, und er umarmt mich. »Sie haben sich geliebt. Sie waren unzertrennlich.« Tränen brennen in meiner Kehle und lassen sie unangenehm eng werden. »Es fällt mir schwer, daran zurückzudenken, wie glücklich sie waren. Dass wir alle glücklich waren. Es ist, als hätten all die schmerzhaften Phasen meiner Kindheit die guten Zeiten überschattet, die wir hatten, bevor sich schlagartig alles änderte.«

»Ich denke, das ist normal, Baby. Es ist immer schwierig, sich an die guten Zeiten zu erinnern, wenn man viele Dinge erlebt hat, die einen verletzt haben.« Er dreht mich zu sich herum, bevor er den Blick durch meine Wohnung wandern lässt und seine Stimme senkt. »Jamie wird bald hier sein. Warum fährst du nicht zu mir hoch und wartest dort auf ihn, und ich kümmere mich um die Angelegenheit hier?«

»Ich schaffe das schon. Vermutlich werde ich ohnehin nicht viel länger brauchen, um alles Wichtige ausfindig zu machen.« Das ist eine Lüge. Ich habe verdrängt, wie schlimm es um meine Wohnung steht. Trotz der Hilfe von Braxton und seinen Eltern habe ich über eine Stunde gebraucht, um alle meine Fotos aufzusammeln und zum Trocknen auf die Küchentheke zu legen. Meine Kleidung und andere Dinge sind immer noch in der Wohnung verstreut. Ein Teil davon liegt im Waschbecken und in der Badewanne, die noch immer mit Wasser gefüllt sind.

»Dakota!«, ruft Alisha, was mich veranlasst, mich von Braxton ab- und ihr zuzuwenden. »Warum lässt du Bret und mich nicht all die Sachen sammeln, die wir für rettbar halten. Braxton sorgt im Anschluss dafür, dass man sich um alles andere kümmert?«

Ich schaue von ihr zu ihrem Ehemann. Seit ich in der Kleidung, die sie für mich besorgt haben, wieder zu ihnen gestoßen bin, waren sie an meiner Seite und packten an, wo sie nur konnten. Ich sehe mich hilflos um, halte jedoch inne, als sie meine Hand nimmt.

»Mir ist bewusst, dass du hierbleiben möchtest, aber ...« Sie macht eine Pause und blickt immer noch genauso besorgt um sich wie vorhin, als sie den Ort der Verwüstung betreten hat. »... ich denke nicht, dass du das solltest.«

Ich atme tief durch und nicke, weil ich weiß, dass sie recht hat. Jetzt, wo ich meine Fotos wiederhabe, spielt der Rest sowieso keine Rolle mehr. »Okay.« Ich umarme sie. »Vielen Dank.«

»Gern geschehen«, sagt sie leise, lässt mich los und sieht ihren Sohn an. »Begleite Dakota doch nach oben.«

Ohne ein weiteres Wort führt mich Braxton zum Fahrstuhl, und Augenblicke später betreten wir seine Wohnung. Ich stelle das Glas mit meinem Fisch, den ich ebenfalls retten konnte, auf die Theke in der Küche, gehe zur Couch und lasse mich rücklings nach hinten fallen. Ich sollte nicht müde sein, aber ich fühle mich erschöpft. Ich brauche Urlaub, und zwar einen langen Urlaub.

»Möchtest du einen Tee?«, fragt Braxton, und ich gebe ein zustimmendes Geräusch von mir.

»Ich werte das als ein Ja.« Er lacht und kommt zu mir, um sich neben mir auf dem Couchtisch niederzulassen und mir einen Becher entgegenzuhalten.

Ich richte mich auf und nehme den Tee an mich. »Danke.«

Ich nippe daran und betrachte Braxton ausgiebig. Als er sich nach vorn beugt und seine Ellenbogen auf den Knien abstützt, spannt sich sein T-Shirt über seinen Schultern, wodurch das Spiel seiner Oberarmmuskeln zu sehen ist. »Ich mag dich in Klamotten für Durchschnittsmenschen.«

»Klamotten für Durchschnittsmenschen?«

»Ich bin es gewohnt, dir in Anzügen und dergleichen zu begegnen, Jeans und T-Shirts stehen dir allerdings hervorragend.«

»Hm.«

Ich nehme einen Schluck Tee. »Würdest du schlecht von mir denken, wenn ich den Umstand nutze, dass ich mit dir schlafe, um einen Urlaub rauszuschlagen?«

»Wie bitte?« Er lacht.

»Nun, ich möchte unbedingt wegfahren, habe jedoch gerade erst angefangen, für IMG zu arbeiten. Ich kann mir nicht vorstellen, dass mir schon ein paar freie Tage genehmigt würden. Könntest du dich nicht ein bisschen für mich einsetzen?«

»Kommt drauf an.«

»Worauf?« Ich ziehe eine Braue in die Höhe.

»Was genau wärst du bereit, zu tun, um diesen Urlaub zu bekommen?«

»Ich bin mir sicher, diese Frage könnte als sexuelle Belästigung gedeutet werden«, entgegne ich, als er mir den Becher aus der Hand nimmt und ihn auf den Tisch stellt. Dann drängt er mich rücklings auf die Couch. »Was machen Sie da, Mr Adams?«

Er öffnet den Mund, um zu antworten, doch ein nerviges Summen unterbricht den Moment. Mit einem frustrierten Stöhnen lehnt er seine Stirn gegen meine. »Das ist wahrscheinlich dein Bruder.«

»Am liebsten wäre mir, wenn dieser Tag schon vorbei wäre«, sage ich seufzend, was er mit einem Grinsen quittiert. Nachdem er sich erhoben hat, geht er zur Gegensprechanlange, die an der Küchenwand angebracht ist, und teilt dem Securitypersonal mit, dass Jamie raufkommen darf. Sekunden später öffnen sich die

Aufzugstüren und mein Bruder betritt die Wohnung. Ich mache mir nicht einmal die Mühe, von der Couch aufzustehen, um ihn zu begrüßen.

Als er vor mir steht, runzelt er die Stirn. »Was ist los?«

»Wir müssen uns unterhalten«, sagt Braxton, der zwei Bierflaschen geholt hat und eine davon Jamie hinhält.

»Bekommt ihr zwei ein Baby?«

Ich schaue zu Braxton, mich sofort fragend, wie ich seinen Gesichtsausdruck deuten soll. »Ich bin nicht schwanger.« Jamie entspannt sich sichtlich, aber ich bin zu feige, um Braxton noch einmal anzusehen. Ich nehme die Pille und ich habe mit ihm noch nicht über Kinder gesprochen. Keine Ahnung, ob er eines Tages eine Familie haben möchte. Ich hoffe es, denn ich wünsche mir das auf jeden Fall, und mir ist klar, dass das mit uns niemals funktionieren wird, falls er in diesem Punkt ganz anders denkt als ich. »Kannst du dich bitte hinsetzen?« Ich klopfe auf den freien Platz links neben mir. Nachdem sich Jamie auf der Couch niedergelassen hat, nehme ich seine Hand.

»Was zum Teufel ist bloß los? Ihr zwei macht mir Angst.«

»Letzte Nacht ist jemand in meine Wohnung eingebrochen und hat sie verwüstet«, erzähle ich und erwarte eine entsprechende Reaktion. Er starrt mich jedoch nur an. »Ich hielt mich zu diesem Zeitpunkt nicht zu Hause auf. Braxton und ich waren in seiner Hütte.«

»Ich habe einige Leute damit beauftragt, die Sache zu untersuchen«, mischt sich Braxton ein und nimmt zu meiner Rechten Platz. »Die Polizei ist involviert und auf dem neuesten Stand der Dinge.«

»Habt ihr schon eine Idee, wer es getan hat?«, fragt Jamie nach ein paar Momenten, und ich sehe Braxton an. Er hat seit den Morgenstunden wiederholt mit den Cops und den von ihm angeheuerten Männern telefoniert, mir seitdem jedoch nichts Neues erzählt. Ich bin nicht darüber informiert, was genau vor sich geht.

»Nein.« Braxton legt seine Hand auf meinen Oberschenkel. »Wir warten immer noch darauf, dass sie sich das Videomaterial der Kameras im Gebäude ansehen. Die Polizei überprüft außerdem die Fingerabdrücke, die sich am Paket befanden, und jagt sie durch ihre Datenbank. Es kann einige Tage dauern, bis wir über die Ergebnisse aufgeklärt werden.«

Jamie murmelt etwas, das ich nicht verstehen kann, reibt sich über sein Gesicht und fährt sich mit den Händen durch sein Haar. »Also, was machen wir bis dahin?«

»Wir müssen einfach warten.« Ich zucke mit den Schultern. »Ich weiß, dass das unbefriedigend ist, aber wir können momentan nichts anderes tun.«

»Willst du hier bei ihm bleiben oder mit zu mir in meine Wohnung kommen?«, fragt Jamie, während sich Braxton versteift und sein Griff um meinen Oberschenkel fast schmerzhaft wird.

»Ich werde bei Braxton bleiben.« Ich senke meine Stimme, als ich die Aufmerksamkeit meines Bruders habe. »Bitte sei nicht böse.« Ich möchte ihn nicht verärgern oder ihm das Gefühl geben, dass ich Braxton ihm vorziehe, aber ich fühle mich hier sicher. Trotz allem verspüre ich keine Angst, und das liegt an dem Mann an meiner Seite.

»Ich bin dir deshalb nicht böse. Ich verstehe es. Außerdem denke ich, dass du hier sowieso sicherer bist.« Er lehnt sich zurück und legt seinen Knöchel über sein Knie. »Ich werde den Jungs berichten, was vorgefallen ist. Es könnte sein, dass sie nach dir sehen wollen.«

»Sie sind hier jederzeit willkommen«, erklärt Braxton, und ich bedecke seine Hand mit meiner und drücke sie im Versuch, ihm zu vermitteln, wie viel mir diese winzige Geste bedeutet. »Was machst du heute Abend?«

»Bisher nichts. Was habt ihr vor?«, möchte Jamie wissen.

»Meine Eltern sind angereist und wir wollen später Essen gehen. Du kannst dich uns gern anschließen, wenn du möchtest«, schlägt Braxton vor.

»Bitte komm mit.« Ich falte flehentlich die Hände.

Jamie lächelt mich an. »Ja, okay«, stimmt er zu, und ich ziehe ihn in eine Umarmung.

Als ich ihn wieder loslasse, steht er auf und sieht Braxton an. »Da ich jetzt schon mal hier bin, warum zeigst du mir nicht deine Bude?«

Ohne ein Wort küsst Braxton mich auf meinen Scheitel und erhebt sich.

Ich schaue zwischen den beiden hin und her und kämpfe gegen den Drang an, mit den Augen zu rollen. »Euch beiden ist klar, dass ich nicht völlig naiv bin, oder? Ich weiß, dass ihr über mich reden werdet.« Mit einer Handbewegung scheuche ich sie fort. »Na los. Spendet euch gegenseitig Trost«, sage ich sarkastisch. Als beide Männer amüsiert von dannen ziehen, lächle ich in mich hinein.

Ich nehme meinen Tee wieder zur Hand und trinke einen Schluck, erleichtert, dass dieses Gespräch hinter mir liegt. Zugleich frage ich mich, was mich als Nächstes erwartet und was passieren wird, wenn die ganze Sache vorbei ist. Bis gestern wusste ich nicht, dass Braxton einen triftigen Grund für sein übertriebenes Verhalten hatte. Ich war ahnungslos, dass ich mit einer realen Bedrohung konfrontiert bin. Einer Bedrohung, die der Auslöser für seine übermäßige Schutzbereitschaft war. Nun frage ich mich, ob er sich tatsächlich ändern wird, wenn diese Situation ausgestanden ist. Ein kleiner Teil von mir hofft sogar, dass er sich nicht zu sehr ändert. Ich mag es, dass er beschützerisch und besitzergreifend ist. Ich mag es, dass ich ihm so wichtig bin, dass er sich Sorgen um mich macht. Vielleicht bin ich wirklich genauso verrückt wie er.

Wenig später schließe ich die Tür des Geschirrspülers und höre, wie jemand die Wohnung betritt. Alisha und Bret tragen große schwarze Müllsäcke herein, die eine Wasserspur auf dem Boden hinterlassen.

»Mädchen, wenn ich herausfinde, wer dermaßen in deiner Wohnung gewütet hat, werde ich ihn erschießen«, grummelt Bret in meine Richtung, bevor er Alisha den Müllsack abnimmt und ihn hinüber in die Wäschekammer schleppt. Ich sehe ihm nach und frage mich, ob ich es mir mit Braxtons Eltern verscherzt habe. Vielleicht hätte ich bleiben sollen, um aufzuräumen, und ihnen nicht zugestehen, mir diese Arbeit abzunehmen.

»Wir haben viele deiner Klamotten gerettet. Sie müssen nur gewaschen werden«, erklärt Alisha, während ich ein Handtuch nehme, um den Boden trocken zu wischen. »Und ich habe all deine Unterwäsche in eine separate Tüte gesteckt, da ich nicht wusste, ob du sie behalten möchtest.«

Ich begegne ihrem besorgten Blick. »Ich weiß es wirklich zu schätzen, dass ihr das für mich getan habt.«

»Gern geschehen.« Sie blickt zum Eingang der Wäschekammer, wo ihr Mann gerade verschwunden ist. »Bret ist nicht sauer auf dich. Er ist nur sehr beunruhigt wegen dieser ganzen Situation. Das sind wir beide«, flüstert sie.

Ich kaue auf der Innenseite meiner Wange herum. Keinesfalls möchte ich, dass Alisha und Bret befürchten, meine Anwesenheit könnte ihren Sohn in Gefahr bringen. Vielleicht sollte ich vorerst doch besser bei Jamie wohnen, zumindest, bis der Fall geklärt ist.

»Ich denke, ich werde für ein paar Tage bei meinem Bruder bleiben«, sage ich, und sie blinzelt mich verwundert an.

»Er ist zufällig gerade hier.« Ich sehe mich um und schüttle dann den Kopf. »Er und Braxton unterhalten sich gerade irgendwo. Er wird mit zum Abendessen kommen, und danach begleite ich ihn zu sich nach Hause.«

»Dakota, ich wollte nicht ...«

»Mom«, unterbricht Braxton ihren Satz, und wir wenden uns ihm zu.

»Hey, Liebes.« Sie scheint sich zu einem Lächeln in seine Richtung zwingen zu müssen, bevor sie Jamie ihre Aufmerksamkeit schenkt. »Du musst Dakotas Bruder sein.«

»Der bin ich.« Jamie, wie immer ganz Charmeur, tritt vor, um ihr die Hand zu schütteln und sie auf die Wange zu küssen. »Schön, dich kennenzulernen.«

»Gleichfalls.« Sie winkt Bret herbei, der gerade um die Ecke kommt, und ich verfolge, wie sich die drei einander vorstellen.

»Ist alles in Ordnung?«, vergewissert sich Braxton und verschränkt seine Finger mit meinen.

Ich lecke über meine Lippen, bevor ich zu ihm aufschaue. »Ja.«

Er zieht die Brauen zusammen und mustert mich prüfend. »Was ist passiert?«

»Nichts.« Seinem Gesichtsausdruck nach zu urteilen, verärgert ihn meine zu rasche Antwort.

»Dakota.«

»Es geht mir gut.« Ich lege meine Hände auf seine Brust. »Es ist alles nur ein wenig viel.«

Seine Miene wird weich und er lehnt seine Stirn an meine. »Vertrau mir, alles wird wieder in Ordnung kommen. Ich werde nicht zulassen, dass dir etwas geschieht.«

»Ich vertraue dir.« Das entspricht der Wahrheit. Ich vertraue ihm. Keine Ahnung, seit wann das so ist, aber in den letzten Tagen hat er mir bewiesen, dass ich es kann. Ich schließe meine Augen und umfasse seine Schultern. Dann stelle ich mich auf die Zehenspitzen, um ihn zu küssen, halte aber inne, als sein Handy klingelt. »Ich hasse dieses Ding wirklich wie die Pest.«

»Ich auch.« Seufzend lässt er mich los, um den Anruf entgegenzunehmen.

Ich wische weiter den Boden trocken, während sich mein Bruder und Braxtons Eltern im Wohnzimmer unterhalten. Als ich fertig bin, gehe ich in die Waschküche, wo ich einen der Säcke mit meinen nassen Klamotten öffne und anfange, sie nach und nach in die Waschmaschine zu werfen.

»Hey.« Ich blicke Jamie über meine Schulter hinweg an. »Ich mache mich auf den Heimweg. Wir sehen uns heute Abend im Restaurant«, sagt er und wirkt dabei ein wenig nervös.

»Bist du sicher, dass du nicht gleich hierbleiben willst?«, frage ich. Es wäre schön, ihn bei mir zu haben. Seine Anwesenheit nimmt mir etwas von dem Druck, den ich verspüre.

»Ich muss mich noch um etwas kümmern«, erwidert er, bevor er mich umarmt. »Wir sehen uns beim Dinner.«

»Bis später«, entgegne ich, und er macht sich auf die Socken. Ich starte die Maschine und glaube im Wohnzimmer neue

Stimmen wahrzunehmen. Dort eingelangt, bleibe ich abrupt stehen, da Samantha und Hanna mitten im Raum stehen, umgeben von Einkaufstüten.

Samantha ist die Erste, die mich entdeckt. Sie eilt auf mich zu und zieht mich in eine Umarmung. »Geht es dir gut?«

»Ja, mir geht es gut«, versichere ich ihr. »Was machst du hier?«

»Hanna hat mich angerufen.« Sie lässt mich los und winkt Braxtons Assistentin herbei. »Sie hat mir erzählt, was passiert ist, und mich gebeten, ihr bei der Besorgung von ein paar Sachen für dich zu helfen.«

Ich schenke Hanna ein Lächeln. »Vielen Dank.«

»Es tut mir so leid, Dakota«, sagt sie, während ich die mitgebrachten rosafarbenen, schwarzen, weißen und klassisch braunen Taschen betrachte. »Braxton hat mich beauftragt, für dich einige Dinge zu organisieren, und ich habe vielleicht ein bisschen über die Stränge geschlagen. Aber wer könnte mir einen Vorwurf machen? Es kommt nicht oft vor, dass eine Frau ohne Budgetlimit einkaufen darf.« Ich höre das Lächeln in ihrer Stimme, blicke aber zu dem Mann, der das in die Wege geleitet hat. Dem Mann, der mir immer wieder beweist, dass er sich um mich kümmern möchte. Vielleicht hat er recht und ich sollte meinen Stolz überwinden und ihm diese Fürsorge erlauben. Allerdings sollte ich ihn auch wissen lassen, wie sehr ich all das wertschätze, was er für mich getan hat.

Ich konzentriere mich wieder auf die beiden Frauen und nehme ihre Hände. »Ich danke euch beiden sehr. Ich weiß das wirklich zu schätzen.«

»Es hat Spaß gemacht.« Samantha lacht.

»Unglaublich viel Spaß sogar«, stimmt Hanna zu. »Und wir sind einfach nur froh, dass wir helfen konnten.«

»Habt ihr Mädels was dagegen, mir dabei unter die Arme zu greifen, all das Zeug wegzuräumen?«, fragt Alisha und schnappt sich eine Handvoll Taschen. Die beiden Frauen folgen ihrem Beispiel und machen sich mit den Utensilien auf den Weg zu Braxtons Schlafzimmer.

»Kann ich kurz mit dir reden?«, bitte ich Braxton, der sich daraufhin von der Couch abstößt und mir um die Ecke in die Waschküche folgt. Ich halte ihm die Tür auf und schließe sie hinter uns, nachdem er den Raum betreten und sich mit verschränkten Armen vor mir aufgebaut hat.

»Sei nicht sauer, weil ich die beiden einkaufen geschickt habe.«

»Halt die Klappe.« Ich werfe mich ihm an den Hals und küsse ihn mit allem, was ich habe, hoffend, dass er versteht, wie viel mir seine Taten bedeuten. Wie immer übernimmt er nach einem Moment die Kontrolle. Er hebt mich hoch, dreht sich mit mir um, drückt meinen Rücken an die Wand und küsst mich.

»Gern geschehen.« Er löst seine Lippen von meinen, und ich lächle. »Räum ein paar Schubladen frei, um Platz für deinen Kram in meinem Schrank und im Badezimmer zu schaffen.«

»Braxton ...«

»Diskutier nicht mit mir, Dakota«, unterbricht er mich, bevor ich ihm versichern kann, dass das nicht notwendig ist und ich so bald wie möglich in meine eigene Wohnung zurückkehren werde. »Tu es einfach.«

»Okay«, gebe ich nach, da er entschlossen wirkt. »Im Übrigen bezweifle ich sehr, dass jemand eine ganze Schublade für Krawatten braucht, die alle gleich aussehen.«

»Du magst meine Krawatten nicht?«

»Das habe ich nicht gesagt. Sie unterscheiden sich nur kaum. Allesamt sind schwarz, grau oder dunkelblau. Ich finde, du solltest etwas Farbe ins Spiel bringen. Was hältst du von Pink?«

»Nichts.«

»Bedeutet nichts, du magst kein Pink, oder du trägst keine rosa Krawatte?«

»Beides«, antwortet er, und ich grinse. »Was ist daran so lustig?«

»Nichts«, sagt er abermals.

Amüsiert küsse ich ihn und versuche dann, mich aus seinem Griff zu befreien. Als er mich nicht loslässt, werfe ich verzweifelt den Kopf in den Nacken. »Ich habe noch jede Menge zu tun«, erinnere ich ihn.

Er studiert mich für einen Moment und stellt mich wieder auf die Füße, ohne mich jedoch ganz freizugeben. »Du findest mich im Wohnzimmer, falls ich dir bei der Anprobe behilflich sein soll.«

Lachend tätschle ich seine Brust. »Ich werde dich wissen lassen, wenn ich deine Unterstützung brauche.«

Ich ertappe ihn dabei, wie er die Erektion in seiner Hose richtet, ehe ich hinüber ins Schlafzimmer gehe, um in seinem begehbaren Kleiderschrank Platz für meine Sachen zu schaffen. Dabei überlege ich, wie ich Braxton am besten beibringe, dass ich nicht hier bei ihm bleiben werde.

Ein wenig später habe ich das körperbetonte, langärmelige schwarze Kleid angezogen, das Hanna und Samantha für mich ausgesucht haben, und bin bereit für das Dinner. Ich stelle meine Handtasche auf das Bett, um alles darin zu verstauen, was ich heute Abend und morgen Früh brauchen werde. Ich hatte nicht den Mut, Braxton mitzuteilen, dass ich mit Jamie in seine Wohnung fahren werde, ebenso hatte ich noch keine Gelegenheit, Jamie darüber zu informieren. Ich hoffe, dass Braxton die Planänderung eher akzeptieren wird, wenn ich ihn in letzter Minute und im Beisein meines Bruders davon in Kenntnis setze.

Ich stecke mein Höschen, einen BH und die Kleidung für morgen in meine Tasche und schlendere ins Badezimmer, um einen Teil der Hygieneartikel zu holen, die Alisha dort verstaut hat. Mit vollen Händen kehre ich zum Bett zurück und lasse die Gegenstände darauf fallen. Es wird mich einige Mühe kosten, alles in die Tasche zu bekommen. Während ich Tetris mit den Gegenständen spiele, öffnet sich auf einmal die Schlafzimmertür. Rasch werfe ich das Ende der Decke über meine Handtasche.

»Hey«, quietsche ich, setze mich auf das Bett und versuche, so lässig wie möglich auszusehen, während Braxton die Tür schließt. Das schwarze Hemd und die graue Hose stehen ihm genauso gut wie seine Jeans und sein T-Shirt von vorhin. »Ich bin fast fertig.«

»Was machst du gerade?« Er mustert erst mich prüfend, dann das Bett. Ich lehne mich zurück, um das Ding hinter mir zu verbergen, ehe ich mein Bein ausstrecke und mit meiner Hand nach meinem Knöchel greife.

»Nur ein bisschen dehnen.« Ich lasse meinen Fuß auf die Matratze fallen und hebe meine Arme über den Kopf. »Das mache ich immer, wenn ich Absätze trage.« Wow, ich klinge wie eine absolute Idiotin.

»Und was versuchst du hinter deinem Rücken zu verstecken?« Er macht einen Schritt auf mich zu, woraufhin ich mich noch weiter zurücklehne.

»Nichts. Warum sollte ich etwas verbergen wollen?« In diesem Moment rollt meine brandneue Flasche Conditioner auf den Boden und bleibt vor seinen Füßen liegen. Er bückt sich, hebt sie auf und dreht sie in seiner Hand herum, um das Etikett zu lesen. »Oh ... ich frage mich, wie das hier reingekommen ist.« Ich greife nach der Flasche, doch zugleich wirft er die Decke zurück und meine Tasche kommt zum Vorschein.

»Willst du irgendwohin?«

»Ja, wir gehen zu einem Abendessen, erinnerst du dich?« Ich zucke zusammen, als er die Sachen aus meiner Tasche zieht. »Man weiß schließlich nie, wann man sich mal umziehen muss.« Nervös kaue ich auf meinem Fingernagel herum.

Braxton verdreht die Augen und packt mein Handgelenk. »Du bist eine schreckliche Lügnerin.«

»Du musst es ja wissen, schließlich bist du Meister auf diesem Gebiet«, gebe ich schnippisch zurück, doch er reagiert nicht auf meine Provokation.

»Meine Mom hat mir gerade erzählt, du könntest vielleicht eine ihre Aussagen missverstanden haben.«

»Was sollte das denn sein?« Ich versuche, mich dumm zu stellen.

Er starrt mich ernst an. »Es ging darum, dass sie und Dad sich Sorgen machen, Dakota.«

»Oh, das.« Ich fange an, den Inhalt meiner Tasche neu zu ordnen. »Sie haben allen Grund, besorgt zu sein. Das nehme ich ihnen nicht übel.« Ich runzle die Stirn, als er erneut meine Handtasche ausräumt, reagiere ansonsten aber nicht weiter darauf. Stattdessen beginne ich von Neuem, sie vollzustopfen, ohne ihn anzusehen. »Mir ist klar geworden, dass du aktuell durch mich in Gefahr sein könntest. Das will ich auf keinen Fall, also komme ich nach dem Abendessen mit zu Jamie.«

»Erscheint es dir sinnvoller, bei Jamie zu bleiben und ihn in Gefahr zu bringen?« Er nimmt meine Handtasche und wirft sie Richtung Kopfteil.

Ich ziehe irritiert die Nase kraus. Das hatte ich nicht bedacht. »Ich werde in einem Hotel übernachten.«

»Du willst in einem Hotel übernachten?«

»Das habe ich gerade gesagt.«

»Also wirst du Jamie und meinen Eltern, die alle um deine Sicherheit besorgt sind, eröffnen, dass du dir – allein – ein Hotelzimmer nimmst?«

»Deine Eltern werden froh sein, dass du keinem Risiko mehr ausgesetzt bist, und Jamie wird damit klarkommen, wenn ich ihm den Grund für meine Entscheidung erkläre.«

»Meine Eltern werden froh sein, dass *ich* keinem Risiko mehr ausgesetzt bin?«

Obwohl sein Ton und sein Blick nur zu deutlich eine Warnung an mich enthalten, antworte ich mit einem *Ja*.

Er mustert mich kurz, um dann den Kopf zu schütteln. »Ich habe gerade keine Zeit, mich damit zu befassen. Wir haben eine Reservierung zum Abendessen und müssen aufbrechen.«

»Wie bitte?« Ich stehe auf und folge ihm durch das Badezimmer hinüber in den begehbaren Kleiderschrank. »Was bedeutet das?«, frage ich, als er nicht antwortet.

Er dreht sich zu mir um und zieht ein zu seiner Hose passendes Jackett an. »Es bedeutet, dass ich nicht meinen Atem verschwenden werde, um mit dir zu streiten. Auf die eine oder andere Weise wirst du heute Abend mit mir nach Hause kommen.«

»Also ist dir gleichgültig, dass sich deine Eltern um dich Sorgen machen?« Ich verschränke die Arme vor der Brust und blockiere die Tür, als er einen Schritt auf mich zumacht.

»Sie machen sich keine Sorgen um mich. Sie machen sich Sorgen um dich.«

Ich ziehe die Brauen zusammen. »Sie kennen mich ja noch gar nicht richtig.«

»Sie wissen, dass ich mich gerade in dich verliebe, Dakota. Ihnen ist klar, dass es mich umbringen würde, würde dir etwas zustoßen. Also ja, sie sind beunruhigt, aber das liegt daran, dass sie Angst haben, dass dir etwas passieren könnte.« Er überbrückt die Distanz zwischen uns, greift nach meiner Hand und starrt auf mich herab. »Und jetzt müssen wir los.«

Ich gerate ins Straucheln. Die Worte *Ich verliebe mich gerade in dich* tanzen durch meinen Kopf und verursachen einen Schwindel, während mich Braxton praktisch aus dem Raum zerrt.

»Ist alles in Ordnung?«, vergewissert sich seine Mom, als wir das Wohnzimmer betreten. Sie erhebt sich von der Couch und betrachtet uns besorgt.

Ich weiß nicht, wie es um den Mann an meiner Seite bestellt ist, aber mit mir ist gerade so was von überhaupt *nichts* in Ordnung. Ich fühle mich benommen und mir ist ein wenig schwindelig. Wenn ich nicht bald Luft hole, werde ich möglicherweise vor Sauerstoffmangel ohnmächtig.

»Ja, alles ist okay«, antwortet Braxton, und ich sehe, wie sich seine Eltern einen vielsagenden Blick zuwerfen, ehe er mich mit sich zum Aufzug zieht. Sobald wir alle im Fahrstuhl sind und sich die Türen geschlossen haben, wird die Stille unangenehm. Ich verlagere mein Gewicht auf den anderen Fuß und schaue zu Braxton auf, der die Zähne so fest aufeinanderpresst, dass die Muskeln an seinem Kiefer hervortreten.

»Du siehst hübsch aus, Dakota.« Alishas Kompliment durchbricht die Stille und lenkt meine Aufmerksamkeit von ihrem Sohn ab. Sie hat sich umgezogen und trägt jetzt ein einfaches cremefarbenes Kleid mit einem bunten Schal um die Schultern, Bret wiederum ein Hemd und eine stilvolle Hose. Die beiden sehen aus wie die stolzen Eltern eines gut etablierten Geschäftsmannes.

»Danke, ihr beide seht auch gut aus.« Ich zwinge mich zu einem Lächeln und Braxton drückt meine Finger, die er immer noch fest umschlossen hält.

Als wir das Parkhaus erreichen, gehen wir alle zu seinem Benz und Braxton hält mir die Tür auf, damit ich einsteigen kann. Ich zögere und sehe zu ihm auf. Es gibt hunderte Dinge, die ich ihm sagen möchte, aber als sich unsere Blicke begegnen, bleibt mir jedes Wort im Halse stecken. Mit einem leisen Seufzer klettere ich auf meinen Sitz, und er schlägt die Tür zu.

Einen Moment später rutscht er hinter das Lenkrad. Der Blick, mit dem er mich bedenkt, sorgt dafür, dass ich mich schnell anschnalle. Nachdem er den Motor gestartet hat, greife ich über die Mittelkonsole zwischen uns, um seinen Oberschenkel zu berühren. Als er meine Hand mit seiner bedeckt, stoße ich den angehaltenen Atem aus und wünschte, ich wäre mutig genug, ihm zu sagen, dass ich mich auch in ihn verliebe.

15. Kapitel

Dakota

Als Braxton und seine Eltern abgelenkt sind, tippe ich unter dem Tisch auf meine Uhr, um nachzusehen, wie spät es ist. Kopfschüttelnd stelle ich fest, dass sich Jamie schon fast eine Stunde verspätet.

»Wahrscheinlich hängt er im Verkehr fest.« Bei Braxtons Worten zucke ich ertappt zusammen und spüre, wie er sanft meinen Oberschenkel drückt.

»Du hast wahrscheinlich recht.« Sorge und Frustration rumoren in meinem Magen. Ich würde gern sagen, dass Jamie nie zu spät kommt, aber ich bezweifle, dass er jemals pünktlich ist. Ich dachte nur, er wüsste, dass ich ihn heute Abend brauche.

»Er wird noch kommen.«

»Das sollte er besser auch«, murmle ich und greife nach meinem Weinglas. Ich trinke einen großen Schluck, stelle es aber schnell wieder ab, als ich die Blicke von Braxtons Eltern auf mir spüre.

Fehlt nur noch, dass sie annehmen, ich hätte ein Alkoholproblem und wäre kein guter Umgang für ihren Sohn.

»Dakota«, spricht mich Bret an, und ich richte meine Aufmerksamkeit auf ihn. Als ich den verunsicherten Ausdruck in seinen Augen sehe, spannen sich alle meine Muskeln an. »Ich denke, ich muss mich entschuldigen.« Er räuspert sich, und Alisha legt ihre Hand auf seine. »Ich war vorhin aufgebracht, nachdem ich gesehen hatte, was mit deiner Wohnung angestellt worden war, aber ich war nicht wegen dir verärgert.«

»Niemand von uns ist auf dich sauer«, beteuert Alisha mit einem sanften Lächeln.

»Wir wissen, dass das Vorgefallene nicht deine Schuld ist, und wir sind uns beide einig, dass der sicherste Ort für dich bei unserem Sohn ist.« Er schenkt mir ein Lächeln, das dem von Braxton unglaublich ähnelt. »Es sei denn, du willst mit zu uns nach Hause kommen, wenn wir uns wieder auf den Weg machen.«

Ich lache, erleichtert darüber, dass sie mich nicht hassen. »Ich brauche dringend mal Urlaub. Vielleicht nehme ich das Angebot sogar an.«

»Du bist jederzeit willkommen«, versichert mir Alisha, und Bret nickt zustimmend, als plötzlich Braxtons Handy zu klingeln beginnt.

Ich funkle es finster an, als er es aus der Tasche zieht und einen Blick auf das Display wirft. »Ernsthaft, ich finde dieses furchtbare Ding schrecklich«, sage ich mit einem Seufzer, während er etwas befremdet weiter auf sein Handy starrt.

»Entschuldigt mich bitte.« Er küsst mich auf meine Wange. »Ich bin gleich wieder da.« Er erhebt sich und legt seine Serviette auf den Tisch, um sich einen Weg durch das überfüllte Restaurant zu bahnen. Als er die Tür erreicht, hält er sich das Handy bereits an sein Ohr.

»Nun.« Ich greife wieder nach meinem Weinglas und sehe zwischen Bret und Alisha hin und her. »Falls ihr irgendwann nichts mehr von eurem Sohn hört, habe ich ihn entweder um die Ecke gebracht oder sein Handy in den Müll geworfen.« Beide lachen, und ich nehme noch einen Schluck. Dabei geht mir durch den Kopf, dass die Mitarbeiter des Restaurants etwas großzügiger einschenken könnten, zumal ich weiß, dass dieser Wein nicht tausende Dollar gekostet hat.

»Du tust ihm gut«, stellt Bret leise fest, als ich mein nun leeres Glas abstelle. »Du hast keine Scheu, ihn daran zu erinnern, dass die Arbeit nicht das Wichtigste in seinem Leben ist.«

»Trotzdem hat er den Tisch mit seinem Handy verlassen«, weise ich auf das Offensichtliche hin.

Alisha zuckt mit den Schultern. »Wir hoffen, dass er durch dich immer mehr erkennen wird, wie sehr sein Job sein Leben vereinnahmt hat.«

»Macht euch keine allzu großen Hoffnungen«, sage ich und

zucke zusammen, als ich eine Hand auf meine Schulter spüre. Ich neige meinen Kopf zurück und begegne Braxtons Blick. Der Ausdruck in seinen Augen jagt mir einen Schauder die Wirbelsäule hinab.

»Was ist passiert?«, frage ich, während er sich neben mich setzt und mich zu sich herumdreht. »Du machst mir Angst«, offenbare ich, als er meine Hände nimmt.

»Dieser Anruf war von deinem Bruder.«

»Jamie«, flüstere ich, und er nickt.

»Er wurde heute Abend verhaftet.«

Mein Magen zieht sich zusammen und ich kralle mich in seine Finger. »Verhaftet?«

»Ja. Freddie hat sich volllaufen lassen und angefangen, Lozz gegenüber von dir und mir zu reden. Zuerst dachte er sich nicht viel dabei, aber dann hat Lozz mit Jamie gesprochen. Dein Bruder erzählte ihm, dass deine Wohnung verwüstet worden war. Lozz zählte eins und eins zusammen, da ihm einfiel, dass Freddie am Freitag nicht mit ihnen nach Hause gegangen war. Jamie ist zu Freddie gefahren, um ihn zur Rede zu stellen, der immer noch betrunken war und zugab, was er getan hatte.«

»Wie bitte?«, flüstere ich, ganz sicher, ihn falsch verstanden zu haben.

»Es kam zu einer gewalttätigen Auseinandersetzung. Freddie ist jetzt im Krankenhaus, und Jamie auf dem Polizeirevier.«

Mir wird übel. »Ich glaube, mir wird schlecht.« Ich ziehe meine Hand unter Braxtons hervor und presse sie auf meinen Mund. Ich kenne Freddie nicht so lange wie Jinx und Lozz, aber er ist immer noch jemand, dem ich vertraue – einer der wenigen Menschen, denen ich wirklich vertraue.

»Ich habe meinen Anwalt angerufen. Er ist unterwegs zum Polizeirevier, um Jamie rauszuboxen, aber dein Bruder hat Freddie ganz schön zugerichtet. Wir müssen auf das Schlimmste gefasst sein.«

Ich schließe die Lider und lasse mein Kinn auf meine Brust sinken. Jamie war schon immer ein Hitzkopf, und wenn er die Kontrolle verliert, kann er sich nicht mehr zurückhalten. Ich kann mir nur vorstellen, was er Freddie angetan hat, nachdem er herausfand, dass er derjenige ist, der hinter allem steckt. Immerhin hat er ihn als engen Freund betrachtet.

»Ich kann das einfach nicht glauben.« Ich möchte nach dem Warum fragen, möchte seine Tat verstehen. Jetzt ist aber wohl nicht der richtige Zeitpunkt, um Fragen zu stellen. Ich muss mich zusammenreißen und für Jamie da sein, denn meine Hilfe wird er ziemlich sicher brauchen.

»Was meinst du, wie lange es dauert, bis der Anwalt bei ihm eintrifft?«

Braxton sieht auf seine Uhr. »Ich schätze eine Stunde, vielleicht zwei.«

»Ich will bei ihm sein«, erkläre ich, doch er schüttelt den Kopf. »Schlage mir meinen Wunsch nicht ab, Braxton.«

»Ich möchte dir das lange Warten auf dem Polizeirevier nicht zumuten. Ich lasse Jamie von meinem Anwalt zu mir in die Wohnung bringen, während wir versuchen herauszufinden, wie es Freddie geht.«

Freddie. Ich will mir keine Sorgen um ihn machen, dennoch kann ich mich nicht davon abhalten, und ich bin sicher, dass es Jamie nicht anders geht. »Wie schlimm ist es?«

»Jamie wusste es nicht genau. Er sagte nur, dass es schlimm um ihn stand und er bewusstlos war, als die Sanitäter ihn wegbrachten. Ich werde ein paar Anrufe tätigen, um Näheres herauszufinden, sobald wir wieder zu Hause sind.«

»Okay«, sage ich und sehe seine Eltern an. »Das Ganze tut mir schrecklich leid.«

»Entschuldige dich nicht«, erwidert Alisha sanft.

»Ich werde die Rechnung bezahlen«, erklärt Bret und wendet sich seinem Sohn zu. »Warum bringen du und deine Mom Dakota nicht schon mal zum Auto?«

Ohne ein Wort steht Braxton auf und zieht mich mit sich in die Höhe. Nachdem wir das Restaurant durchquert haben, lässt er Alisha und mich unter der Markise neben einem Heizstrahler zurück, während er zum Parkservice geht. Es ist nicht eiskalt, aber die Temperaturen sind so weit gesunken, dass ich mir wünschte, ich hätte meine Jacke. Bibbernd schlinge ich meine Arme um meinen Körper. Einen Moment später kommt Braxton zurück, zieht sein Jackett aus und legt es um meine Schultern.

»Vielen Dank.« Ich lehne mich an ihn, während er mit einem Arm meine Taille umfasst. Dann warten wir schweigend auf seinen Wagen. Der Knoten in meinem Magen wird dabei von Sekunde zu Sekunde immer größer. Wenn ich mein Handy hätte, könnte ich Lozz oder Jinx anrufen und sie fragen, was sie wissen. So kann ich mir nur alle möglichen Horrorszenarien ausmalen.

Eine Stunde später sitze ich vor einer Tasse Tee auf der Couch und zucke unruhig mit den Beinen, während ich Richtung Aufzug starre. Braxton kam vor ein paar Minuten aus seinem Büro und hat mich darüber informiert, dass Jamie unterwegs hierher ist, begleitet von Jinx und Lozz.

Seit wir heimgekommen sind, haben er und sein Vater mit seinem Anwalt, einem weiteren Juristen sowie der Polizei telefoniert. Außerdem haben sie das Krankenhaus angerufen, um herauszufinden, wie es Freddie geht. Ich weiß nicht, wie ich ohne sie mit dieser Situation klarkommen würde. Sogar Alisha war ruhig und besonnen und hat versucht, mich zu beruhigen.

»Trink etwas Tee«, drängt sie, nimmt meine Tasse und reicht sie mir, als die Gegensprechanlage summt.

Ich nehme den Becher entgegen und koste einen Schluck. Ich wünschte, die Wärme würde meine Sorgen fortwaschen. Alisha steht auf, und ich höre, wie sie dem Sicherheitsdienst die Erlaubnis erteilt, die Ankömmlinge nach oben zu lassen. Als sich einige Minuten später die Türen des Fahrstuhls öffnen, steigen Jamie, Lozz, Jinx sowie ein Mann im Anzug aus. Mein Magen zieht sich zusammen und meine Hände zittern, als ich das Blut auf Jamies Shirt, den Riss an seiner Lippe und sein blaues Auge sehe.

Er kommt zu mir und setzt sich neben mich auf die Couch. Lozz und Jinx nehmen ebenfalls Platz. Die drei blicken düster drein, als Alisha den Anwalt bittet, ihr zu Braxton zu folgen.

Ich stelle meine Tasse ab, lege meinen Kopf auf Jamies Brust und starre seine beiden Bandkollegen an, die uns gegenübersitzen. Ich möchte etwas sagen, habe jedoch keine Ahnung, was in dieser Situation angebracht sein könnte.

Ich schaue auf, als Braxton ins Zimmer kommt und mir einen warmen Blick zuwirft, ehe er den Anwalt zum Fahrstuhl begleitet. Sobald der ältere Herr verschwunden ist, kommt Braxton ins Wohnzimmer und wendet sich an meinen Bruder. »Freddie geht es gut.« Ich drücke meinen Bruder. »Die Ärzte sagten, er sei infolge einer Alkoholvergiftung umgekippt.«

»Also habe ich ihn nicht schwer verletzt?«, fragt Jamie und klingt so erleichtert, wie ich mich fühle.

»Ein wenig, aber nicht so schlimm, wie du angenommen hast. Sie behalten ihn über Nacht im Krankenhaus und die Cops werden am Morgen mit ihm sprechen, wenn er nüchtern ist. Es besteht die Möglichkeit, dass er gegen dich Anzeige erstattet, aber er wird selbst einige Fragen beantworten müssen. Die Polizei konnte seine Fingerabdrücke mit denen auf dem Paket abgleichen, das wir abgefangen haben.«

»Ich kann immer noch nicht glauben, dass er diesen Mist gemacht hat.« Jinx seufzt.

»Ich wünschte, ich könnte dir sagen, dass er die Sache in der Wohnung nicht zu verantworten hat, aber ich wurde vor ein paar Minuten darüber unterrichtet, dass er im Fahrstuhl auf Video aufgenommen wurde.«

»Ich verstehe nicht, was ihn dazu veranlasst hat. Er hat nie mit mir geflirtet. Er hat nicht einmal wirklich mit mir gesprochen.«

»Ich wusste, dass er etwas für dich übrighat«, gibt Lozz zu und fährt sich mit der Hand durch sein langes Haar. »Er war sich einfach nicht sicher, ob Jamie es okay finden würde, wenn er dich um ein Date bitten würde. Er wollte sicherstellen, dass du über die Troy-Scheiße hinweg bist, bevor er einen Versuch wagt.«

»Das hast du mir gegenüber nie erwähnt«, murmelt Jamie.

Lozz seufzt. »Ich hätte nie gedacht, dass es eine große Sache ist. Und ich wäre auch nie darauf gekommen, dass er eine solche Scheiße abziehen würde.«

»Im Moment gibt es zwar Wichtigeres, aber wir sollten Dan anrufen. Wir haben ein Bandmitglied verloren und müssen für Freddie Ersatz finden, bevor wir auf Tour gehen.«

»Verdammt«, stöhnt Jamie. »Am liebsten würde ich ihm noch einmal in den Arsch treten.«

Ich richte mich auf, um Platz für Braxton auf der Couch zu machen. Sobald er neben mir sitzt, kuschle ich mich an ihn. »Ihr müsst warten, ob Freddie Anzeige erstattet«, klärt sie Braxton auf. »Falls das geschieht, könnte es für dich etwas schwieriger werden, die Stadt zu verlassen. Sofern er sich dagegen entscheidet, wirst du Dan die Situation erklären müssen und ihn fragen, ob er jemanden kennt, der für Freddie einspringen kann.«

»Ich wollte ihn heute Abend sowieso nicht wirklich anrufen«, entgegnet Jamie, der müde aussieht. »Willst du hierbleiben?«, frage ich sanft, und Braxton drückt zustimmend meinen Oberarm.

»Nein, ich fahre nach Hause.« Er setzt sich auf und tätschelt mein Bein, ehe er Braxton mustert. »Danke für alles, was du heute Abend getan hast, Mann. Ich weiß das wirklich zu schätzen.«

»Jederzeit«, antwortet Braxton leise, und mein Hals wird vor lauter Emotionen ganz eng.

Irgendwann im Laufe der Zeit haben er und Jamie ihr ganz eigenes Band geknüpft. Mir ist bis eben nicht bewusst gewesen, wie viel mir daran liegt.

Jamie, Jinx und Lozz stehen auf, während ich mich von der Couch abstoße und Braxton mit mir in die Höhe ziehe. »Wie kommt ihr nach Hause?«, frage ich sie, als wir den Fahrstuhl erreichen.

»Mach dir keine Sorgen um uns. Wir nehmen ein Taxi, wenn wir unten sind«, sagt Lozz und umarmt mich. Jinx drücke ich als Nächstes, um dann zu meinem Bruder zu gehen, als er die Arme ausbreitet.

»Ich bin wirklich froh, dass es dir gut geht.« Ich schmiege mich an ihn, und er küsst mich auf mein Haar, ehe er mich wieder freigibt.

»Stan wird dich morgen Früh anrufen, nachdem Freddie einvernommen wurde. Danach werden wir unseren Standpunkt neu bestimmen«, kündigt Braxton an.

Bevor er ihm auf die Schulter klopft, nimmt Jamie Braxtons Hand. »Pass auf meine Schwester auf«, sagt er ernst.

Ich sehe zu, wie die drei Männer in den Fahrstuhl steigen und zum Abschied die Hand heben, während sich die Türen schließen.

Sobald sie weg sind, drehe ich mich um und schaue zu Braxton hoch. Ich lege meine Hände auf seine Brust und er umfasst meine Hüften. »Ich habe meine Meinung geändert.«

»Worüber?«, hakt er nach.

»Meine Bereitschaft, zu tun, was auch immer du willst, um diesen Urlaub zu bekommen, den ich vorhin erwähnt habe.«

Er grinst und küsst mich. »Ich werde es mir merken.«

»Ich bestelle für uns was vom Chinesen«, informiert uns Alisha, als sie das Zimmer betritt, und schaut sich um. »Oh, dein Bruder und seine Freunde sind ja schon wieder weg.« Sie sieht mich an. »Wollt ihr zwei auch etwas essen?«

»Sehr gern.« Ich lege meine Hand auf meinen Bauch. Jetzt, wo das ärgste Drama ausgestanden ist, merke ich, dass ich kurz vor dem Verhungern bin.

»Was soll ich für euch bestellen?« Sie lächelt und wir teilen ihr unsere Wünsche mit. »Es wird wahrscheinlich ein wenig dauern, bis das Essen kommt. Dein Vater macht inzwischen ein Nickerchen. Er hat heute einen langen Tag gehabt.« Lachend zieht sie sich zurück, und ich könnte Bret nicht besser verstehen. Der heutige Tag hat sich wie ein Jahr angefühlt. Ich bin unendlich froh, dass er vorbei ist.

Das Klingeln von Braxtons Handy weckt mich, und zum ersten Mal bin ich nicht davon genervt. Ich höre die Person am anderen Ende der Leitung sagen, dass Freddie gegen Jamie nicht gerichtlich vorgehen will und zugab, was er selbst auf dem Kerbholz hat. Braxton beendet den Anruf und legt sein Handy auf den Nachttisch zurück. Sofort kuschle ich mich enger an ihn.

Er positioniert mich so, dass mein Kopf auf seiner Brust ruht. »Bist du wach?«, fragt er, wobei sein Atem über meine Stirn streicht, während er mit den Händen meinen Rücken entlanggleitet.

»Ja.«

»Freddie wird keine Anzeige erstatten.«

»Jamie wird darüber sehr erleichtert sein.«

»Freddie wird wegen seiner Taten zur Verantwortung gezogen werden.«

»Gut«, murmle ich, dann herrscht Stille zwischen uns. Ich schließe die Augen und versuche, wieder einzuschlafen, aber Braxtons Aussage von gestern spukt ununterbrochen in meinem Kopf herum. »Kann ich dir eine Frage stellen?«

»Nur zu.« Er drückt aufmunternd meine Hüfte.

Ich lege den Kopf zurück und sehe ihn an. Seine Lider sind geschlossen. »Möchtest du einmal Kinder?«

Angesichts meiner Frage sieht er mich wieder an. Dann rollt er mich auf den Rücken und berührt meine Wange. »Ja, ich möchte Kinder.«

»Wie denkst du über Adoption?«, frage ich und halte den Atem an, als er mich intensiv mustert.

»Ist das für dich ein wichtiges Thema?«

»Ja«, gebe ich leise zu. »Ich möchte eigene Kinder, aber ich möchte auch welche adoptieren. Ich wollte schon immer eine große Familie mit vielen Kindern.«

Seine Miene wird noch sanfter, und er lehnt seine Stirn gegen meine. »Mir gefällt diese Vorstellung.«

»Kann ich dir noch eine Frage stellen?«

»Klar.«

Da er nicht von mir wegrutscht, atme ich einmal tief durch, um all den Mut aufzubringen, um auszusprechen, was mir auf dem Herzen liegt. »Wie kommst du darauf, dass du dabei bist, dich in mich zu verlieben?«

»Ich denke nicht, dass ich dabei bin, mich in dich zu verlieben.« Sein Blick ruht unverwandt auf mir und mit dem Daumen streichelt er mein Kinn. »Ich *liebe* dich.«

»Woher weißt du das?«

»Woher weißt du, dass du atmen musst?« Seine Gegenfrage sorgt dafür, dass mir die Tränen in die Augen schießen. »Dich zu lieben ist nichts, was ich mir vorgenommen habe. Es ist einfach passiert, und es ist für mich so selbstverständlich, wie meinen nächsten Atemzug zu nehmen.«

Ich hebe meine Hand und lege sie an seine Wange, während stumme Tränen über mein Gesicht bis in mein Haar fließen.

»Ich liebe dich auch.« Rau kommen mir die Worte über die Lippen, bevor ich mich ein wenig aufrichte und ihn küsse. Er erwidert meinen Kuss, und ich lächle, ehe ich mich zurück ins Kissen fallen lasse.

»Wie konnte es so weit kommen?«

»Dank deiner Entschlossenheit.«

Er rollt sich mit mir in seinen Armen auf den Rücken, sodass ich nun rittlings auf ihm sitze und in seine Augen blicke, wohl wissend, dass er recht hat. Die einzige Erklärung für all das, was seit dem Moment unserer Begegnung zwischen uns passiert ist, ist seine Entschlossenheit. Er wusste vermutlich ab der ersten Minute, was er wollte.

Ich bin ziemlich happy, dass sich Mr Wrong am Ende als Mr Right herausgestellt hat.

Epilog

Braxton

Zwei Monate später ...

Ich suche die Küchenanrichte nach meinem Handy ab. Dann gehe ich in mein Büro und schaue unter dem Papierstapel nach. Anschließend mache ich mich auf den Weg ins Wohnzimmer, wo Dakota lesend auf der Couch sitzt, um dort weiterzusuchen.

Es ist jetzt zwei Monate her, dass sich Freddie als Verantwortlicher für all die Vorfälle entpuppte. Er hat Jamie in der Zwischenzeit gestanden, dass er gehofft hatte, Dakota würde von der Bedrohung erfahren, es ihrem Bruder erzählen, und er selbst könnte als Retter in der Not auftreten. Als er uns beide zusammen gesehen hat, wurde ihm schmerzlich bewusst, dass sein Plan nicht funktionieren würde. Er betrank sich, entwendete die Uhr, die Dakota Jamie gegeben hatte, und gelangte auf diese Weise in ihre Wohnung, um sie zu verwüsten.

Er hoffte offenbar, mit Jamie und dem Rest der Jungs auf Tour gehen zu können, wenn er die Wahrheit zugab. Durch sein Geständnis konnte jedoch nur Dakota endlich mit der Sache abschließen. Die Jungs haben ihn zurückgelassen, da das Vertrauen durch seine Handlungen unwiederbringlich zerstört worden war. Die Jungs sind inzwischen auf Tour und haben mit Jamie einen Hit gelandet, der bei jedem Radiosender im Land und in einigen anderen Staaten auf Platz eins steht.

Dakota wiederum konnte mittlerweile auch Kathy von sich überzeugen. Wobei ich davon ausgehe, dass diese Entscheidung auch etwas mit Hannas neuem Freund zu tun hat, den sie ihrer Familie vorstellte. Damit konnte Kathy mit der Idee abschließen, dass Hanna und ich doch noch zusammenkommen könnten. Das heißt allerdings nicht, dass Chris oder ich aufgehört haben, Dakota den Job in der Marketingabteilung schmackhaft zu machen. Wir werden nicht aufgeben, bis es funktioniert hat.

»Kann ich dir helfen?« Dakota reißt mich mit ihrer Frage aus den Gedanken, und ich drehe mich zu ihr um. Bei ihrem Anblick wird mir ganz warm ums Herz. So wahnsinnig die Taten von Freddie auch waren, ich verstehe irgendwie, warum er zu solch extremen Maßnahmen gegriffen hat, um ihre Aufmerksamkeit zu erregen. Warum er in dem Versuch, sie für sich zu gewinnen, etwas so Abgefahrenes getan hat.

»Du weißt nicht zufällig, wo mein Handy ist?« Ich sehe sie aus zusammengekniffenen Augen an. Das gute Stück scheint ständig zu verschwinden, wenn wir allein zu Hause sind, um an den seltsamsten Stellen wieder aufzutauchen. Ich betrachte diesen Ort jedenfalls als unser Zuhause, auch wenn Dakota unten noch ihre Wohnung hat. Seit ich ihr gestanden habe, dass ich sie liebe, haben wir keine Nacht getrennt voneinander verbracht, es sei denn, ich musste verreisen. Selbst während dieser Zeit blieb sie jedoch in meinen vier Wänden.

»Dein Handy?« Sie schaut sich um und wendet sich wieder ihrer Lektüre zu. »Ich habe es nicht gesehen.«

»Dakota.« Ich stemme die Hände in die Hüften. »Ich erwarte einen wichtigen Anruf.«

Langsam hebt sie den Blick und begegnet dem meinen. »Dann, Braxton, solltest du wirklich verantwortungsbewusster mit deinen Sachen umgehen. Außerdem ist Sonntag, sonntags arbeitet niemand.« Fuck, ich liebe sie. Ich hatte keine Ahnung, dass ich jemanden so sehr lieben könnte, wie ich sie liebe. Ich mustere sie für einen Moment und sage mir dann: Ach was soll's, die Arbeit kann warten. Ich gehe zu Dakota, nehme ihr das Buch aus der Hand und werfe es durch den Raum. »Hey, darin habe ich gerade gelesen.«

»Pech gehabt, wenn ich nicht arbeiten soll, wirst du mich unterhalten.« Ich hebe sie hoch, was ihr ein Kichern entlockt, und trage sie zu meinem Bett, wo ich den Rest des Tages damit verbringe, die Frau zu lieben, die alles für mich verändert hat.

Acht Monate später ...

Ich drehe das Wasser ab und steige aus der Dusche, um mich abzutrocknen. Mit einem Handtuch um die Hüften gehe ich zum Kleiderschrank, um mich anzuziehen. Wie gewöhnlich lege ich den Anzug, den ich auswähle, zusammen mit meinem Hemd über den Sessel. Als ich zu meinem neuen Krawattenhalter gehe, finde ich ihn leer vor. Stirnrunzelnd schaue ich in der Schublade nach, wo sich bis vor kurzem meine Krawatten befunden haben, stoße jedoch nur auf jede Menge zarte Spitzenunterwäsche.

Nachdem ich den Kleiderschrank durchsucht habe und noch immer mit leeren Händen dastehe, schlendere ich ins Schlafzimmer und blinzle bei dem Anblick, der mich begrüßt. Dakota sitzt mitten auf dem Bett und trägt nichts als den Verlobungsring, den ich ihr vor einem Monat an den Finger gesteckt habe, sowie eine pinkfarbene Krawatte. Die Bänder der Krawatte schmiegen sich zwischen ihre Brüste und ihr Enden bedecken das, was für mich der Himmel ist.

»Suchen Sie etwas, Mr Adams?«

Grinsend lasse ich auf meinem Weg zum Bett das um meine Hüften geschlungene Handtuch fallen und beobachte, wie sich ihre Pupillen weiten. Man könnte meinen, dass sich das Feuer, das zwischen uns brennt, nach fast einem gemeinsamen Jahr ein wenig abgekühlt hätte, aber dem ist nicht so. Ich bin immer noch genauso verrückt nach ihr wie in dem Moment, als wir uns kennenlernten. Vielleicht sogar noch verrückter.

Ich erklimme die Matratze, packe ihre Knöchel und ziehe ihre Beine auseinander, bevor ich mich dazwischen positioniere.

»Ich bin schon fündig geworden.« Ich bedecke ihren Mund mit meinem und küsse sie, ehe ich meine Verlobte nach Strich und Faden verwöhne. Als ich mich eine Stunde später für die Arbeit fertigmache, füge ich meinem Outfit mit einem Grinsen die pinke Krawatte hinzu.

Danksagung

Zuerst muss ich Gott danken, denn ohne ihn wäre all das hier nicht möglich. Als Zweites möchte ich meinem Ehemann danken. Ich liebe dich jetzt und für immer – danke, dass du an mich glaubst, sogar dann, wenn ich selbst nicht an mich glaube. Danke an meinen wundervollen Sohn – du bringst so viel Freude in mein Leben, und es ist mir eine Ehre, deine Mom sein zu dürfen.

An alle Blogger und Leser, danke, dass ihr euch die Zeit nehmt, meine Bücher zu lesen und sie weiterzuempfehlen. Es gibt nicht genug Tinte auf dieser Welt, um euch alle zu würdigen, aber seid sicher, ich werde für immer dankbar für jeden Einzelnen von euch sein.

Ich habe diese Schreibreise begonnen, nachdem ich mich in das Lesen verliebt hatte, wie tausende Autoren und Autorinnen vor mir.

Ich wollte den Menschen einen Ort geben, an den sie sich flüchten können. Wo die Geschichten humorvoll, süß und heiß sind und ihnen ein gutes Gefühl bescheren. Ich liebe es, meine Storys mit euch zu teilen. Ich liebe es, euch zu helfen, der Realität zu entfliehen, und sei es nur für einen Moment.

Ich habe damit angefangen, für mich zu schreiben, und ich werde für euch weiterschreiben.

XOXO Aurora

LOVE
IS ALL WE CRAVE
AB AUGUST 2020 IM HANDEL

CATCH MY GIRL
von Nicole Wilmschen

ISBN-Paperback: 978-3-903278-37-0
ISBN-EPUB: 978-3-903278-38-7

Wie schaffst du es, deinem besten Freund klarzumachen, dass ihr das perfekte Paar abgeben würdet?

Grace ist seit ihrer Kindheit heimlich in ihren besten Freund Ben verliebt. Als dieser ihr seine neue Flamme präsentiert, erkennt Grace, dass es an der Zeit ist, zu handeln. Da kommt ihr der verrückte Vorschlag von Bens Bruder Noah gerade recht, eine Fake-Beziehung vorzutäuschen, um Ben eifersüchtig zu machen. Nicht sicher, ob sie damit wirklich punkten kann, lässt sie sich auf das Angebot des gefeierten Star-Footballers der Uni ein, und sehr schnell fühlt sich fake mit Noah ziemlich echt an. Zu diesem Zeitpunkt ahnt Grace noch nicht, dass Noah ganz eigene Motive verfolgt ...